LE CHANT
DES ÂMES

FRÉDÉRICK RAPILLY

LE CHANT DES ÂMES

ÉDITIONS CRITIC

ISBN : 978-2-266-22375-1

À tout « saigneur », tout honneur :
Alexandre Civico

À Marie-Laure, mon « caillou »
qui dort quand j'écris.

« Celui qui existe, c'est celui qui danse avec le temps qui le tue. »
Nietzsche

« La musique, c'est la science du silence. »
Jean-Benoît Dunckel, du groupe Air

Pour écouter la musique du *Chant des Âmes*
et accompagner votre lecture,
rendez-vous sur :
http://frederickrapilly.blogspot.com/

Prologue

Samedi 6 mars.
1 heure du matin. Moore Park, Sydney (Australie).

TOOM-TOOM-TOOM.

Hua éclata de rire. Son visage était strié par les faisceaux colorés des projecteurs tourbillonnants. Aucun des dix mille danseurs ne pouvait l'entendre. La puissance de la musique annihilait tous les autres sons. Elle saturait l'espace, faisait vibrer dangereusement les structures métalliques du colossal Disco Dome. Entourée de palmiers, ceinturée de bâtiments administratifs en brique rouge, la salle affectait la forme arrondie d'un gigantesque couvercle de cocotte-minute posé au milieu d'Olympic Park. Le Dome accueillait habituellement les finales de compétitions sportives ou les tournages de la célèbre émission de télé-réalité *Australian Gladiators*. Moulée dans un minishort en latex argenté, la jeune Chinoise, yeux maquillés de khôl, lentilles bleutées, longue chevelure lisse et noire, n'aurait manqué pour rien au monde la frénétique *Mardi Gras Party* qui clôturait la fin du défilé de la *Gay-Pride* dans les rues de Sydney. Autour d'elle se pressaient des *skinheads* bodybuildés en shorts roses, des touristes en tongs, des bimbos en uniformes de la police et en bas résille… Toute une faune hétéroclite, grimée, déguisée et joyeuse.

La veille, Hua avait débarqué par un vol direct depuis Shanghai avec une centaine d'*otakus* chinois de son âge, tous branchés jeux vidéo et musiques électroniques. Ses compagnons de fête avaient disparu, happés un à un par la nuit tiède australienne, dans Oxford Street, le quartier chaud de la ville. À vingt et un ans, avec deux cents dollars australiens en poche, l'étudiante en commerce international, fille d'un directeur d'usine à Shanghai, n'avait qu'une envie : s'éclater. Et d'après les derniers sites branchés consultés sur le Net, le meilleur endroit pour s'amuser en ce moment de ce côté-ci du Pacifique… C'était Sydney.

Sur Internet, les organisateurs avaient fait monter le buzz depuis des mois avec la présence assurée de Calvin Harris, Frankie Knuckles, de groupes électro appréciés du public comme Justice, Jamaïca et Atman, et le retour attendu en Australie de deux DJ stars : l'Américain Carl Cox et le Français David Guetta.

« WE/ARE/YOUR/FRIENDS… Oh, come on ! »

À la limite de la saturation, les enceintes bombardaient la mélodie irrésistible du tube disco signé Simian Vs Justice. Synchrones, dociles, les dix mille fêtards dodelinaient de la tête. Leurs pieds martelaient violemment le ciment de l'immense hangar dans une chaleur suffocante tandis que des dizaines de brumisateurs fixés au plafond tentaient d'atténuer la température. Pendant quelques secondes, Hua piétina sur place pour prendre sa cadence et caler ses mouvements sur ce tempo insensé. Sa danse, étrange et curieusement gracieuse, ne ressemblait à rien de cohérent. Une chorégraphie primitive qui lui faisait balancer les bras, puis les jambes comme les gestes d'un pantin désarticulé.

Ses pieds, chaussés de lourds brodequins luisants de peinture argentée, battaient la mesure à toute vitesse.

Un instant, Hua ferma les yeux. Elle respirait l'odeur âcre de sa transpiration qui imbibait ses cheveux. La sueur gouttait le long de ses tempes avant de tremper ses épaules, son dos, sa poitrine… Sous son T-shirt savamment lacéré, ses tétons pointaient de façon provocante. Le cachet bleu gobé une heure plus tôt avec une gorgée de boisson énergétique commençait à faire son effet. La jeune fille sentait une boule de chaleur s'accumuler peu à peu au-dessus de l'estomac. La sensation devenait agréable. Hua avait la gorge sèche. Brusquement, elle s'arrêta de danser, avala sa salive et passa la langue sur ses lèvres pour les humecter.

Maintenant, elle avait soif. Très soif.

Mais l'idée de faire la queue une demi-heure devant les toilettes pour femmes avant de pouvoir laper un filet d'eau tiédasse au robinet la découragea. Et puis le « son » était trop bon.

BANG !

La drogue irradia dans son cerveau.

Explosion sous le crâne.

Une éponge en limaille de fer lui racla lentement, méthodiquement l'os de la calotte interne.

Hua aurait dû hurler de douleur, crier à s'en faire péter les cordes vocales…

… Bien-être absolu.

Un court instant, elle se tétanisa. La sérotonine se rua dans son corps, déclenchant un long flot de plaisir. Elle essaya de contrôler la sensation.

TOOM-TOOM-TOOM.

Hua tentait de conserver les paupières closes. Peine perdue. C'était comme si la jeune femme avait contemplé un soleil brûlant trop longtemps. Son éclat et sa chaleur lui rongeaient, inexorablement, mais sûrement, les rétines…

… Sublime supplice.

TOOM-TOOM-TOOM.

Hua reprit sa danse. Doucement d'abord, puis de plus en plus vite. Seuls la musique et le plaisir comptaient dans son minuscule univers. Hua souriait…

Elle ouvrit les yeux.

Les autres danseurs l'examinaient maintenant avec bienveillance. Quelques-uns avaient fait cercle et tentaient d'imiter ses déplacements saccadés. Hua était au centre de ce cosmos. En ce lieu, à cet instant, elle était la musique. Elle était le rythme. Elle était un monde, une planète autour de laquelle des petits satellites humains gravitaient en cadence.

Cela pourrait durer une éternité.

Imperceptiblement, la structure de la mélodie s'altérait. Dans la cabine surélevée, à demi invisible derrière ses platines, le DJ préparait la suite, un écouteur sur l'oreille, hochant la tête dans un mouvement hypnotique. Le nouveau morceau se dévoila par saccades. Fragment après fragment. Précédé d'une ligne de basse pilonnée par ordinateur et des vrombissements inquiétants de sirènes d'alarmes remixées, le « tac-tac-tac » sec des percussions d'une batterie déchiqueta soudain l'espace. Il y eut un micro-silence.

Comme si la vie se mettait en suspens.

Comme si le « son » reprenait son souffle.

Une seconde… Deux secondes… Trois secondes…

Dans la foule, l'excitation grimpa de plusieurs crans. Puis une voix robotique filtrée par un haut-parleur futuriste interrogea :

« IS IT A WAR ZONE ? IS IT A FREAK SHOW ? »

La mélodie de *Tombstone* des Australiens de Midnight Juggernauts explosa dans le Disco Dome. Elle happa l'assemblée comme un tsunami, saturant tout l'espace d'ondes infra-basses. « Quel pied ! Putain, que c'est bon ! » se dit Hua. En pleine montée de trip, elle jeta un regard éperdu de reconnaissance vers la cabine du DJ. Celui-ci n'était qu'une silhouette sombre se détachant parmi les éclairs de lumière bleue et rouge, et le tourbillon des rayons verts fluorescents des stroboscopes. Ce type était bon. Efficace. Pas du genre à passer les merdes branchées du moment pour frimer. Il la tenait, et avec elle, toute la salle. Il imprimait sa marque, imposait son tempo implacable.

Ses yeux traînèrent une nanoseconde de trop. Mais ce fut suffisant. Un autre homme se tenait là. Au pied de la cabine. Immobile. Il semblait la scanner à travers la foule. Avec la distance, ses traits n'étaient pas distincts. Il portait d'étranges et énormes lunettes noires cerclées d'un flash clignotant de lumière rouge. Il lui fit signe lentement de la main. Un demi-cercle esquissé de la gauche vers la droite. Hua ne le connaissait pas, mais elle n'avait aucune raison de l'ignorer. Le cachet bleu avait annihilé sa réserve habituelle, désintégré sa timidité de Chinoise bien éduquée. À cet instant, la jeune femme avait juste envie de faire connaissance. D'entrer en communion, de partager son plaisir. Intimement…

Première Partie

Chapitre 1

Lundi 19 juillet.
Village de Tréhorenteuc (Morbihan, France).

— Audrey ! Manon ! Faites attention lorsque vous jouez ! Et ne vous éloignez pas trop !

Les deux fillettes avaient presque atteint les arbres. Elles s'arrêtèrent et se retournèrent pour faire signe aux adultes qu'elles avaient entendu. Puis les deux amies repartirent en courant sur le chemin en gravier. Les garçons avaient déjà pris de l'avance. Tout à l'heure, après que les voitures s'étaient garées sur le petit parking aménagé à la sortie du hameau de Tréhorenteuc, les portières avaient aussitôt claqué. Sans attendre, Baptiste, son frère cadet Julien et leur bon copain Lucas s'étaient précipités vers le bois du Val-sans-Retour. Les filles les avaient suivis. Un instant, elles aperçurent leurs silhouettes se glisser entre les arbres, et disparaître dans un épais maquis d'ajoncs, et de fougères séchées :

— Allez, dépêche-toi Audrey, ordonna Manon. Il faut qu'on les rattrape avant l'Arbre d'Or. Sinon, ce ne sera pas amusant !

Une semaine plus tôt, Manon avait fêté ses dix ans dans la spacieuse maison de vacances que ses parents et ceux de son amie louaient à Carnac, dans une rue longeant la grande plage. En septembre, la fillette allait faire son entrée au collège. Comme Audrey. À Paris, les deux familles habitaient à cinquante numéros de distance. À la rentrée, les camarades espéraient se retrouver de nouveau assises côte à côte dans la même classe. L'une et l'autre s'adoraient. Elles étaient pourtant aussi dissemblables que possible.

Brune avec des bouclettes, plutôt grande et élancée pour son âge, Manon avait un tempérament de meneuse, prompte à donner des ordres et à se faire obéir. Elle était secrètement amoureuse de Baptiste, le grand frère d'Audrey. Un préadolescent énergique dont le sourire la faisait craquer. Petite, blonde et boulotte, Audrey paraissait plus effacée. Son poids la complexait. Elle préférait vivre dans l'ombre de Manon, la laissant prendre le commandement des opérations. La fillette avait trop chaud. La chasse aux garçons l'avait mise hors d'haleine.

— Aïe !

Elle trébucha et s'arrêta. Mais Audrey ne voulait pas décevoir Manon qui la houspillait. Elle se remit à courir mollement.

Elle rejoignit son amie. Celle-ci examinait avec attention une pancarte en bois sur laquelle avaient été peintes des indications pour les visiteurs. Le bois du Val-sans-Retour débutait juste là : une petite forêt de chênes, de châtaigniers et quelques pins maritimes perchés sur les affleurements de granit qui ceinturaient les lieux.

— Regarde, lui montra Manon. Je te l'avais dit. C'est écrit sur le panneau. Le domaine de Morgane, la fée qui lance des sorts aux chevaliers infidèles, commence ici.

Elle désigna un épais bouquet de châtaigniers dans la

direction opposée où les trois garçons avaient disparu. À cet endroit, l'allée de graviers amorçait une longue courbe, puis s'évanouissait derrière des buissons dans les sous-bois.

— L'Arbre d'Or est par là. Tu verras, c'est magique. L'été dernier, je suis déjà venue avec les parents. On va y guetter les garçons. On leur jettera des sorts, et ils seront transformés en statues de pierre. Moi, je serai la fée Morgane. Viens, dépêche-toi !

— Et moi ? râla Audrey.

— Toi, tu seras ma servante, décréta Manon.

— Pourquoi est-ce que je ne peux pas être une fée ? s'offusqua l'enfant, froissée.

— Mais si, répondit Manon, agacée. Si tu veux, tu seras… Tu seras Mélusine.

Audrey sourit.

— Mélusine ? J'aime bien ce nom. Je suis sûre qu'elle était jolie et qu'elle avait des superpouvoirs.

La fillette se remit à trottiner pour rattraper Manon. À cette heure, l'endroit était paisible. Même les oiseaux étaient silencieux. Les deux amies avaient parcouru une dizaine de mètres quand elles entendirent les cris.

« À l'attaque ! »

Elles sursautèrent. Effrayées. Les garçons surgirent sous les fougères où ils s'étaient tapis. Ils brandissaient des bâtons, et les faisaient tournoyer au-dessus de leurs têtes comme des épées.

— Vous êtes nos prisonnières, annonça Baptiste en saisissant rudement Manon par le bras.

Elle grimaça, mais la fillette était ravie d'avoir été choisie par le petit homme aux longs cheveux blonds, malgré ses manières brutales. Plus tard, quand ils seraient seuls dans la forêt, elle espérait qu'il l'embrasse.

Lucas, le frère aîné de Manon, attrapa Audrey. Mais il y mit un peu plus de douceur. Il n'aimait pas les jeux violents. D'habitude, il préférait lire tranquillement dans un coin. Audrey aussi. Il le savait et l'appréciait pour cela. D'une poche de son short, Julien, le plus jeune des cinq enfants, sortit plusieurs bouts de ficelle et leur lia les mains dans le dos. L'une après l'autre. Les deux amies protestèrent, mais elles étaient aux anges. Le jeu venait de commencer.

— Allez, ordonna Baptiste, on les emmène à l'Arbre d'Or pour la séance de torture. On va leur faire avouer ce qu'elles ont fait à Lancelot et à tous les chevaliers de la Table Ronde.

Avec les pointes de leurs armes improvisées, les trois copains poussèrent les fillettes sur le chemin. Celui-ci montait en pente douce, puis amorçait un nouveau coude en arrivant à la hauteur d'une grosse plaque de schiste rouge. Là, le glougloutement de l'eau signalait qu'un ruisseau se faufilait entre les mousses et les fougères. Lucas prit de l'avance sur le groupe. Comme Manon, sa sœur, il connaissait déjà l'endroit. S'il se souvenait bien, l'Arbre d'Or était un peu plus haut. Masqué par une rangée de chênes. Juste après ce virage.

Un rayon de soleil transperça le sous-bois. Il vint se réfracter en un millier de gouttes de lumière sur l'écorce de métal doré qui emmaillotait le vieux châtaignier brûlé par un incendie. Un instant, Lucas fut aveuglé. Il s'arrêta.

Manon et Audrey gloussaient, se tortillaient pour se défaire des liens qui entravaient leurs mains. Julien joua son rôle de gardien. Il les rappela à l'ordre en donnant à chacune une petite tape sur les mollets avec son bâton. Pas trop fort pour ne pas leur faire mal. Il craignait des représailles lorsque le jeu serait fini. Les adultes étaient encore loin en arrière. Ils ne pouvaient plus les entendre.

— Au secours, au secours ! s'écria Manon en faisant mine de s'enfuir.

— Toi, je vais te faire souffrir, annonça Baptiste en lui barrant le chemin. Tu payeras pour tes sortilèges de sorcière !

Manon feinta pour essayer de passer, mais le garçon l'attrapa par la taille. Il passa derrière elle, et fit mine de l'étrangler.

— Hé, fais attention ! s'exclama Audrey, inquiète.

— Je ne serre pas, se défendit Baptiste. On joue, c'est tout !

L'éclat de rire de Manon rassura son amie. La brunette avait les joues rouges, mais son regard pétillait de malice. Le groupe rejoignit Lucas. Baptiste et Julien encadraient leurs prisonnières redevenues dociles. Dès qu'elle aurait les mains libres, Manon projetait de se jeter sur Baptiste. Elle fit un mouvement brusque de la tête pour rejeter ses cheveux en arrière avec élégance, et redressa le cou pour prendre un air pincé de magicienne outragée. Le jeu était devenu excitant. Avant la fin de la matinée, il fallait absolument qu'elle pose ses lèvres sur celles de Baptiste. « Est-ce qu'il a déjà embrassé une fille ? » se demandait-elle.

Lucas n'avait pas bougé. Comme pétrifié. Il fixait intensément la direction de l'Arbre d'Or.

— Hé Lucas, tu as vu un monstre ? le taquina Baptiste.

L'enfant ne disait toujours rien. Il avait la bouche ouverte, mais aucun mot ne franchissait ses lèvres. D'un coup, son visage avait blanchi. Comme vidé de son sang. À leur tour, les enfants contemplèrent l'Arbre d'Or.

Aussitôt, les rires cessèrent.

Le tronc mort se divisait en deux branches épaisses. Elles formaient un U effilé dont les pointes évoquaient les bois d'un cerf ou plutôt les cornes d'une antilope africaine. Agenouillé, bras écartés, un cadavre dénudé était suspendu aux branches, dans un horrible simulacre de crucifixion. Depuis le haut des cuisses jusqu'au torse, de multiples plaies, brûlures et perforations le recouvraient. Le sang coagulé dessinait de larges plaques brunâtres sur le corps livide. Yeux grands ouverts, bouche tordue, une jeune femme poussait un cri que nul ne pouvait plus entendre.

Chapitre 2

« They call me the wild rose
But my name was Elisa Day... »

« Ils m'appellent la rose sauvage
Mais mon nom était Elisa Day… »

(*Where the wild roses grow* – Nick Cave & The Bad Seeds – *Murder Ballads* – 1996)

1.

Lundi 26 juillet.
Presqu'île de Quiberon (Morbihan, France).

Marc Torkan profita d'une dernière vague pour se laisser glisser jusqu'au rivage. À quelques mètres du bord, il se releva et sortit de l'eau fraîche – seize degrés – en courant, son surf, un mini-Malibu orange et noir, bien calé sous son bras. Quand il fut sur la grève, il s'accroupit, défit le *leash*, une sorte de fine laisse en plastique scratchée à son pied droit qui le reliait à la planche, l'enroula rapidement autour des trois dérives et remonta la plage en pente douce. Il sentait ses pieds s'enfoncer dans le sable gris mêlé de grains de mica.

Il s'arrêta près d'une petite voiture à deux portes dont la peinture grise était éraflée en plusieurs endroits. Il y avait une demi-douzaine de véhicules mal alignés, dont deux vieilles camionnettes, sur le terrain vague qui servait de parking. En début de journée, la route en lacets qui traversait cette partie de la Côte Sauvage était peu fréquentée. Marc s'accroupit près de la roue avant, fouilla quelques secondes sous la carrosserie et en retira des clés fixées à un boîtier. Tous les surfeurs utilisaient la même cachette. D'une pression, Marc fit fonctionner le système d'ouverture automatique des portes.

Il attrapa une serviette sur le siège du conducteur et commença à retirer sa combinaison en Néoprène noir. Il souffla. Avec l'eau de mer, elle collait à la peau. Il y eut un bruit de succion. Marc dégagea son torse. Une cicatrice violacée et boursouflée qui se terminait en forme de griffe lui striait tout le flanc gauche. Il l'effleura du bout des doigts de sa main droite et grimaça. Il leva la tête pour observer la demi-douzaine de surfeurs toujours à l'affût des vagues. Ils formaient un petit groupe compact, rassemblé à proximité de deux criques, celles de Port-Bara et de Port-Rhû. La mer était calme, comme huileuse.

L'horizon était dégagé sur plusieurs dizaines de kilomètres. Il s'estompait derrière la masse sombre de l'île de Groix. Celle-ci semblait flotter au-dessus de l'océan, entre les flots couleur bleu ardoise et les nuages blancs poussés par le vent d'ouest qui s'effilochaient dans le ciel azur.

À tour de rôle, les silhouettes gainées de noir s'élançaient. Les surfeurs négociaient habilement la houle paresseuse venue d'Irlande. Les trains de vagues se succédaient au fur et à mesure. Toutes les vingt minutes, celles-ci apparaissaient au large par série de trois ou quatre. Simples ondulations sous la surface, elles se rapprochaient lentement de la côte, puis accéléraient tout en perdant de l'ampleur. Quand elles dépassaient le roc noir recouvert d'algues et de coquillages qui servait de point de repère aux habitués, les vagues gonflaient instantanément. Comme dans un tambour de machine à laver, elles se dilataient, s'enroulaient sur elles-mêmes, puis s'écrasaient dans une explosion d'écume blanche. Les surfeurs les plus doués anticipaient cet instant. Ils guettaient le bon moment, se jettaient dans la pente en ramant avec leurs mains quatre ou cinq coups, se laissaient glisser une seconde, et prenaient de la vitesse avant de se dresser d'un souple mouvement de reins. Ils viraient ensuite en bas de la vague. Les meilleurs amorçaient une succession de virages courts et rapides sur les crêtes, avant de s'envoler brièvement dans les airs. Et de plonger dans les flots.

Marc les contempla quelques instants. Il aimait la beauté de l'océan, et la grâce tranquille de ces hommes qui en effleuraient la surface.

Il frissonna. Maintenant, il avait froid. Il sentait encore les relents d'alcool de la veille courir dans ses veines. Et une pulsation désagréable entre ses tempes. Rapidement, il débarrassa sa grande carcasse de la combinaison. Il se frotta vigoureusement avec la serviette en éponge. Sur la banquette arrière, il attrapa un jean qu'il enfila à même la peau, puis un T-shirt noir avec un logo Nirvana dont la couleur virait au gris délavé. Par l'ouverture du coffre, il glissa la planche le nez en avant. Il la coinça entre le tableau de bord et le siège passager à demi abaissé. D'une secousse, il s'assura que le surf était bien calé.

Une serviette enroulée autour servait vaguement de protection contre les chocs. Marc s'installa au volant. Pieds nus. Il se pencha vers la boîte à gants et attrapa un téléphone portable démodé. Sur l'écran, un message l'avertit qu'un correspondant avait tenté de le joindre. Marc composa le numéro d'appel de sa boîte vocale, puis écouta.

Il s'assombrit. Entendre cette voix surgie du passé lui faisait mal. Pourquoi ce con voulait-il lui parler ? C'était loin, c'était fini, c'était quelque chose qu'il souhaitait oublier ! Marc appuya sur la touche d'effacement, alluma l'autoradio, enclencha le lecteur CD et démarra la voiture en dérapant sur le sable. Les arpèges distordus des guitares de *Time Machine*, un morceau rock de 1992 du groupe anglais Ride, avec le chant plaintif Andy Bell, une petite frappe au caractère de cochon, envahirent l'habitacle. Marc monta le volume à fond et se mit à brailler le refrain à tue-tête :

« Step into the time machine... »

Il n'avait surfé que trois vagues, mais l'eau fraîche lui avait fait du bien. Il ne voulait plus penser à rien. Non, rien !

Après avoir rejoint la route nationale et dépassé le fort de Penthièvre qui marquait l'entrée de la presqu'île de Quiberon, Marc bascula sur la radio. France Inter diffusait la fin du flash d'information de 10 heures. D'un ton monocorde, la commentatrice revenait sur une arrestation.

« ... La section de recherches de la gendarmerie de Rennes a procédé tôt ce matin à l'interpellation de trois marginaux dans les environs de Gourin. Ces jeunes gens sont soupçonnés du meurtre de Clara Riopelle. Le corps mutilé de la jeune femme a été découvert voilà une semaine au Val-sans-Retour, à

proximité du village de Tréhorenteuc au cœur de la forêt de Brocéliande... »

2.

— Et merde, jura Marc.

Il écarta les doigts de sa main gauche qu'il venait d'érafler en décrochant un volet en bois de couleur bleu ciel protégeant une fenêtre. Un filet de sang rouge vif apparaissait déjà sur les articulations écorchées. Le trajet entre la plage de surf et sa boutique d'antiquités et d'objets de marine lui avait pris quarante-cinq minutes. D'habitude, Marc prenait plaisir à faire cette route qui longeait le golfe du Morbihan, une petite mer intérieure agitée de courants violents large d'une vingtaine de kilomètres. Selon la légende, les lieux comptaient autant d'îles que de jours dans l'année. En réalité, il n'y en avait que quarante.

La voix dans le téléphone et le bulletin d'informations l'avaient mis sur les nerfs. Des choses qu'il pensait enfouies, oubliées, étaient remontées à la surface. Idées noires. Une bombe avait changé sa vie. Quand donc serait-il guéri ? Sans doute, jamais. On n'échappe pas à son passé. Et pourtant, il se battait tous les jours contre ses souvenirs. Il ne voulait pas prononcer le mot dépression. Malgré le traumatisme, Marc n'était pas du genre à s'allonger sur un divan. Il faisait confiance à sa faculté personnelle de résilience. Sans thérapie, ni analyse. Au quotidien, Marc s'en sortait en fumant (beaucoup !), en se cuitant (de temps en temps !), et en surfant (autant qu'il le pouvait !). Une sorte d'ascèse à rebours qui lui convenait. Trois ans plus tôt, avec ses économies, Marc avait acheté puis retapé cet ancien moulin à marée entouré de pins maritimes. L'endroit était idéalement situé sur la route nationale qui reliait les villes de Vannes et d'Auray. Un lieu cosy qui faisait la jonction entre des marais et une ria surplombée de chênes et de conifères. Dans cette partie tranquille du golfe, à quelques kilomètres de la pointe d'Arradon, les propriétaires aisés de maisons secondaires étaient nombreux. Des médecins, des avocats, des hommes d'affaires… Ils appréciaient la proximité des plages, pratiques pour y emmener les enfants avec leurs filles au pair, et les paysages de carte postale qui le soir venu prenaient les teintes rose orangé des destinations exotiques. Ils s'arrêtaient souvent pour une visite de courtoisie. L'été, ils passaient soit après déjeuner, soit en fin d'après-midi au retour d'une promenade ou de la plage. Les matinées étaient calmes. Quand Marc ne chinait pas de la marchandise et que la météo annonçait des vagues, il en profitait pour surfer tôt sur les dizaines de spots disséminés le long de la presqu'île de Quiberon. Les affaires marchaient tranquillement. Marc avait de l'argent de côté. Suffisamment. Il n'avait pas à s'en inquiéter.

Il posa le volet contre le mur et partit chercher un spray dans l'armoire à pharmacie des toilettes pour désinfecter la blessure. La sonnerie du téléphone sur la table qui lui servait de bureau l'interrompit. Il finit de coller le sparadrap, puis alla décrocher.

— Allô, Marc. C'est Patrick.

Cette voix ! Il pensait, ou plutôt il espérait ne plus jamais l'entendre. Elle lui serrait le cœur, lui glaçait le sang. Sans un mot, Marc reposa le combiné. Le téléphone retentit de nouveau. Une fois, deux fois, trois fois… Patrick insistait. Marc tira une chaise devant la table de travail, et s'assit. D'un tiroir, il sortit une petite boîte en métal. Des cigarillos. Il en prit un, gratta une allumette et aspira une bouffée au goût âcre. Cela lui fit du bien. Cela lui donna la sensation d'être vivant. Il resta là un moment à fixer l'appareil qui sonnait sans fin. Que lui voulait-il après tout ce temps ? Se sentait-il en état de lui adresser à nouveau la parole ?

Le téléphone redevint silencieux.

Dans la poche de son pantalon, le portable vibra. Il avait changé de numéro, mais cela n'avait donc pas suffi. Marc savait qu'il ne pouvait pas fuir éternellement son passé. Mais il avait espéré faire reculer cet instant encore et encore. Néanmoins il viendrait, il en avait toujours été conscient.

Marc sortit le boîtier électronique. Le fit coulisser, et le posa contre son oreille. Il attendit. Sans dire un mot.

— Marc ? S'il te plaît, ne raccroche pas ! Écoute-moi, c'est important !

Il y avait longtemps, Patrick Boudou était l'un de ses rédacteurs en chef à *Paris Flash*. Il était plus que cela : un ami proche. Trop… Et aussi son beau-père. Le père de sa femme, Caroline.

Cinq ans plus tôt, Marc avait brutalement coupé les ponts avec le journalisme, et tout ce qui pouvait le retenir sur la capitale. Il avait négocié son départ avec la direction du magazine, et empoché la confortable indemnité pour ses dix années de bons et loyaux services sur le terrain, du Rwanda à l'Afghanistan. Autant de théâtres de l'horreur, là où la mort frappait coupables et innocents. Sans distinction. Combien d'atrocités avait-il vues ? De combien de viols, d'assassinats, de massacres pouvait-il témoigner ? Il en avait perdu le compte. Mais ce n'était pas de ses visions macabres qu'il tentait de se débarrasser. Après tout, il n'avait fait que transiter sur les frontières du mal. Grand reporter, il devait raconter ce qu'il voyait. Pas d'implication personnelle. Il marchait en équilibre sur les lignes de front comme un funambule qui passerait entre les balles. Jusqu'au jour…

Marc était revenu vivre, ou plutôt se réfugier en Bretagne, sa région natale. Sans trop savoir ce qu'il allait y faire. Un an plus tard, il ouvrait une boutique d'antiquités.

Ce départ avait tout d'une fuite. Il ne pouvait pas se le cacher. Mais à l'époque, Marc n'avait pas de meilleur choix. À moins de se poser une arme sur la tempe, et d'appuyer sur la gâchette. Il y avait songé… Puis il avait renoncé. Patrick lui en savait gré. Il y avait eu assez de morts.

3.

— C'est toi ? Dis-moi quelque chose, insista Patrick.

Le portable contre l'oreille, Marc laissa filer un long silence, puis il demanda :

— Qu'est-ce que tu me veux ?

— J'ai besoin de toi.

— Je me demande bien pourquoi, répondit l'ancien journaliste d'un ton ironique. Je ne travaille plus. Je ne suis plus journaliste. J'ai arrêté tout ça. Kaput le Marc. Hors circuit. Débranché. Bye bye.

— Écoute-moi juste cinq minutes. C'est important. Vraiment.

— Je t'en donne deux.

— L'affaire Clara Riopelle ? Tu en as entendu parler, forcément ?

— Comme tout le monde, admit Marc.

La question l'avait étonné. Mais pas tant que cela. Patrick reprit :

— Voilà, j'aimerais que tu travailles dessus.

— Pourquoi ? Cela me paraît une perte de temps !

Tu as déjà du monde sur le coup. Plus qu'il n'en faut. Est-ce que je me trompe ?

— Non, tu as raison. Mais je voudrais ton regard. J'ai confiance en toi. Il y a certaines choses que tu pourrais vérifier, des pistes originales à explorer. C'est dans tes cordes. Tu étais le meilleur au journal pour ce genre d'affaires.

— C'est tout ? C'est pour cela que tu m'appelles ?

— Non, reconnut Patrick. J'espérais te parler, entendre ta voix. Savoir si tu allais bien.

* * *

Le mercredi précédent, la parution en Une du portrait souriant de Clara Riopelle accompagné du titre choc « La suppliciée de Brocéliande » avait produit une émotion considérable dans toute la France. *Paris Flash* avait réussi son coup. En pages intérieures, il était le seul média à dévoiler des photos du corps crucifié, tandis que les enquêteurs de la gendarmerie récoltaient des indices autour de l'Arbre d'Or. Les ventes en kiosque du magazine avaient bondi de plus de trente pour cent d'après les premières estimations. De même que celles du concurrent *VSD*, qui faute de photos inédites, avait surenchéri avec une formule choc. Il annonçait avec un bandeau qui couvrait tout le bas de sa couverture : « Meurtre de Brocéliande, la piste satanique ».

Les quotidiens nationaux, les télévisions, les radios, les sites Internet et toute la communauté des blogueurs suivaient l'affaire avec d'autant plus d'intérêt que l'actualité en cette période estivale « n'avait pas beaucoup de talent » selon l'expression consacrée. Les faits-divers, en particulier celui-ci dont la victime était une jeune femme, exposée dans une mise en scène macabre, passionnaient le public… Et les journalistes qui les couvraient.

Paris Flash avait réussi un joli coup avec ces images exclusives. Le scoop était l'œuvre d'une photographe pigiste qui avait devancé tout le monde sur cette histoire : Katie Jeckson. Elle avait eu vent de la découverte d'un cadavre par un de ses contacts locaux. La jeune femme avait réussi à planquer sur les lieux et à saisir au téléobjectif la scène de crime. La publication de ses photos avait mis une pression considérable sur la gendarmerie. Les enquêteurs avaient travaillé dans l'urgence. Ils venaient de procéder dans la matinée du lundi 25 juillet, soit une semaine après que le corps eut été trouvé par les enfants, à l'interpellation de trois suspects. Ceux-ci étaient membres d'un groupe de rock Black Metal, baptisés The Sons of Gaël, un nom mélangeant anglais et celte qui signifiait « Les Fils de la Bretagne ».

Fiché comme sympathisant de groupuscules néo-satanistes et néo-païens, le trio était dans le collimateur de la gendarmerie depuis une série d'exactions commises en Bretagne : des croix brisées dans des cimetières, une chapelle incendiée à Sainte-Croix de Loqueffret dans le Finistère, le 16 juin 2009, à quelques jours du solstice d'été… Les dégradations étaient systématiquement revendiquées. Une organisation laissait comme signature le sigle de The True Armoric Army. Chaque fois, les gendarmes l'avaient retrouvé sur les lieux, accompagné de tags, de graffs et des nombres « 88[1] » et « 666[2] ».

— Rock, nazis, satanisme… Je ne te fais pas un dessin, conclut Patrick après lui avoir résumé les faits.

1. Symbolise chez les néo-nazis le salut « Heil Hitler » ; une double référence au H, la 8e lettre de l'alphabet.

2. Ce nombre renvoie au diable chez les adeptes du satanisme.

Il reprit :
— Ça sent le soufre autour de ces trois branleurs ! Ils sont trois coupables tout désignés pour le meurtre d'une gamine de vingt et un ans. Pour le moment, ils ne sont pas encore officiellement mis en examen, mais tout les accuse. C'est gros comme affaire. Très gros. Tu m'écoutes ?
— Oui, Patrick. Je t'écoute toujours. Mais tu m'ennuies. Je vais raccrocher.
— Marc, attends ! J'ai mobilisé un dispositif important sur ce coup. J'ai une équipe aux basques des gendarmes pour suivre l'enquête heure par heure, minute par minute si c'est nécessaire. Mais j'ai besoin de quelqu'un d'expérimenté. Il faut une contre-enquête en finesse, creuser les pistes non officielles, déterrer tout ce qui dérange, remuer la merde…
— … Remuer la merde. Tiens donc, et je suppose que tu as pensé à moi ? Sympa.
Patrick ne renonça pas. Il continua :
— Marc, tu connais cette région. Tu y es né. Tu vis quasiment sur place. Le corps a été découvert à proximité de chez toi…
Marc s'esclaffa.
— … Avec ce genre de raisonnement, je pourrais aussi être le tueur.
— Marc, la victime était en vacances chez ses parents. Ils vivent dans un patelin nommé Arradon. C'est à moins de dix kilomètres de ta boutique. J'ai vérifié sur Google Maps. Jette un simple coup d'œil, pose quelques questions ! Ça ne te coûterait pas grand-chose… Et oui, à titre personnel, je pense que ça te ferait du bien.
L'ancien journaliste resta silencieux.
— Marc, je t'ai foutu la paix pendant des années. Mais tu ne peux pas te cacher du monde éternellement.

Moi, je n'ai rien oublié. Elle me manque aussi, mais j'ai continué à vivre. Et toi, qu'as-tu fait ? Tu bois, tu fumes, tu surfes. Et après ? Tu as ouvert une boutique d'antiquités, mais tu t'en fous. Je le sais. Cette affaire, c'est l'occasion de te remettre à écrire, de revenir faire ce métier que tu aimais tant. Tu étais fait pour cela. Tu le sais mieux que moi.

Patrick s'arrêta, et dit :

— Et puis Caroline n'aurait pas voulu ça !

Il se tut. Il avait conscience d'avoir été trop loin.

En détachant chaque syllabe, Marc répondit :

— Ce n'est plus ma vie.

— Crois-moi, insista Patrick. Tu as ça dans le sang. Réfléchis !

— C'est tout réfléchi.

— Si tu le dis !

Le rédacteur en chef raccrocha.

Patrick Boudou savait qu'il avait une dette envers Marc. Il se sentait coupable du drame qui avait frappé le journaliste. Cinq ans auparavant, la démission de Marc qu'il considérait comme le fils qu'il n'avait jamais eu l'avait affecté, et déçu. Plus qu'il ne l'imaginait. Entendre sa voix lui faisait du bien. Marc était son ultime lien vivant avec sa fille.

Chapitre 3

« They call me The Wild Rose
But my name was Elisa Day
Why they call me it I do not know
For my name was Elisa Day »

« Ils m'appelaient la rose sauvage
Mais mon nom était Elisa Day
Pourquoi m'appelaient-ils ainsi,
Je ne sais pas, car mon nom était Elisa Day »

(*Where the wild roses grow* – Nick Cave & The Bad Seeds – *Murder Ballads* – 1996)

1.

Lundi 26 juillet. Moulin de Pomper,
route entre Vannes et Baden (Morbihan, France).

Un couple de clients se présenta à la boutique en début d'après-midi. Des Parisiens. Tout en examinant avec Marc les meubles exposés, l'homme – polo rose, pantalon beige – glissa qu'il était avocat. Sa femme, jolie blonde à la silhouette sportive avec une queuede-cheval, s'enthousiasmait pour un vieux coffre de marine. Marc annonça un prix élevé. Après une demi-heure de discussion, l'avocat signa un chèque. Il avait voulu négocier. Marc avait la tête ailleurs, mais il avait joué le jeu par habitude.

Une quinzaine de clients se succédèrent jusqu'à la fin du jour. Certains regardaient, soupesaient et repartaient les mains vides, d'autres faisaient l'acquisition d'objets qu'ils avaient longuement examinés et manipulés. Pour l'un, une vieille poulie en bois rescapée d'un Sinagot, un bateau de pêche traditionnelle du golfe du Morbihan. Un autre, un jeu de dames, etc.

Vers 19 heures, Marc ressortit les panneaux en bois et les fixa sur les fenêtres du moulin pour fermer le magasin pendant la nuit. Il dormait ailleurs. Le tout lui prit moins d'un quart d'heure. Il fit rapidement les comptes de la journée sur un bout de papier. Lorsqu'il eut fini, il s'installa devant un ordinateur et reporta les chiffres dans son bilan comptable, un cahier d'écolier rempli de gribouillis. Par habitude, il ouvrit sa boîte mail. Une vingtaine de messages l'attendaient. Il les survola. L'un d'entre eux retint son attention. L'en-tête indiquait *« There's a crack... »* Une phrase tirée d'une chanson de Leonard Cohen. Il reconnut l'adresse : pBoudou@hotmail.com. Dans le passé, cette phrase leur servait de code, comme un porte-bonheur quand Marc partait en reportage. *« There's a crack in everything/It's where the light comes in*[1]*... »*

Marc retenait son souffle. Il savait que Patrick n'allait pas renoncer aussi facilement. Il avait touché juste quand il lui avait dit qu'il ne vivait pas. C'était vrai, Marc survivait. En dehors des clients au magasin, et

1. « Il y a toujours une fêlure/C'est par là que la lumière pénètre… »

de quelques paroles échangées sur l'eau avec d'autres surfeurs, sa vie sociale était proche du néant. Cet après-midi, il avait pensé à Caroline. Elle lui manquait tant. Il avait failli se précipiter sur la bouteille de gin, mais quelque chose l'en avait empêché : le souvenir de sa femme, de celle qu'il aimait encore. Patrick avait raison : Caroline n'aurait pas voulu ça. Un veuf éploré qui s'était confiné dans l'apitoiement. Qu'avait-il fait depuis cinq ans ? Rien, ou presque. Il s'était occupé l'esprit en achetant des meubles anciens pour constituer un stock dans sa boutique, s'était bien sûr fait rouler par des vendeurs plus avisés, s'était amusé à chiner des objets de marine, mais il aurait pu tout aussi bien faire autre chose. Partir du jour au lendemain au bout du monde, sentir l'adrénaline qui montait lorsque les événements se précipitaient, démêler le vrai du faux sur le terrain, trouver le bon témoin, tout cela lui manquait. Marc hésita, puis sélectionna le message, et le fit passer dans la case « delete ». Il s'apprêtait à cliquer dessus pour l'effacer définitivement. Une seconde, Marc suspendit son geste.

— Putain !

Il sortit en trombe. Il donna un violent coup du plat de la main sur le mur. Puis se retourna et se laissa glisser, accroupi. Recroquevillé en position fœtale. Ses talons touchaient presque ses fesses. Marc resta là longtemps. Sa respiration s'apaisa. Il chercha un cigarillo. Il n'en avait pas. Il rentra en prendre un, puis quitta le magasin pour le fumer à l'air libre. Il se pelotonna dans la même position. Quand il sentit la cendre lui brûler les doigts, il décida qu'il était temps.

Le message contenait quarante-deux fichiers à télécharger. Marc ouvrit le premier. Le texte de l'article sur le meurtre de Clara Riopelle paru dans le dernier numéro de *Paris Flash* s'afficha. Il était signé de

Dominique Legrand, l'une des vedettes du magazine. Un journaliste à l'ego digne d'un ballon dirigeable. Il tenait une chronique littéraire très prisée, écrivait un roman tous les deux ans, et caressait le rêve d'être un jour admis au sein de l'Académie française.

Marc passa outre… et commença à lire.

MASSACRE À BROCÉLIANDE

Un ange a croisé le diable

Torturé, violenté, le corps d'une jeune femme a été retrouvé sans vie en Bretagne lundi 19 juillet, dans la forêt de Paimpont, à quelques kilomètres de Ploërmel (Morbihan). Les gendarmes n'ont pour l'instant aucune piste.

Elle s'appelait Clara. Elle est morte seule dans les bois de Paimpont. Torturée jusqu'à son dernier souffle par un esprit malade. Dans un ultime outrage, son ou ses tueurs l'ont abandonnée, nue, attachée à un tronc mort, celui de « l'Arbre d'Or » au cœur du Val-sans-Retour, dans ce qui était autrefois la forêt de Brocéliande. Ce crime odieux s'est déroulé pendant le week-end. Sans témoins... C'est un endroit tranquille mais chargé de légendes étranges, fréquenté par des randonneurs, des familles et les touristes qui viennent y flâner en quête des traces de la fée Morgane ou de son fantôme. Selon la tradition, c'est là, près du hameau de Tréhorenteuc, dans ce vallon encaissé où poussent aujourd'hui au milieu des ajoncs et des fougères des châtaigniers et des pins maritimes, que la magicienne trompée retenait prisonniers les chevaliers infidèles à leur dame jusqu'à ce que Lancelot du Lac, fort de l'amour de Guenièvre, brise le sortilège.

Clara Riopelle, une jeune étudiante en droit de

vingt et un ans est morte là. Épuisée, après que la douleur eut été trop intense. Auparavant, elle a été frappée... Longtemps, violemment, systématiquement. Seul son visage a été épargné. Personne ne pouvait entendre ses cris dans ces bois isolés. Effarés, les gendarmes en charge de l'enquête préliminaire ont relevé de multiples traces de torture sur tout son corps. Brûlures, lacérations, pinces, couteau, aiguilles, écorchures, coups... Celui ou celle qui lui a ôté la vie s'est d'abord acharné sur sa chair. Le pire dans l'horreur ? Les deux seins de la jeune femme ont été tranchés et déposés sur une roche, comme si l'on voulait lui nier toute féminité. L'état du cadavre n'a pas encore permis de constater s'il y avait eu viol, mais beaucoup de signes laissent penser qu'il s'agit d'un maniaque sexuel. L'autopsie devrait permettre à la police scientifique d'isoler des indices, et peut-être de relever des traces d'ADN susceptibles d'amener à une identification rapide du tueur.

Le corps a été signalé le lundi 19 juillet aux alentours de 9 heures à la gendarmerie de Ploërmel par téléphone. C'est un groupe de randonneurs qui s'apprêtait à partir en forêt pour une promenade en famille qui a fait la macabre découverte. La jeune morte aurait pu être découverte beaucoup plus tard. En cette saison, les visiteurs sont peu nombreux à s'aventurer dans les bois. Ils préfèrent généralement aller sur la côte atlantique visiter les mégalithes de Carnac. Les vacanciers qui ont trouvé Clara s'étaient donné rendez-vous dans cette partie de la forêt de Paimpont, située au nord de la petite ville de Ploërmel, à la lisière de deux départements bretons, le Morbihan et l'Ille-et-Vilaine. Le cadavre n'avait pas été dissimulé, mais abandonné bien en évidence, ligoté par les poignets et le cou à un tronc de chêne carbonisé recouvert de feuilles d'or, connu sous le nom de « l'Arbre d'Or ». C'est un artiste local nommé François Davin qui, suite à un violent incendie qui a détruit des pans entiers de la mythique Brocéliande en 1990, avait proposé de transformer cet endroit en lieu « artistique ». Il avait frappé l'imagination avec cette exposition à ciel ouvert qui comprend cinq autres souches d'arbres morts encore debout, peintes en noir. Le bourreau de Clara n'a pas choisi cet emplacement par hasard. À l'évidence, il voulait que son crime soit découvert et connu. Pour l'instant, les gendarmes gardent le silence sur les investigations en cours. Ils ne livrent aucune piste et se refusent à tout commentaire. À l'heure où nous imprimons, peu d'informations ont filtré sur la martyre de Brocéliande. Les enquêteurs n'ont fait que confirmer du bout des lèvres le nom de la victime que nous avons pu vérifier par des sources concordantes. Clara Riopelle était âgée de vingt et un ans, et étudiait le droit à la faculté de Rennes. Elle venait de passer le concours d'avocat.

Le dossier de ce meurtre est à présent entre les mains de la section de recherches de la gendarmerie de Rennes. Celle-ci peut mobiliser jusqu'à trente hommes sur cette enquête qui risque de secouer de façon notable cette région de Bretagne réputée sans histoire. Pour mémoire, le dernier crime de sang recensé remonte selon la presse locale au mois de mai 2008, et concernait une affaire de mœurs qui avait dégénéré provoquant la mort violente d'un des protagonistes tué d'un coup de feu par une arme de chasse...

L'article avait été rédigé à partir d'informations collectées par des « petites mains », des enquêteurs qui avaient décroché leur téléphone et harcelé de coups de fil leurs contacts, et des reporters dépêchés sur place de toute urgence pour recueillir le plus grand nombre possible de détails croustillants. À Paris, la rédaction en chef avait ensuite demandé à Legrand de rassembler tous ces éléments et d'écrire quelque chose qui émeuve et captive les lecteurs. Du sang, des larmes…

Marc acheva sa lecture. Il n'aimait pas Dominique, mais il faisait son boulot. Plutôt bien. Marc bougea le curseur et téléchargea les quarante et une photos jointes. Une à une, elles s'affichèrent sur l'écran. Les premières images donnaient une vue d'ensemble.

Le cadavre se détachait entre les arbres. Il apparaissait pris en contrebas, les bras en croix. Le contraste entre la chair blanche, les cheveux sombres qui masquaient les traits du visage et les feuilles d'or donnait une dimension étrange, presque poétique aux photos. Les images suivantes étaient cadrées plus serrées. On y distinguait les poignets liés aux branches de « l'Arbre d'Or ». Puis des traces de poinçons, des estafilades en forme de Y et de L, des marques sombres de brûlures, et des ecchymoses de couleur rouge vif.

Sur le thorax, à l'endroit où auraient dû se dessiner les courbes de sa poitrine, deux incisions nettes en demi-lune laissaient apparaître les tissus sanguins et la graisse qui suintait.

Après l'avoir longuement examiné, Marc referma la dernière image. Le photographe avait cadré les globes des deux seins qui reposaient à l'écart du corps sur une large pierre plate, un schiste couleur corail.

Marc respira, puis souffla lentement. Il lui semblait que tout l'oxygène de la pièce avait été aspiré au fond d'un immense trou noir. Il détourna les yeux de l'ordinateur. À travers la fenêtre, il capta le manège gracieux d'un héron blanc, délicatement perché sur ses échasses. L'oiseau guettait sa proie sur la vasière à découvert.

Marc l'observa longtemps. Les pensées se bousculaient. Ainsi, il ne suffisait pas de tuer. Le ou les assassins voulaient humilier, faire souffrir. Dans quel but ? Qui pouvait en France avoir le cran de commettre ce genre de meurtre, y mettre un tel degré de sophistication et de sauvagerie ?

Quand l'échassier s'envola, Marc secoua la tête comme pour chasser un mauvais rêve. Sur son écran, il créa en quelques clics un dossier numérique qu'il baptisa « Brocéliande ». Puis, il y fit glisser en bloc les images du meurtre et l'article de *Paris Flash*. Il mit l'ordinateur en mode veille, puis se leva et saisit ses clés de voiture sur le bureau.

Patrick avait raison. Il ne pouvait pas rester là, à attendre que sa vie recommence. Ces photos avaient réveillé son instinct de chasseur de scoop. Quelque chose dans ces images le troublait. Un détail, une anomalie, un élément singulier sur lequel il n'arrivait pas encore à poser des mots. Il laissa son esprit vagabonder.

2.

Il était presque 20 heures quand Marc s'engagea sur le parking goudronné de la pointe d'Arradon. Il gara sa voiture entre deux remorques à bateaux. L'une était vide, l'autre s'affaissait sous le poids d'un dériveur, un vieux modèle à la peinture blanche écaillée. Le soleil avait commencé à baisser sur les eaux du golfe et nimbait l'île d'Arz et sa voisine, l'île aux Moines, d'une lumière orangée. En cette saison, il restait quasiment deux heures de jour avant que la nuit ne soit complète.

À quelques centaines de mètres du bord, une dizaine de bateaux se poursuivaient toutes voiles dehors dans le courant violent du chenal des îles Logoden.

La plage qui s'étendait sous la cale s'était vidée de ses occupants une heure auparavant. Les familles étaient rentrées pour le dîner. Il ne demeurait plus grand monde sinon quelques baigneurs qui jouaient à s'éclabousser, et une jeune fille brune en jean et en T-shirt noir. Assise sur le sable, elle contemplait le chassé-croisé du soir entre les voiliers, les catamarans et les planches à voile.

Sur la route, Marc avait réfléchi, bercé par quelques-unes des lancinantes mélopées de *Lost Souls*, le premier album des Doves, un trio d'outsiders de pop anglaise oublié de tous. Marc appréciait ces losers. Leur musique l'aidait à se concentrer. Si Clara passait ses vacances d'été chez ses parents à la Pointe d'Arradon, il y avait de fortes chances pour qu'elle ait conservé des connaissances sur place. Elles seraient peut-être même là ce soir. Il suffisait de traîner au bon endroit.

Un groupe de jeunes adultes, trois garçons et quatre filles, discutaient avec animation à la terrasse d'un café, l'*Abri Côtier*. Le lieu servait de rendez-vous aux habitués. Marc entra et commanda un demi. Il sortit avec son verre et s'assit à l'écart. Assez près pour entendre des bribes de leur altercation. Il était question de l'interpellation le matin même des trois membres des Sons of Gaël. Les garçons se querellaient.

Une des filles, une blonde, avait les yeux rougis. Elle renifla et tourna la tête à plusieurs reprises en direction de la plage. Marc suivit son regard. Il écouta encore quelques minutes, puis quitta discrètement le café.

Sans hâte, il se dirigea vers la jeune brune repérée en arrivant.

Elle était ravissante. Il la voyait mieux maintenant. La peau mate, les cheveux longs et sombres, des seins menus, une silhouette gracieuse de danseuse.

La jeune fille ne l'avait pas entendu s'approcher. Il s'arrêta à quelques mètres, s'accroupit pour se mettre à sa hauteur et toussota.

Elle se retourna.

Le visage au regard triste lui paraissait familier. Un moment, elle le dévisagea sans rien dire. Puis, elle cligna des yeux. Comme si elle s'éveillait et le découvrait à l'instant.

L'inconnue semblait sur le point de s'effondrer, terrassée par une douleur indicible. La jeune fille le regardait comme si elle tentait désespérément d'appeler à l'aide, mais les mots ne pouvaient franchir ses lèvres. Vu son âge, Marc imagina qu'elle devait être très proche de Clara Riopelle. Sa confidente, peut-être sa meilleure amie ? Elle semblait anéantie. C'était un sentiment que Marc pouvait comprendre, une souffrance avec laquelle il s'était habitué à vivre, depuis des années.

Touché, Marc s'approcha d'elle pour aller la réconforter. Sans un avertissement, il se sentit brusquement soulevé par les épaules et projeté sur le côté. Il réagit en souplesse et accompagna sa chute en faisant un roulé-boulé sur le sable. La blessure sous sa cicatrice le fit grimacer. Il se redressa presque aussitôt les poings dressés prêts à frapper. Un des garçons, le plus costaud des trois, s'avançait vers lui. Marc s'en voulait de ne pas l'avoir entendu s'approcher. Les deux autres suivaient.

— Dégage, connard ! intima le jeune homme.

Le cerbère s'était interposé face à celui qu'il considérait comme un importun.

Il désigna du menton la fille au regard triste qui s'était relevée.

— Elle a le droit d'être tranquille. Fous-lui la paix !

— Calmez-vous, répondit Marc.

Il avait délibérément baissé sa voix d'une octave et utilisé le vouvoiement pour maintenir la distance. En cinq ans, l'ancien grand reporter avait perdu une bonne partie de ses automatismes, mais il n'avait pas oublié une chose : la meilleure façon de désarmer les tensions, c'était d'être sincère et de se présenter avec ses propres faiblesses face à ses interlocuteurs. Il se tourna vers le jeune homme, mais s'adressait en fait à l'inconnue.

— Votre amie semblait avoir besoin de quelqu'un à qui parler. Je sais ce que c'est de perdre brutalement quelqu'un que l'on aime.

Les autres garçons avaient amorcé un mouvement conjoint. L'un sur sa droite, l'autre sur sa gauche. Ils manœuvraient pour l'encercler. Marc commença à reculer vers la mer. Il allait devoir les affronter. Ils étaient jeunes, athlétiques. Le plus agressif arrivait déjà sur lui.

— François, attends !

L'ordre de la jeune fille les figea.

— Mais, Sandra…

— Je n'ai pas besoin d'un garde du corps. Je peux me débrouiller seule. Laisse-le parler !

L'air farouche, elle se tourna vers Marc :

— Qui avez-vous perdu ?

— Ma femme.

— Comment faites-vous ? interrogea-t-elle.

— Comment je fais quoi ?

— Pour continuer à vivre ?

— Je n'ai pas de réponse à cette question, souffla Marc.

Il se tut, laissant le silence s'installer. Elle l'observait avec attention :

— Vous n'êtes pas là par hasard, constata-t-elle. Vous êtes journaliste, n'est-ce pas ?

Marc opina.

— Que voulez-vous savoir ? Vos confrères ont déjà tout dit, tout écrit ! Tout, et surtout n'importe quoi !

Marc baissa légèrement sa garde. Il pivota vers la jeune fille tout en surveillant ses adversaires du coin de l'œil. Il n'était pas le bienvenu et elle ne semblait pas porter les journalistes dans son cœur, mais en arrêtant ses amis, Sandra avait montré qu'elle était prête à l'écouter. Peut-être se sentait-elle coupable ? C'était une faiblesse à exploiter. Marc plongea dans la brèche.

— Il y a toujours quelque chose que l'on oublie, tenta-t-il. Un détail même minime qui, une fois imprimé, prend tout son sens et peut permettre à un témoin d'apporter une contribution décisive. Même le plus précautionneux des assassins peut faire une erreur.

Elle eut une moue de dégoût.

— Vous, rien ne vous arrête ! Pour qui travaillez-vous ?

Marc hésita. S'il lui disait la vérité, elle risquait de se braquer et de le rejeter définitivement. Mais s'il lui mentait, il se hasardait à un petit jeu dangereux qui se révélerait intenable à la longue. Il prit le parti d'être honnête, misant sur le prestige de la publication qui l'avait employé pendant des années.

— Je suis grand reporter pour *Paris Flash*.

La réaction de la jeune femme fut immédiate.

— C'est votre magazine qui a osé publier les photos de Clara morte. Comment osez-vous ?

Marc ne s'excusa pas. Au mépris des usages, il se rapprocha et posa sa main sur son bras. Elle ne recula que d'un pas.

— Oubliez votre colère. Réfléchissez. Pour Clara…

Sandra resta silencieuse. Elle avait baissé les yeux. Soudain, ses épaules s'affaissèrent. Marc sentit qu'elle fléchissait, qu'elle était prête à l'écouter.

— Vous semblez bien connaître la victime. Qu'est-ce que vous pouvez me dire sur elle ? Vous la fréquentiez depuis combien de temps ?

Le regard de la jeune femme se durcit.

— C'est… C'était ma sœur jumelle.

* * *

La réponse glaça Marc. Des jumelles ! Son enquête commençait à peine qu'il commettait déjà une bourde de débutant. Cinq années loin des rédactions avaient émoussé ses automatismes de professionnel. Avant de se lancer dans une histoire, il fallait tout bétonner. C'était une règle de base. Tout vérifier. Il maudit Patrick d'avoir omis ou oublié de lui donner cette information cruciale. Dans sa tête, il passa en revue les photos qu'il avait reçues sur son ordinateur. Aucune ne montrait clairement le visage de Clara. Sur chacun des clichés, celui-ci était masqué par sa chevelure ou maculé du sang de ses blessures. Mais il comprenait maintenant d'où venait sa sensation de déjà-vu en apercevant de loin Sandra. Marc releva les poings et se prépara à encaisser l'assaut des trois garçons. Il le méritait.

— Stop !

Sandra s'interposa de nouveau. Elle s'approcha, faisant signe à ses amis de rester à l'écart. Son visage n'était plus qu'à quelques centimètres de celui de Marc.

— Quelle sorte de journaliste êtes-vous ? demanda-t-elle. (L'indignation faisait frémir sa voix.) Comment pouvez-vous ignorer cela ?

Marc ne répondait rien. Il la regardait droit dans les yeux. La jeune femme le considérait toujours, l'air farouche. Elle avait les poings serrés contre ses hanches.

— Je comprends votre colère, murmura Marc après de longues secondes. Je serais dans le même état si j'étais à votre place. Ma seule excuse, c'est que je n'ai été appelé pour reprendre cette affaire qu'aujourd'hui…

— Comment cela ? Qu'est-ce que cela signifie ?

— Mon rédacteur en chef doute de la piste suivie par les gendarmes. Je vis dans la région. Il m'a demandé de reprendre l'enquête de zéro.

— Et vous êtes venu directement ici ?

— Oui, je savais que votre sœur passait ses vacances chez ses parents à la Pointe d'Arradon. Cela me semblait un bon point de départ. Mais j'ignorais que Clara avait une sœur jumelle. Je suis navré de vous avoir blessée. Ce n'était pas mon intention.

Le chagrin qui avait rougi les yeux de la jeune femme, son émotion lui donnaient l'envie de la prendre et de la serrer dans ses bras. Il ressentait sa peine. Plus qu'elle ne pouvait l'imaginer. Mais il ne pouvait pas faire ce geste. Elle n'aurait pas compris.

Sandra desserra les poings et recula de quelques pas. Elle semblait réfléchir.

— Votre rédacteur en chef a raison, lâcha-t-elle. Je ne peux pas croire que les trois abrutis qui ont été arrêtés ce matin aient quoi que ce soit à voir avec sa mort.

— Qu'est-ce qui vous fait dire cela ? demanda Marc.

Il était surpris de son ton assuré, de la certitude qu'elle dégageait soudain après avoir eu l'air si fragile quelques instants plus tôt.

— Simplement, c'était ma sœur. Clara ne me cachait

rien. Elle n'a jamais fréquenté les milieux gothiques ou sataniques. Elle n'écoutait même pas ce genre de trucs. Elle était comme moi, comme nous tous ici ! Si elle écoutait de la musique, c'était de la techno, du rock, du reggaeton. Clara était si belle, si pure… Merde !

Sandra s'interrompit. Elle essuya furtivement une larme au coin de ses yeux.

— Je suis persuadée qu'elle a fait une mauvaise rencontre, reprit-elle. Un pervers, un salopard qui s'est déchaîné sur elle.

— Est-ce que les gendarmes vous ont laissé entendre qu'il y avait d'autres suspects que les Sons of Gaël ? demanda Marc.

Il fit deux pas dans sa direction. Sandra ne recula pas.

— Non… Ils ne m'ont jamais rien dit de plus. À mes parents, non plus. La seule chose qu'ils nous ont répétée, c'est qu'il fallait que l'on attende. Attendre, c'est tout ce qu'ils ont à nous proposer ! Comme si nous pouvions faire autre chose… Ces salauds ne nous ont même pas prévenus pour l'arrestation de ce matin. Je l'ai appris par la radio.

— Votre sœur, Clara, avait-elle un petit ami ? interrogea Marc.

— Oui, Vincent, répondit Sandra. Ils étaient très amoureux. Le malheureux est venu pour l'enterrement. Puis il est reparti.

— Les gendarmes l'ont interrogé ?

— Je ne sais pas. Nous n'avons pas eu le temps de vraiment en discuter.

— Quel est son nom de famille ? questionna Marc.

— Mirukoff. Avec deux f à la fin. Vincent Mirukoff, dit Sandra.

— Vous permettez ?

La question était rhétorique. Marc sortit un carnet et un feutre d'une poche arrière de son jean. Il nota rapidement le prénom et le nom avec l'orthographe précise. Les trois garçons s'étaient maintenant éloignés.

— Clara et Vincent, étaient-ils ensemble depuis longtemps ? demanda Marc.

Il savait que la plupart de ses questions ne mèneraient à rien. Mais il fallait les poser. Règle numéro un du reporter : poser des questions, encore et toujours, même les plus incongrues. Poser des questions, c'était s'ouvrir la possibilité de récolter un petit bout d'information. Et tous ces petits bouts d'informations, ces interrogations en apparence inutiles finissaient par dessiner un schéma, une histoire. Pour les avoir un peu côtoyés au cours de sa vie de reporter, Marc savait que les flics n'agissaient pas de façon très différente.

— Deux ans, répondit Sandra. Ils s'étaient rencontrés quand ils étaient étudiants à la fac de Rennes. Ils étaient très amoureux.

Elle semblait à bout de nerfs. Prête à craquer. Marc se retint de la toucher à nouveau, mais se rapprocha un peu plus.

— Où était-il quand la disparition de Clara a été signalée ? insista le journaliste en baissant la voix.

Il essayait de reconstituer la chronologie des événements, de comprendre l'enchaînement des faits.

— Vincent a déjà obtenu son diplôme, soupira-t-elle. Il est en stage dans un cabinet à Paris. Le week-end du 17 juillet, il avait préféré rester à la capitale.

— Clara et lui… Comment s'entendaient-ils ?

Marc avait ménagé une pause. Il observait Sandra. Elle avait détourné la tête et étudiait les bateaux qui défilaient. Ou faisait semblant. L'ancien grand reporter sentait la jeune femme mal à l'aise. Avait-elle quelque chose à cacher ? Est-ce que ses questions sur le petit ami de sa sœur la dérangeaient ? Marc ne savait pas trop quoi en penser. Il attendit. Elle prit son temps pour répondre :

— Je vous l'ai dit : ils étaient très amoureux.

— Et Clara ? Avait-elle d'autres prétendants ? la pressa-t-il à nouveau.

— Oui, et non. Elle était très jolie, vous savez. Très sociable aussi. Plus que moi. C'était l'extravertie de la famille. Il y avait toujours beaucoup de garçons qui lui tournaient autour.

— Savez-vous si les gendarmes les ont interrogés aussi ? insista-t-il.

— Oui, certains sont là d'ailleurs.

Sandra désigna l'*Abri Côtier*. Marc se retourna. Le groupe de garçons les observait. Les filles les avaient rejoints.

— Mais on se connaît depuis notre enfance, ajouta précipitamment Sandra. Aucun d'entre eux n'aurait pu lui faire ça. Et Vincent, encore moins que les autres !

Tout à l'heure, il aurait voulu la prendre dans ses bras. Maintenant, elle l'agaçait. Prodigieusement. Marc ne pouvait pas vraiment l'expliquer, mais il savait, il sentait que la jeune femme n'était pas totalement honnête. Voulait-elle protéger ce Vincent ? Peut-être avaient-ils couché ensemble, et qu'elle se reprochait d'avoir trompé sa sœur maintenant qu'elle était morte ? Elle évitait sans cesse de le regarder. Un signe qui trompait rarement. Il ne savait pas encore comment, mais il avait la certitude qu'il finirait par découvrir ce qu'elle voulait lui dissimuler.

— Qu'est-ce que Clara faisait à Arradon ? demanda Marc.

— Elle était en vacances, et préparait ses révisions pour son examen en septembre. Nos parents ont une maison dans un lotissement derrière la pointe. Elle était venue se reposer.

— Vous étiez là quand elle a disparu ?

Sandra hésita. Elle évitait de regarder le journaliste. Toujours, elle fixait les bateaux. Elle se reprit. Mais gênée, la jeune femme ne répondit pas à sa question. À la place, elle dit :

— Ce samedi soir, nous sommes tous sortis en bande pour faire la fête.

— Où ? interrogea Marc.

— Au *Lord Saint-Clair*, lâcha Sandra avec réticence. C'est une discothèque entre Vannes et Ploërmel.

— Et vous êtes rentrés avec Clara ?

— Non. On avait tous beaucoup bu. On s'est perdus de vue. J'ai cru qu'elle était rentrée avec une autre voiture.

— Quand avez-vous prévenu la gendarmerie ? insista Marc.

— Dimanche. Dans la soirée, Clara ne répondait pas sur son portable. Je ne l'avais pas vue de toute la journée. On commençait à s'inquiéter. Ils l'ont trouvée le lendemain matin.

Elle eut un sanglot. Quelque chose clochait. Marc sentit qu'elle ne lui disait pas tout. Sandra semblait réciter ses réponses comme si elle les avait apprises par cœur, mais elle manquait de conviction et évitait toujours de croiser son regard. Elle avait aussi rougi. Il sentit qu'elle ne lui en dirait pas plus. Pas maintenant. Le journaliste déchira un bout du papier de son calepin, y griffonna son numéro de téléphone, et le lui tendit.

— Tenez. Si vous pensez à autre chose, appelez-moi. À n'importe quelle heure du jour ou de la nuit. C'est bien compris ?

Il avait posé sa main sur son épaule en même temps qu'il lui glissait la note. Il avait senti qu'elle n'attendait que cela. Un peu de réconfort. En bon pro, Marc savait que ce bref contact était essentiel. Sandra avait envie d'avoir confiance en lui. Mais elle n'était pas prête à tout lui dire. Pas encore.

— Merci, souffla Sandra. Vous allez les arrêter, n'est-ce pas ?

— Qui ?

— Ceux qui ont fait cela.

— J'aimerais bien, Sandra, répondit-il en retirant sa main. Mais ce n'est pas mon boulot. Je ne suis pas flic. Par contre, je vais tâcher de découvrir la vérité sur ce qui s'est passé cette nuit-là.

Chapitre 4

« … *From the first day I saw her*
I knew she was the one… »

« … Dès le premier jour où je l'ai vue
J'ai su que c'était elle… »

(*Where the wild roses grow* – Nick Cave & The Bad Seeds – *Murder Ballads* – 1996)

1.

Mardi 27 juillet. Pointe du Blaire (Morbihan).

Marc dormit mal.

Comme d'habitude.

Un rêve venait le hanter toutes les nuits depuis cinq ans.

Le soleil se couchait à Bali sur l'océan Indien dans une multitude de dégradés de roses et d'orangés.

Marc se tournait vers une femme brune, élégante, aux yeux verts semés de paillettes jaunes. Elle lui souriait.

Et puis, il y avait l'explosion.

Le bruit d'abord, le souffle ensuite, et pour finir la douleur. Sa propre douleur – physique – dans son corps meurtri. Contusionné. Puis son effroi quand il n'apercevait nulle part la femme aux yeux d'or.

Longtemps, il la cherchait frénétiquement au milieu des chaises et des tables en plastique tordues et renversées, parmi les gens qui hurlaient frappés de terreur et de désespoir. Enfin, il reconnaissait ses vêtements, un simple pantalon de toile noire et un T-shirt blanc avec cette inscription devenue dérisoire : « Surfin' Paradize ». Sa tenue était maintenant déchirée et maculée de sang. Il la prenait dans ses bras, et berçait tendrement le corps sans vie.

Sur son torse, il y a deux blessures béantes en forme de demi-lune là où ses seins auraient dû être. Il lui saisit délicatement le visage entre les mains, puis balaye les cheveux sombres qui lui dérobent ses traits…

… Les yeux morts et froids de Clara le fixent.

Comme si la jeune femme tentait de lui faire passer un message.

Marc se réveilla brutalement. Il ruisselait. Il se leva, et alla boire un peu d'eau glacée à une bouteille rangée dans le réfrigérateur. Dans la cuisine, il attendit longtemps que les battements de son cœur ralentissent. Apaisé, il se rendit au salon pour observer la nuit. Il s'écroula lourdement au fond d'un vieux canapé en cuir. On y voyait presque comme en plein jour. Au-delà des baies vitrées, la lune nimbait d'une lueur étrange les vasières du golfe découvertes par la marée basse. Le sommeil le saisit là.

Vers 7 heures du matin, il se réveilla, nauséeux. Il faisait déjà jour depuis un moment. Dans la salle de bains, Marc se passa un peu d'eau sur le visage, enfila un short en éponge, un T-shirt et des baskets aux semelles usées. Il partit courir à petites foulées dans la campagne.

* * *

Il relança le morceau. Il ne s'en lassait jamais. L'acoustique de sa petite voiture déglinguée laissait à désirer, mais n'arrivait pas à altérer le sentiment de mélancolie qui le saisissait chaque fois qu'il entendait cette chanson pop atypique avec son gimmick de guitare basse slapée. Le titre *Harrowdown Hill* figurait sur un album solo de Thom Yorke. D'habitude, Marc l'écoutait sur le trajet avant d'aller surfer à Quiberon sur la Côte Sauvage. Il se mettait au diapason des humeurs grandioses de l'océan. Aujourd'hui, il partait dans la direction opposée. Vers les terres.

Il lui fallut une quarantaine de minutes pour atteindre la petite ville de Ploërmel par la quatre-voies qui reliait Vannes à Rennes.

Le corps de Clara avait été découvert quelque part, un peu plus au nord.

Marc n'avait pas de GPS dans sa voiture. Il s'arrêta sur l'aire de la station-service de Brocéliande pour se procurer une carte au 1/1000e et un guide vert Michelin. Il paya à la caisse, demanda un peu de monnaie et se servit un expresso serré et sans sucre – comme il l'aimait – à l'une des machines à café. Il sortit et alla s'asseoir à une table de pique-nique pour siroter sa boisson et chercher le Val-sans-Retour sur le plan. Il faisait déjà chaud. Depuis plusieurs jours, la canicule s'était installée. L'amertume brutale du café lui fit du bien.

Plusieurs fois, Marc s'arrêta pour vérifier son chemin. Il faillit se perdre malgré sa carte dans le dédale des petites routes. À deux reprises, il dut même faire demi-tour en débouchant dans des culs-de-sac. Il passa des lieux-dits aux noms désuets et poétiques tels que « Folle Pensée » ou « Le Pertuis du Néant ». Après Ploërmel, le paysage avait changé. Un maquis d'ajoncs aux fleurs jaunes et des bouquets de pins maritimes et de sapins avaient remplacé les champs de colza et les pâtures pour le bétail. À quelques kilomètres de Tréhorenteuc, il aperçut des traces d'incendies récentes sur des affleurements de granit. Les faces sud des collines en étaient marquées et noircies.

Il était presque 9 heures du matin. Marc traversa le hameau sans croiser un seul de ses habitants. Il enregistra au milieu des maisons à toits d'ardoises la présence d'une chapelle. À la sortie du village, un panneau indiquait « Le Val-sans-Retour – parking ». Il fit encore deux cents mètres et tourna à gauche.

2.

Une petite voiture de couleur verte similaire à la sienne mais moins cabossée y était déjà garée. Une femme attendait. Jeune. Autour de la trentaine. Adossée contre la portière du passager, elle fumait une cigarette. Elle était métisse et paraissait le guetter. Pas très grande, très mince. Tonique comme si elle avait longtemps pratiqué de la danse ou de la gymnastique. Une chevelure noire et luisante, le visage en ovale avec des traits fins, un nez droit. Marc lui trouva une vague ressemblance avec un mannequin somalien qui avait eu son heure de gloire, mariée depuis à une rock star. Quel était le nom du chanteur déjà ? David Bowie. Et celui de sa femme ? Iman. C'était ça. Il remarqua qu'elle tambourinait des doigts sur la carrosserie. Nerveuse.

Marc ne l'avait jamais vue avant. Il se gara. Il coupa la musique de Thom Yorke et sortit.

— Vous êtes Marc Torkan ? l'interpella brusquement la jeune femme dès qu'il eut ouvert sa portière.

Elle écrasa sa cigarette sous le talon d'une de ses rangers et s'avança à sa rencontre. Elle avait prononcé « Torkann » en laissant traîner la dernière syllabe. Son accent était léger, à peine perceptible. Anglaise ? « Plutôt une Américaine », se dit Marc. Elle en avait la raideur et l'arrogance. Cet air de GI Jane comme si tout lui était dû. Ou presque.

— Oui, répondit-il. Et vous ?

— Katie Jeckson.

Marc l'examina, puis demanda :

— Jackson comme Michael.

— Non, Jeckson avec un e.

— Je devrais vous connaître ?

Elle dissimula mal une moue de contrariété. Marc se posa la question de savoir si c'était sa mauvaise blague ou le fait qu'il ne sache pas qui elle était. Dans les deux cas, la jeune femme semblait avoir une haute opinion d'elle-même. Et en même temps, elle se comportait comme si elle avait conscience de ne pas être à sa place. Comme quelqu'un qui débutait dans un nouveau boulot.

— Je pensais… Peu importe, dit-elle en chassant nerveusement une mèche. Je suis la photographe qui a fait les premières images du meurtre pour *Paris Flash*. Patrick Boudou m'a prévenue hier soir. Il m'a dit qu'il y avait de très fortes chances pour que je vous trouve ici ce matin. Il m'a demandé de venir vous attendre…

Katie hésita.

— … Il a aussi précisé que nous ferions équipe.

Elle lui tendit la main droite. Marc ne la prit pas. Il se contenta de hocher la tête avec un demi-sourire.

La jeune femme la garda en suspens quelques instants, puis la retira. Gênée. Ce mec avait un problème ou quoi ? Elle chercha une cigarette dans sa poche. Et l'alluma aussitôt. Elle en tira une longue bouffée.

— Comme ça, Patrick vous a *précisé* que je serais là… Bien. On peut dire qu'il n'avait pas tort, commenta Marc en examinant le paysage qui les entourait. Vous connaissez déjà cet endroit, non ? Faites-moi faire la visite. Pour le reste, on verra. Je n'aime pas que l'on me force la main.

Derrière le parking, un petit chemin goudronné filait tout droit entre les champs sur cinq cents mètres. Ensuite, il se perdait entre deux collines boisées. La jeune femme attrapa sur le siège avant de sa voiture une sacoche qui contenait ses appareils photo, et marmonna :

— Suivez-moi.

* * *

— J'étais là.

Katie leur avait fait gravir un coteau qui surplombait les lieux. Entre les feuillages des chênes, on distinguait l'éclat scintillant de l'Arbre d'Or. L'endroit était ceinturé d'une bâche blanche qui montait à hauteur d'homme. L'espace où la jeune femme s'était arrêtée, dissimulé par des ajoncs et des fougères, était entièrement tapissé de bogues de châtaignes et d'épines de pins séchées. De la main, elle essuya la sueur qui gouttait sur son front.

— Je me suis cachée là pour prendre les photos, expliqua-t-elle, crispée, en prolongeant son geste vers le sommet de la colline. Je suis arrivée par les champs, là-haut, pour ne pas me faire repérer par les gendarmes.

J'ai eu de la chance. Ils n'avaient pas encore mis la bâche de protection devant le corps.

— Vous n'êtes pas d'ici, remarqua Marc en examinant les lieux en contrebas. Comment avez-vous été mise au courant si vite que les gendarmes avaient découvert un corps à cet endroit ?

— Un vrai coup de chance. Je travaillais sur un sujet photo autour d'un Teknival, expliqua Katie. C'est un gros festival de musique techno qui réunit des milliers de fêtards tous les ans. Le lieu change chaque fois. Cette année, ils ont investi une vieille base aérienne à Meucon près de Vannes pour faire la fête pendant plusieurs jours. Je suis pigiste pour des magazines de mode français et américains, et je sais que ce genre d'événement peut les intéresser si les images leur plaisent. Sur place, j'ai sympathisé avec un journaliste de *Ouest-France* plutôt mignon qui couvrait la raves-party pour la rédaction locale. Il me l'a joué ami ami…

Katie eut un rictus amusé. Presque un sourire qui la rendit vraiment attirante quelques secondes.

— … On a surtout parlé boulot, mais je pense que je lui plaisais bien. Il a insisté. Je lui ai filé mon numéro de portable au cas où…

Elle laissa sa phrase flotter en l'air. Son visage reprit son masque d'impassibilité :

— Lundi dernier, il m'a appelée vers 10 heures du matin pour me prévenir qu'il avait un plan d'enfer. Il travaille dans une rédaction locale à Ploërmel. Il venait d'intercepter sur le scanner du bureau une conversation entre gendarmes à propos d'un meurtre vraiment bizarre…

Elle s'interrompit. Marc lui fit signe de continuer.

— Il n'en savait pas plus. Je lui avais raconté que j'avais des contacts dans la presse sur Paris. C'est pour cela qu'il m'a appelée. J'ai pris ma voiture, et je l'ai rejoint à quelques kilomètres du village. Il m'a expliqué que si je voulais faire de bonnes photos sans me faire coincer par les gendarmes, il fallait que j'évite l'entrée principale du Val-sans-Retour et que je passe plutôt par les collines. J'ai mis mes images en boîte, et je me suis carapatée. Ensuite, j'ai appelé *Paris Flash* plutôt que *VSD*. Je savais qu'ils payaient mieux. Une standardiste m'a mise en ligne avec Patrick Boudou.

— Ce journaliste de *Ouest-France*, il vous a réclamé de l'argent ?

— Même pas. Il m'a rappelée. Plusieurs fois. Il doit espérer un rancard. Mais il peut toujours courir.

Marc sourit, puis demanda :

— Et qu'est-ce que c'est exactement qu'un Teknival ?

Surprise, Katie le dévisagea. Elle crut un instant que Marc se moquait d'elle. Mais non, il semblait l'ignorer. Elle répondit :

— C'est le nom que l'on donne à toutes les grosses fêtes techno qui n'ont pas été autorisées. Le Teknival de Bretagne est particulier. C'est le plus important en France. Il rassemble jusqu'à vingt-cinq mille personnes. Il a toujours lieu à la même époque. Il n'y a que l'endroit qui change. Pour éviter une interdiction des autorités.

— Vous avez vendu votre sujet à des magazines ? demanda Marc.

— Celui-là ? Non, pas encore…

* * *

Il n'y avait personne pour surveiller les lieux. La bâche empêchait de distinguer la partie basse de l'Arbre d'Or. Deux branches mortes s'élevaient vers le ciel. Elles scintillaient, recouvertes d'une épaisse couche de peinture dorée. Marc ignora le ruban jaune barré d'un dérisoire « scène de crime » et enjamba le ruisseau qui coulait devant. Il passa par-dessus un grillage et se glissa derrière la bâche. Katie sortit l'un de ses boîtiers et le suivit.

Avec soin, Marc examina le tronc. Les cordelettes qui figuraient sur les photos avaient disparu, sûrement saisies comme pièces à conviction par les enquêteurs de la gendarmerie. Il s'accroupit à quelques centimètres de l'endroit où le corps de Clara avait été découvert. Il étudia longuement le sol, prit une poignée de terre et l'effrita entre ses doigts.

— C'est curieux.

— Quoi ? Qu'est-ce qui vous paraît anormal ? demanda Katie qui mitraillait la scène.

Marc eut un geste vague, mais ne répondit pas. Il se releva et s'approcha de la dalle de schiste aperçue sur les photos que lui avait envoyées par mail Patrick Boudou le jour précédent. Il restait deux taches plus sombres sur la pierre rouge. Marc grimaça.

3.

Marc s'éloigna pour passer un coup de téléphone. Katie l'observait. Elle avait allumé une nouvelle cigarette. Ce n'était pas encore aujourd'hui qu'elle arrêterait… Elle vivait en France depuis bientôt dix ans, s'était fait un point d'honneur à parler la langue aussi bien, même mieux qu'un Français, mais elle avait toujours du mal à comprendre leur mentalité. Leur façon de regarder les femmes. De la regarder. Leur façon de penser. Leur façon de bouger.

Pourtant, elle ne s'était pas installée à Paris par hasard. Katie adorait la peinture, les grands maîtres :

Renoir, Matisse, Monet, Manet, puis Picasso, Soutine, et tant d'autres. Profitant d'une bourse, elle était venue étudier aux Beaux-Arts. Un petit ami français l'avait séduite. Ils avaient vécu ensemble. Puis il l'avait quittée pour une autre. Moins indépendante. Elle était restée. Étrangère. Mais qui n'était pas un étranger dans une capitale comme Paris ? Par goût, puis pour gagner de l'argent, elle avait commencé à prendre des photos. Des paysages. Des portraits. Certains avaient plu. Elle en avait fait son métier, et vivotait en travaillant pour des petites publications d'art ou des magazines féminins qui l'employaient au coup par coup. Sa nationalité américaine, sa couleur de peau, sa beauté aussi lui donnaient quelques atouts dans un univers où l'apparence tenait souvent lieu de passeport. Mais jusqu'à cette affaire, Katie n'avait jamais travaillé sur des faits-divers. Elle était une néophyte en ce domaine, et même si elle ne l'aurait jamais reconnu, Marc Torkan l'intimidait. L'intriguait.

Il n'était pas beau. C'était une certitude. Mais il dégageait un charme indéfinissable. Il était plus grand qu'elle. Il mesurait au moins un mètre quatre-vingts. Mince. Un peu voûté. Les épaules larges. Il avait les cheveux blonds, coupés courts. Un peu dégarni sur l'arrière du crâne. Le soleil les avait éclaircis au point de les rendre presque blancs. Un peu de barbe. Mal rasé. La peau du visage et celle de ses avant-bras étaient bronzées. Son nez avait pelé. Comme s'il passait beaucoup de temps en plein air. Avec ses pommettes marquées, Marc lui évoquait un mélange entre deux acteurs français. Elle chercha leurs noms… Mais ne s'en souvint pas. Elle n'avait pas fait attention à la couleur de ses yeux, mais Katie imagina qu'ils étaient bleus… Ou verts. Elle se promit de vérifier. Elle le regarda téléphoner. Il déplaçait sa grande carcasse avec aisance et une certaine grâce. Comme en apesanteur.

Katie ne savait pas grand-chose sur Marc Torkan. L'appel de Patrick Boudou avait été plutôt bref la veille au soir. Le rédacteur en chef de *Paris Flash* l'avait prise de court. D'emblée, il lui avait demandé :

— Cela vous dirait de continuer à travailler pour nous ?

Surprise, elle s'était entendue répondre : « Oui. »

— OK. Je vous prends à l'essai comme pigiste. Vous ferez équipe avec Marc Torkan. Vous le trouverez tôt demain matin du côté du Val-Sans-Retour. Attendez-le sur place.

— Pardon, mais ce ne serait pas plus simple de me donner son numéro de portable ?

— Je ne préfère pas. Disons que Marc est un peu spécial. Je ne l'ai pas croisé depuis longtemps, mais faites-moi confiance, vous le reconnaîtrez quand vous le verrez. C'est un excellent reporter. Il a vu beaucoup de choses. Écoutez-le ! Je m'occupe de votre contrat. Vous serez défrayée un minimum de mille euros par semaine, plus les frais et les publications bien sûr. Ça vous va ?

Il avait raccroché, la laissant déconcertée. Katie avait vite repris ses esprits. À l'hôtel *Formule 1* où elle dormait depuis une dizaine de jours, il y avait un coin Wifi. Elle avait commencé par faire quelques recherches sur Internet autour du nom de Marc Torkan. Katie était tombée sur plusieurs articles en archives. Tous dataient d'avant 2005. Elle les avait lus avec curiosité. Marc Torkan avait bourlingué. Elle avait découvert qu'il avait couvert plusieurs grosses affaires de faits-divers pour *Paris Flash*. Il avait aussi été grand reporter à l'étranger, notamment en ex-Yougoslavie et en Afghanistan.

Il écrivait bien, insufflant de la vie dans des sujets qui traitaient le plus souvent de morts. Tout à l'heure, quand elle lui avait tendu la main, il ne la lui avait pas serrée. Avait-il un souci avec sa couleur de peau ? Non, c'était autre chose, plus profond. Elle n'arrivait pas à le cerner, et cela l'agaçait. Katie avait besoin de mettre les gens dans des cases. C'était l'éducation qu'elle avait reçue en Amérique. Les « good guys » d'un côté, les « bad guys » de l'autre. Un classement binaire qu'elle savait réducteur, mais qui lui paraissait plus commode pour envisager la réalité complexe de l'existence. Ce type avait un problème, mais la thèse raciste ne tenait pas. Elle l'écarta rapidement. Il ne semblait pas gêné de la côtoyer, de marcher à ses côtés. La photographe se dit qu'elle finirait bien par découvrir son secret.

Marc fourra son portable dans la poche de son jean. Katie tira une ultime bouffée et écrasa son mégot sous sa chaussure.

— J'ai laissé un message à Patrick. Il nous rappellera. On y va ?

— Où ? demanda la jeune femme.

— Au village. J'ai envie d'un café et de poser quelques questions, répondit Marc. (Il ajouta :) Vous dormez où en ce moment ?

— Un petit hôtel près de Vannes.

— Ah…

Il l'examina de bas en haut. Il semblait peser le pour et le contre d'une décision qui lui coûtait. Puis :

— J'ai une chambre d'ami chez moi. Nous faisons équipe, non ? Ce sera plus pratique pour travailler. Mais je vous préviens, c'est rustique.

Il n'attendit pas sa réponse.

Chapitre 5

« She stared in my eyes and smiled »

« Elle me regarda dans les yeux et sourit »

(*Where the wild roses grow* – Nick Cave & The Bad Seeds – *Murder Ballads* – 1996)

1.

Mardi 27 juillet.
Village de Tréhorenteuc (Morbihan).

Patrick rappela tard. En attendant, Marc et Katie avaient exploré Tréhorenteuc. « Explorer » : le mot ne convenait vraiment pas pour un si petit village. Marc avait questionné les rares habitants rencontrés. Ils n’étaient pas les premiers. Ils avaient été précédés par *Ouest-France*, *Le Télégramme de Brest*, *Le Parisien*, *VSD*, *RTL*, *France Info* et plusieurs équipes de télévision. Une semaine plus tôt, dès l’anncnce de la découverte du cadavre, les professionnels de l’info avaient fondu en masse sur le hameau. Mais au fil des jours, après avoir battu les collines et la lande environnantes, ils avaient commencé à se lasser et à disparaître. Pas de témoins. Pas d'histoire. Et des urgences qui les sollicitaient ailleurs.

Les gens d'ici étaient des taiseux. Ils ne savaient rien, n'avaient rien à dire. Ils ne connaissaient même pas la victime. Les journalistes étaient alors repartis braquer leurs caméras et leurs micros sur les lieux d'un nouveau faits-divers sanglant. Ils poseraient leurs questions à d'autres témoins plus prolixes.

Patrick s'excusa vaguement auprès de Marc :

— Désolé, le bouclage du magazine s'est prolongé tard dans la nuit. Je viens de me réveiller. Qu'est-ce que tu veux ?

— Des précisions.

— Est-ce que cela signifie que tu as accepté ma proposition ? Tu prends cette affaire ?

Marc ne répondit pas tout de suite. Il s'attendait à cette question, mais pas qu'elle lui soit posée d'emblée. Ni aussi directement. Mais Patrick était comme ça : il allait droit au but. Patient, le rédacteur en chef resta silencieux.

Marc jeta un regard autour de lui. Ils étaient les seuls clients dans le bar-tabac. Il n'y avait que deux établissements du même genre dans le village. Il y flottait une étrange odeur, comme un mélange nauséabond de détergents, de bière éventée et d'alcool anisé. Katie, qui touillait son café avec une cuillère, leva un œil interrogateur. Marc lui fit un petit signe de la tête. Il avait quitté ce cirque voilà cinq ans. Est-ce qu'il voulait reprendre ce putain de Grand Jeu ? Est-ce qu'il se sentait prêt ? Il songea à son cauchemar la nuit dernière. D'une certaine façon, Patrick avait raison. Il n'avait fureté que quelques heures autour du lieu où le corps de Clara Riopelle avait été découvert, et déjà l'envie d'en savoir plus le tenaillait. Comme un appel pressant auquel il ne pouvait pas résister. Il se sentait vide depuis si longtemps, et il avait suffi de si peu de chose pour le ramener dans ce qui l'avait excité pendant des années. Partir, voir, enquêter, revenir, témoigner. Cela l'effraya. Mais Marc préférait l'effroi de vivre à l'angoisse de se réveiller sans but.

— Oui, finit-il par consentir. Mais seulement pour cette affaire.

— Je ne t'en demande pas plus. Tu l'as rencontrée ? interrogea Patrick.

— Qui ? Katie ?

— Oui. Quelle impression t'a-t-elle faite ?

Marc s'éloigna pour parler sans que l'Américaine puisse l'entendre.

— Côté photos, je n'ai vu de son travail que ce que tu m'avais mis dans le mail. Mais elle a l'air de savoir se débrouiller au niveau cadrage. Elle m'a expliqué comment elle s'y est prise lundi dernier pour shooter la scène. Plutôt gonflée. Elle ne connaît rien au journalisme, mais elle a l'air d'en vouloir. Comme si elle avait des choses à prouver.

— Tant mieux. Dis-moi ce que tu veux ?

Qu'est-ce qu'il voulait ? Marc réunit ses pensées. Par quoi commencer ? Il fallait éliminer des pistes. C'est ça… Le petit ami ? Que savait-on au juste sur lui ? Les équipes du magazine avaient déjà dû bien avancer leur enquête.

— Vous êtes-vous renseignés sur le petit ami, Vincent Mirukoff ? interrogea Marc.

— Je vois que tu ne perds pas de temps. Les reporters m'en ont parlé. On a vérifié. Il était bien à Paris au moment où la fille a disparu Il est « propre ». Une de nos sources nous a assuré que les gendarmes l'avaient éliminé de la liste des suspects. Mais comment connais-tu son nom ? Tu as déjà rencontré ses proches ? demanda Patrick.

— En quelque sorte. Avez-vous un contact même indirect avec les enquêteurs de la gendarmerie ?

— Nous y travaillons. Le service technique de recherches judiciaires et de documentation de Rosny-sous-Bois a mis du monde à disposition, mais c'est la section de recherches de Rennes qui centralise tout pour le moment. Depuis la parution des photos, ils sont devenus paranos. Mais je vais essayer de te trouver quelqu'un là-bas qui accepte de nous parler en « off ». C'est aussi dans leur intérêt.

— Aux dernières nouvelles, les gendarmes privilégient toujours la piste satanique ? reprit Marc.

— Officiellement oui. Il n'y a pas vraiment d'autres pistes sérieuses pour le moment. Les gamins qui ont été arrêtés hier sont toujours en garde à vue. Ils sont coriaces. À ma connaissance, les gendarmes n'en ont encore rien tiré.

Un bruit de chaise raclée sur le sol dérangea Marc. Katie s'était levée. Elle s'impatientait. Marc lui fit signe de ne pas bouger. Froissée, elle se leva et sortit du café en trombe. Marc ne bougea pas. Comme si de rien n'était, il reprit sa conversation.

— J'ai appris quelques trucs ce matin à Tréhorenteuc qui me paraissent ne pas coller avec l'hypothèse des gendarmes. Le Val-sans-Retour et la légende de la fée Morgane sont des inventions romantiques qui datent de la fin du dix-neuvième siècle. Un mythe inventé pour faire venir des touristes un peu crédules. Je ne vois pas pour quelles raisons des adeptes de Satan traîneraient dans ce coin. Par contre, j'ai repéré des vestiges d'une villa gallo-romaine, et il y a quelques sites celtiques dans les environs. Je vais creuser de ce côté-là. Mais je crois qu'il y a autre chose derrière ce meurtre. Comme s'il s'agissait d'une mise en scène pour dissimuler… Je ne sais pas quoi. Vu de Paris, qu'est-ce que, toi, tu en penses vraiment ?

Marc entendit Patrick respirer bruyamment, puis souffler comme un ballon qui se dégonfle. « Il fume toujours autant », se dit-il.

— Je ne vais pas te mentir, répondit Patrick. Tout cela, c'est d'abord du sensationnel. Pour l'instant, faute de mieux, cette piste satanique me convient très bien. C'est spectaculaire, et c'est bon pour les ventes du magazine. Si tu me déniches une secte d'illuminés rassemblés au Val-sans-Retour pour commettre un sacrifice humain, je prendrai et je t'applaudirai même. Mais je suis comme toi, je n'y crois pas. De quoi aurais-tu besoin ?

— Vu l'ampleur de cette affaire, il y a forcément eu une autopsie médico-légale demandée par le procureur ou le juge en charge de l'affaire. Tu pourrais discrètement mettre la main sur ce rapport et me le transmettre ?

— Nous sommes dessus depuis une semaine, dit Patrick. Ce n'est pas évident de se le procurer, mais on y travaille dur. Dès que j'ai du nouveau, je te fais signe.

Marc sentait l'adrénaline qui revenait, les réflexes journalistiques perdus qui se remettaient en place. La règle de base : « Qui ? Quand ? Quoi ? Où ? Comment ? » Il avait du retard aussi sur l'affaire. Il dit :

— Je suppose que c'est Dominique qui suit l'affaire du côté de l'équipe officielle de *Paris Flash*. Et j'imagine qu'il est déjà à Rennes à suivre les gendarmes à la trace. A-t-il déniché des éléments intéressants ?

— Nous publions son papier mercredi, répondit Patrick. Il l'a bouclé au dernier moment. L'annonce de l'arrestation des trois Sons of Gaël n'est tombée qu'hier matin. Il a travaillé dans l'urgence. Dans l'article, il évoque les différentes pistes habituelles, celles qui sont classiques d'un crime de rôdeur ou d'un pervers sexuel. Il s'est surtout concentré sur le profil des gamins du groupe et l'aspect ésotérique de cette affaire…

— Mais tu viens de me dire que tu n'y croyais pas ? l'interrompit Marc.

— Je sais, convint Patrick. Mais pour le moment, c'est franchement la seule hypothèse valable. À moins que tu me prouves le contraire. Dominique n'a eu qu'une journée pour boucler cette enquête. C'est court. À Paris, je lui ai mis en renfort Mathieu Focart. Il a fait le tour des affaires similaires en France…

Le rédacteur en chef se tut brusquement. Marc entendit le bruit d'un liquide qu'on avale. Patrick n'avait pas changé. Il carburait à la clope, mais aussi à la caféine. Patrick reprit :

— Désolé, j'ai besoin de ma dose. Bon… Mathieu n'a déniché qu'un faits-divers semblable dans le Roussillon. Il datait de 2007. Le type était surnommé Sébastien le Cannibale dans la presse locale. Ce fêlé profanait des tombes en se proclamant fils de Bélzébuth. Un personnage franchement pas très discret. À l'époque, quand les gendarmes lui sont tombés dessus, ils ont trouvé des éléments assez inquiétants à son domicile. Ce Sébastien tenait un journal intime dans lequel il décrivait en détail son projet de tuer quelqu'un pour en manger des morceaux et s'approprier son âme. Tu vois le genre ? Il a été interné.

— Et Dominique s'est servi du même genre de conneries délirantes pour broder autour des Sons of Gaël ?

— Oui, reconnut Patrick. Il avait mon accord. A priori, ces mecs se présentent comme de simples adeptes de musique Black Metal. Mais ils avaient déjà été soupçonnés par la gendarmerie. Ils auraient participé à des actes de profanations dans des chapelles perdues dans la lande. Les rumeurs qui courent sur leur compte n'en font pas des enfants de chœur. Mais à notre connaissance, ils n'ont jamais été impliqués dans une quelconque affaire de meurtre, ni même aucune bagarre. Voilà pourquoi je t'ai fait entrer dans le jeu.

— T'es vraiment un enfoiré. Passe-moi le service de la documentation. J'ai des recherches à leur demander.

— Tu m'intrigues à nouveau, Marc.

— Ne t'excite pas trop vite ! Je n'ai pas lu la presse de façon assidue ces dernières semaines, ni même ces derniers mois. J'ai besoin de me rattraper et de consulter tout ce qui a été écrit sur l'affaire pour ne pas me lancer à l'aveuglette sur un sujet que je ne maîtrise pas. Et apprendre par exemple en interrogeant un témoin que Clara avait une sœur jumelle.

— Tu n'as pas perdu de temps à ce que je vois !

Marc imagina le sourire qui barrait à cet instant le visage de Patrick.

— Tu es passé à Arradon comme je te l'avais suggéré. Je te passe Laurence à la documentation. Tu lui manques. Elle m'a souvent demandé de tes nouvelles.

Il y eut un clic. Puis du bruit sur la ligne. Patrick transférait la communication.

* * *

— Sois précis, Marc ! Qu'est-ce que tu veux exactement ? répéta Laurence.

— Tout. Je veux toutes les coupures de presse concernant l'affaire Clara Riopelle.

— Y compris les nôtres ?

— Non. J'ai déjà une copie de l'article paru la semaine dernière.

— Et les dépêches qui circulent sur Internet ?

— Attends… Non, je les consulterai directement. Peux-tu aussi me lancer une recherche plus étendue sur des affaires similaires ?

— Bien sûr, mais il me faudrait des critères précis.

— Concentre-toi sur les affaires de morts suspectes. Celles qui concernent des jeunes femmes ayant subi des mutilations, des lacérations ou des tortures, notamment sur la poitrine…

— Attendez, ajoutez aussi la langue ! l'interrompit Katie.

La photographe était revenue sans un bruit dans le bar. Marc ne l'avait pas entendue. Elle s'était placée juste derrière lui. Surpris, Marc sursauta. Il se retourna et ils se retrouvèrent nez à nez. Elle affichait un air buté.

— Qu'est-ce que c'est que cette histoire de langue ?

— Les mutilations sur le corps… Clara a aussi eu la langue tranchée, maintint Katie. Un détail qui n'a pas été rendu public.

— Alors, comment le savez-vous ?

— Le mec de *Ouest-France*. Il l'a entendu sur son scanneur en piratant les communications des gendarmes. Il n'a pas osé le sortir parce qu'il n'avait pas de preuve. Avec moi, il a voulu faire le malin. Il me l'a dit au téléphone. Sur le moment, je n'y ai pas fait attention.

Marc répéta à l'attention de la documentaliste.

— Laurence. Avec ton logiciel, essaye aussi avec les mots clés suivants : « langue tranchée » ou « langue coupée ».

— Jusqu'à quelle date veux-tu que je remonte ?

Le reporter se passa l'index autour de la lèvre supérieure, et frotta doucement, comme s'il faisait pénétrer une pommade.

— Disons quinze ans en arrière. Arrête-toi en 1995.

— Est-ce que tu veux que je concentre cette recherche à des faits-divers qui se sont passés en France, ou souhaites-tu que je l'étende à d'autres pays ?

— Reste sur la France.

Marc se ravisa aussitôt. Quelque chose le titillait…

— Pardon, Laurence, peux-tu chercher sur toute l'Europe ?

— Bien sûr. Du moment que ces articles ont été rédigés dans des journaux qui figurent dans nos bases de données. Je peux même étendre cette recherche en dehors à l'Asie, la Russie, ou l'Amérique. Mais cela me prendra un peu plus de temps. Il faudrait que je contacte les services de documentation des rédactions concernées. Si c'est nécessaire, je peux le faire.

— C'est nécessaire. Merci, Laurence.

— Où veux-tu que je t'envoie toute cette documentation ?

— Sur ma boîte mail.

— Impossible de tout te transmettre. Les articles numérisés ne remontent que jusqu'à 2002.

— Si je te donne un numéro de fax, pourrais-tu me faxer les autres ? Il ne doit pas y en avoir des tonnes.

— Je ne sais pas encore ce que je vais trouver, mais si le volume de textes est trop important, je ne passerai pas des heures près du fax pour tout t'envoyer.

— Fais au mieux, Laurence. Et le reste, envoie-le-moi par courrier express. Je te donne mon adresse. Tu as de quoi noter ?

— Oui.

— Marc Torkan, Pointe du Blair, 56250 Baden. Précise sur l'enveloppe : deuxième maison sur la gauche.

Il allait raccrocher, mais Laurence le retint :

— Marc, tu nous as manqué. Je suis contente que tu retravailles avec nous. J'espère que tu trouveras ce que tu cherches. Et passe me voir quand tu seras à Paris.

— Je le ferai.

Le journaliste rangea son portable. Il avait envie de fumer.

— Et maintenant, qu'est-ce qu'on fait ? interrogea Katie, impatiente.

— Rien.

2.

La voiture de Marc avait disparu de l'autre côté de la pente. À sa suite, Katie engagea la sienne sur un chemin de graviers creusé entre deux affleurements de roches. Elle conduisait avec précaution. Depuis le Val-sans-Retour, il leur avait fallu un peu plus d'une heure par la voie express en roulant sans excès de vitesse pour parvenir jusqu'à cet endroit. Il semblait à l'écart de tout. C'est là que Marc vivait.

Arrivée en haut, Katie pila. Étonnée. Elle découvrait la vue qui s'étendait devant elle. Au milieu des pins maritimes, une maison blanche au toit ardoisé se découpait sur le paysage. Il y avait en arrière-plan une anse tranquille qui s'ouvrait sur le golfe du Morbihan où paressaient au mouillage une demi-douzaine de « plates », des barques d'ostréiculteurs peintes en noir. À cette heure, la marée était haute, mais personne ne naviguait au-dessus des vasières recouvertes par l'eau. Plus loin sur la droite, à moins d'un kilomètre, on distinguait une langue de sable qui prolongeait la pointe d'une presqu'île. Des vacanciers, petits points roses ou bruns, y prenaient le soleil. En face de cette plage s'étendait un îlot à demi dissimulé par une végétation surabondante. Un paysage à peindre ou à figer sur papier glacé.

Katie redémarra et roula lentement jusqu'au terre-plein où Marc avait garé sa voiture. En sortant, une odeur alcaline la saisit, celle du varech qui se décomposait avec la chaleur.

— C'est à vous, cet endroit ? demanda Katie.

Elle s'attendait à tout. Sauf à cela.

Le journaliste ne répondit pas. D'une manière générale, il était peu loquace. Il avait déjà ouvert la porte du garage. Il lui fit signe. Elle attrapa son sac dans le coffre et le suivit à l'intérieur de la maison. Il faisait sombre et frais. Contre le mur en ciment, elle remarqua trois planches de surf décorées de couleurs vives et une table de jardin en plastique blanc. Le genre de meuble pratique que l'on achète dans les jardineries. Katie traversa ensuite une cuisine en longueur, tout équipée, impeccablement rangée, puis déboucha dans le salon.

D'immenses baies vitrées encadraient la pièce constituée de deux rectangles assemblés en forme de L. Elles offraient une vue imprenable sur le golfe en contrebas.

La jeune femme en eut presque le souffle coupé. Marc ne lui laissa pas le temps d'admirer le panorama. Il dit :

— Je vais vous montrer votre chambre.

Construite à flanc de colline, l'habitation se déployait en réalité sur trois niveaux. Ce qu'elle avait pris pour le sous-sol en descendant un escalier sombre à la suite de Marc était en fait un rez-de-chaussée. En bas, il y avait trois pièces qui se succédaient le long d'un couloir mal éclairé. Son hôte ouvrit une porte, celle du milieu. Il alluma une lampe de chevet avec son abat-jour en tissu orangé et lui désigna un lit à deux places recouvert d'une couverture.

— Je n'utilise pas beaucoup cette partie de la maison. J'espère que la chambre vous conviendra.

En s'aidant d'une manivelle, Marc remonta le volet roulant qui obscurcissait la pièce. La lumière du soleil jaillit. La fenêtre donnait sur un spectacle quasi identique à celui des grandes baies vitrées du salon. Mais la végétation, en majorité des ajoncs et des genêts, formait une haie sauvage et bouchait la vue sur la mer. Marc sortit. Quand il frôla Katie près de la porte, elle sentit qu'il se contractait brièvement pour éviter tout contact.

Il ne lui fallut que quelques minutes pour déballer ses affaires. Katie voyageait toujours léger : T-shirts, jean, quelques paires de chaussettes, des sous-vêtements et son nécessaire de toilette. Quand elle avait quitté Paris deux semaines auparavant pour couvrir le Teknival, elle pensait s'absenter quatre ou cinq jours tout au plus. Par automatisme, elle passa cinq bonnes minutes à vérifier le fonctionnement de ses boîtiers photo.

À l'étage au-dessus, Marc avait mis de la musique. Elle reconnut la mélodie au piano, un morceau de Leonard Cohen, mais dans une version qui lui était inconnue. Katie remonta au salon. Installé sur une chaise devant une grande table recouverte d'une sorte de nappe en plastique rouge, Marc fumait un cigarillo tout en consultant son ordinateur portable. Il l'entendit, se retourna et l'invita à s'asseoir en face de lui.

— J'ai fait du café. Si vous en voulez…

Il lui indiqua une cafetière sur un plateau au bout de la table, avec deux bols en émail blanc. L'Américaine s'approcha du lecteur CD qui jouait la musique. Le boîtier plastique était posé sur le meuble à côté. Elle le prit et vérifia le titre de la chanson.

— Je ne connaissais pas cette reprise de *Hallelujah*, dit Katie.

— La plupart des gens connaissent la version de Jeff Buckley, répondit Marc. Je préfère cette reprise de John Cale. Elle est moins pathétique. Vous aimez ?

— J'écoute plutôt du classique.

Marc hocha la tête sans faire de commentaire. Katie crut détecter une lumière amusée dans son regard. « Oui, je suis black et je n'écoute pas que du rap ! » Mais la jeune femme ne dit rien. Elle se contenta de reposer le CD.

— Bon, je crois que nous devrions mettre à plat toutes nos infos avant d'aller plus loin, dit Marc en s'étirant. C'est comme cela que j'avais l'habitude de procéder. En attendant de recevoir la documentation, on va résumer ce que l'on sait sur le meurtre en partant des dépêches parues sur le Net et de ce que vous avez vu en prenant vos photos.

Il montra à Katie sur la table plusieurs carnets de post-it de toutes les couleurs, un rouleau de scotch, puis le mur blanc devant eux.

— Qu'est-ce que vous en pensez ? interrogea Marc.

— C'est vous le spécialiste des faits-divers. Moi, je ne sais faire que des photos.

* * *

L'après-midi était déjà bien avancé quand ils achevèrent leurs travaux pratiques. Le mur était maintenant constellé de papiers orange, jaunes et roses. Avec des indications et des noms propres rédigés au feutre noir avec la fine écriture de Marc. Les post-it formaient comme un immense tableau postmoderne. L'un d'eux de couleur jaune occupait le centre de cette nébuleuse. Il portait les mentions : Clara Riopelle/

Val-sans-Retour/Tréhorenteuc/19 juillet. Marc posa son index dessus, et tapota le papier plusieurs fois, puis se tourna vers Katie.

— Qui ? Quand ? Où ? Voilà ce que l'on a pour le moment. Les experts scientifiques de la gendarmerie passent au peigne fin toute la scène de crime pour découvrir le « Comment ? » Moi, ce qui m'intéresse, c'est : le « Pourquoi ? ». On a bien mérité une petite pause. Tout à l'heure, je téléphone à Laurence pour savoir où elle en est. J'irai ensuite chercher les fax à ma boutique. Elle a dû en transmettre déjà une partie. Avez-vous faim ?

— Oui, admit Katie.

Son estomac gargouillait, lui rappelant qu'elle n'avait rien avalé depuis la veille. Elle n'avait pas faim. Elle était affamée.

— Vous aimez les spaghettis à la sauce tomate et au gorgonzola ? Dites oui ! De toute façon, c'est tout ce que je suis capable de cuisiner.

* * *

Ils mangèrent sur la terrasse, protégés du soleil par un parasol. Marc était allé chercher la table de jardin dans le garage. Il avait aussi ramené quatre chaises en plastique qu'il avait disposées tout autour. Pour accompagner les pâtes, Marc avait débouché une bouteille de vin, un bordeaux un peu râpeux. Katie enfourna une énorme bouchée. Elle mastiqua et l'avala. Puis une deuxième. Et une troisième. Marc la regarda manger.

— Quoi ? demanda-t-elle, de nouveau agacée.

— Je ne savais pas que j'étais si bon cuisinier.

Katie agita sa fourchette en l'air, puis but une gorgée de vin et reposa son verre. Avec agressivité, elle lâcha :

— Je ne comprends pas ce que l'on fait.

— Comment cela ? s'étonna Marc.

— Pourquoi sommes-nous ici à attendre ? Pourquoi vous n'avez pas appelé directement l'autre équipe, celle qui enquête sur les Sons of Gaël ? Et pourquoi vous avez accepté de travailler sur cette affaire ? Vous avez dit tout à l'heure que vous aviez une boutique. Une boutique de quoi, d'ailleurs ? interrogea Katie.

— J'ai dit boutique ? C'est plutôt un magasin d'antiquités.

— Vous n'êtes plus vraiment journaliste ? Pourquoi ont-ils fait appel à vous ? Je ne comprends pas.

Marc joua un moment avec sa fourchette. Il enroula quelques pâtes qui traînaient dans son assiette. Puis il détailla sans se presser la jeune femme qui attendait sa réponse. Il se demandait ce qu'il pouvait lui dire, ou plutôt ce qu'il voulait lui dire. Avec son nez étroit, sa peau sombre, et surtout son visage aux traits fins, Marc se fit la réflexion qu'elle avait l'allure d'une pharaonne. Une Cléopâtre irritée à la peau chocolat qui aurait porté un T-shirt blanc, et un jean râpé. Il baissa les yeux et commença à parler.

— Cela fait plus de cinq ans que j'ai quitté *Paris Flash*, mais apparemment Patrick estime que je suis toujours un bon journaliste. J'avoue que moi-même, je n'en suis pas si certain. Si j'ai accepté de reprendre l'enquête, c'est pour des raisons qui me sont personnelles. Un jour, je vous en parlerai peut-être. Vous n'êtes pas née en France, n'est-ce pas ?

Katie leva les yeux vers lui, méfiante.

— C'est votre accent qui vous trahit. Il est léger, mais il est là. Vous parlez remarquablement bien le français.

— Effectivement, je suis américaine. Je suis née à New York. Mais je vis à Paris depuis dix ans.

— Avez-vous déjà couvert un faits-divers ? demanda Marc abruptement.

Il l'observait avec attention. Katie prit son temps pour répondre. Mais elle comprit qu'il ne servait à rien de bluffer. Elle joua la franchise.

— Non, c'est la première fois que je m'y retrouve mêlée.

— Avez-vous entendu déjà parler de l'affaire Grégory Villemin ?

— Non. En tout cas, cela ne me dit rien, reconnut Katie qui se demanda pourquoi Marc passait ainsi du coq à l'âne.

— Je vais vous expliquer pourquoi Patrick nous a mis sur cette affaire. En 1984, un petit garçon de quatre ans a été retrouvé mort, noyé dans une rivière nommée La Vologne. Il avait les pieds et les mains liés avec une cordelette qui lui passait autour du cou. Quand les sauveteurs l'ont sorti de l'eau, un photographe de presse était présent. Il s'appelait Patrick Gless. Il travaillait pour un quotidien local, *La Liberté de l'Est*. Il a pris la photo. Elle lui a été payée cent quatre-vingts francs à l'époque par sa rédaction. C'est comme cela que l'affaire Grégory a démarré. Christine Villemin, la mère de l'enfant, puis Bernard Laroche, un cousin, ont été tour à tour soupçonnés et accusés. Ils n'ont pas été les seuls. En quelques jours, tous les journalistes de France ont débarqué dans ce coin perdu.

Marc s'interrompit. Il s'alluma un cigarillo. Il souffla une bouffée de fumée et reprit :

— Dès le début, le magazine *Paris Flash* avait pressenti que ce n'était pas un faits-divers ordinaire. Ils ont envoyé plusieurs équipes de reporters, notamment un certain Jean Kerr et un autre journaliste nommé Jean-Michel Caradec'h qui venait d'obtenir le prix Albert Londres. Le premier pensait que Christine, la mère, était innocente. Le second qu'elle était coupable. Chacun défendait sa thèse dans les colonnes du magazine. Parfois, dans le même numéro. Ils ont enquêté avec leurs équipes pour essayer de trouver la vérité. Cela a duré des mois et des mois, et même des années. Le journal leur laissait carte blanche.

— Je comprends, dit Katie. Et vous êtes qui dans cette histoire ?

— Dominique Legrand pourrait être Jean Kerr, et moi Jean-Michel Caradec'h. Excepté que je n'ai pas de coupable à accabler.

— Et pour l'enfant ? interrogea Katie.

— Quel enfant ?

— Grégory. Qui l'a tué ?

— Malgré plusieurs tonnes de papier, aujourd'hui encore, cela reste un mystère.

Chapitre 6

« … *For her lips were the colour of roses*… »

« … Car ses lèvres étaient de la couleur des roses… »

(*Where the wild roses grow* – Nick Cave & The Bad Seeds – *Murder Ballads* – 1996)

1.

Mardi 27 juillet. Pointe du Blair (Morbihan).

Katie débarrassa la table et passa les assiettes sous l'eau. Marc s'était éclipsé. Il avait passé son coup de téléphone à la documentation de *Paris Flash*, puis il s'était excusé auprès de la jeune femme, avait pris sa voiture et avait disparu. Une heure après, il était de retour avec une pile d'articles consacrés à l'affaire. Il en manquait une partie, l'encre avait bavé pendant l'impression, mais la majorité des fax restait lisible. Ils passèrent la soirée à les éplucher. Malgré la nuit qui tombait, la chaleur était encore dense et portait sur les nerfs. De temps en temps, Marc disparaissait dans sa chambre pour passer ou répondre à des appels énigmatiques sur son portable. Sans jamais donner une seule explication à Katie. Il n'aurait pas pu trouver un meilleur moyen de l'agacer. La photographe bouillait. Dans son travail, elle avait l'habitude d'opérer en solo, ou d'imposer son tempo. Là, elle devait se contenter de suivre. Katie se sentait inutile et haïssait cette sensation. Que pouvait-elle faire ?

Elle profita d'une absence prolongée de Marc pour s'accaparer l'ordinateur et chercher sur le Net des références aux Sons of Gaël.

Les fils de Gaël : ce nom mi-anglais mi-celte l'intriguait. Une rapide recherche lui avait donné comme étymologie pour Gaël : « Prince Blanc », formé à partir de deux mots bretons « gwenn » (blanc) et « maël » (prince). En furetant sur des sites spécialisés, Katie avait découvert que Gaël avait aussi pour sens « voleur ». Un héritage de l'arrivée d'un peuple celtique inconnu en Irlande et en Écosse. Les vaincus avaient ainsi désigné leurs envahisseurs, avides de rapines. Puis les vainqueurs s'étaient installés sur place et avaient adopté ce nouveau nom.

Katie zappait d'un site à l'autre quand une évidence la frappa. Myspace ! Si ce groupe voulait se faire connaître, il devait forcément avoir créé une page sur le site communautaire Myspace. Elle tomba dessus en un clic : www.myspace.sonsofgael.com. C'était le premier site référencé sur Google lorsqu'on inscrivait leur nom sur le moteur de recherche. Personne n'avait songé à le suspendre. Il affichait cinquante-huit mille connexions, un petit texte de présentation en français et sa traduction en langue celtique, quatre morceaux à écouter en streaming intitulés *Heol*, *Loar*, *Nerz*, *Mor*, quelques photos en noir et blanc et plusieurs vidéos prêtes à être téléchargées. Par habitude, Katie commença par examiner les images. Les trois amateurs de

Black Metal y posaient selon l'iconographie rebattue du rock gothique. Sur la photo d'ouverture du site, celui qui paraissait être le chanteur était accroupi au premier plan, sa main droite – dont tous les doigts étaient bagués – prenait appui sur le genou, l'autre bien à plat sur le sol. Katie se demanda si ce geste avait une quelconque connotation ésotérique ou si c'était le hasard qui lui avait fait prendre cette attitude.

Vêtu de noir, le jeune homme à la longue chevelure brune fixait l'objectif. Le trait de khôl qui soulignait le regard en forçait l'intensité. En arrière-plan, ses compagnons se tenaient debout. Bras croisés, les deux autres Sons of Gaël l'encadraient. Ils étaient aussi habillés en noir. L'un portait les cheveux blonds et courts, tandis que l'autre, celui de droite, arborait un crâne entièrement rasé. L'image était menaçante. C'était sans aucun doute l'effet recherché. Katie s'en défendit, mais elle ne put s'empêcher de penser qu'avec leurs dégaines de messagers des enfers, The Sons of Gaël avaient la gueule de l'emploi, de vraies têtes de tueurs. Leurs surnoms celtiques aux consonances étranges pour une native des États-Unis étaient indiqués plus bas sur la page Web. Le chanteur s'était choisi le pseudonyme d'Erwan (Dragon), le guitariste aux cheveux blonds, Youenn (Yves), et le bassiste chauve, Gwendal (Front blanc).

Katie cliqua sur les morceaux compressés en fichiers MP3 pour les écouter. Le vieil ordinateur portable de Marc n'avait que deux mini haut-parleurs intégrés, mais la qualité était suffisante pour se faire une idée. Le titre *Heol* débutait par une mélopée entêtante. Elle était psalmodiée dans une langue gutturale qu'elle n'identifia pas. Katie supposa que c'était du breton ou une langue gaélique. Le chant profond se transformait avec l'irruption de guitares rapides au son distordu en un rugissement discontinu tandis que la basse et une batterie synthétique assuraient un grondement frénétique. Les deux morceaux suivants, baptisés *Loar* et *Nerz* étaient encore plus rock. On y sentait une rage contenue. Le dernier, *Mor*, une sorte de comptine malsaine, était joué en acoustique sans artifice. Juste le feulement de la voix rauque d'Erwan, et une guitare acoustique qui l'accompagnait. Katie ouvrit une seconde fenêtre sur Google, et chercha un site avec un dictionnaire de traduction breton/français. « Heol » signifiait : Soleil, « Loar » : Lune, « Nerz » : Force, et « Mor » : Mer.

Katie passa ensuite à la partie « commentaires » de la page. Il y en avait des centaines, la plupart en français, d'autres en anglais. Elle en parcourut quelques-uns composés dans la novlangue du Net et signés par des pseudonymes tels que Lelldhorin, Invictus ou Borgir. L'un des commentaires rédigés de façon plus soignée et attribué à un certain Shagrath retint son attention. Il avait été « posté » le jour même.

« Hail/ On vous kiffe Sons of Gaël. Comment ces crétins de chrétiens peuvent-ils encore confondre paganisme et satanisme ? Le satanisme n'est qu'une sous-religion judéo-chrétienne créée de toutes pièces et sans légitimité. Le paganisme est fondé sur des cultures et des traditions qui datent de la naissance de notre civilisation (...) Cela fait trois ans que j'écoute ce groupe, et je n'ai jamais eu envie d'aller brûler une église ou d'égorger un chrétien. Le message Black Metal est à prendre au 45e degré. »

* * *

Quand Marc revint dans le salon, Katie lui indiqua l'ordinateur.

— Il faut que tu voies quelque chose.

Le tutoiement lui avait échappé. Marc ne releva pas. Il se pencha au-dessus de l'écran devant lequel elle pianotait. Katie percevait son odeur, un mélange de sueur acide et de fragrance marine – Kenzo, sûrement. Marc était tout proche. Comme dans la chambre, il prenait soin de ne pas la toucher ni même de la frôler. Cela l'irrita. Sans qu'elle puisse se l'expliquer. Elle eut envie de se retourner et de lui saisir la main pour voir comment il réagirait. La jeune femme n'osa pas et se contenta de cliquer sur l'écran et de faire réapparaître le site Myspace des Sons of Gaël. Elle fit défiler la page et s'arrêta sur le commentaire qui l'intriguait.

Marc le lut avec attention, puis demanda à Katie de lui montrer les vidéos. Elle en lança une au hasard. On y voyait le groupe se démener sur scène et jouer face à un public de jeunes enthousiastes, cheveux courts et vêtements sombres. L'image tressautait en même temps que bougeait l'opérateur amateur qui tenait la caméra. Le son était franchement mauvais, mais l'énergie du trio passait à travers l'écran.

— Qu'est-ce que tu en penses ? demanda Katie.

— Pour l'instant, pas grand-chose, répondit Marc, mais celui qui se fait appeler Shagrath a raison de faire la distinction entre le paganisme et le satanisme. J'ai l'impression que c'est important pour les fans de Black Metal. Les gendarmes ne sont pas idiots. Ils n'ont pas pu non plus faire la confusion. Je pense qu'ils mettent la pression sur ces gosses, mais qu'ils continuent leur enquête en sous-main. Ils connaissent leur boulot. Il y a une heure, j'ai discuté au téléphone avec un vieux copain qui bosse dans un quotidien local, *Le Télégramme de Brest*. Demain, la garde à vue des Sons of Gaël sera de nouveau prolongée de vingt-quatre heures.

— Pourquoi ne me l'as-tu pas dit plus tôt ? fit remarquer Katie, froissée. Nous faisons équipe, non ?

— Je suis désolé, s'excusa Marc. Ça m'est sorti de la tête.

Katie repoussa sa chaise. Marc s'écarta.

— Mettons les choses au point tout de suite, dit Katie. Je n'ai jamais travaillé sur un faits-divers, mais je n'ai pas l'habitude de jouer les animaux de compagnie. Je te tiens au courant de ce que j'ai trouvé. J'attends la même chose en retour. OK ?

Le journaliste avait reculé de deux pas. La sortie de la jeune femme faillit le faire sourire. Il se retint. La susceptibilité et le mauvais caractère de Katie lui rappelaient des souvenirs de frictions avec d'autres photographes sur le terrain. Chien et chat, c'est sur ce mode que fonctionnaient la plupart des bons tandems en reportage. Je t'aime… Moi, non plus.

— OK. Tu me tiens au courant. Je te tiens au courant.

Katie se rassit et fixa sur l'écran le site des Sons of Gaël.

— Je ne connais pas la procédure en France. Combien de temps les gendarmes peuvent-ils les interroger ? demanda-t-elle.

— Il s'agit d'un meurtre accompagné de torture et d'actes de barbarie. S'il a été commis par une bande organisée, selon la loi, le procureur peut prolonger la procédure pendant quatre-vingt-seize heures.

— Et après ?

— Soit les gendarmes les relâchent. Soit ils se retrouvent en détention provisoire. Tout dépend de ce qu'ils ont fait… Ou pas. Et de ce qu'ils avoueront !

2.

Mercredi 28 juillet. Pointe du Blair (Morbihan).

Katie avait mal descendu le volet roulant dans sa chambre. La lumière du jour qui filtrait par les ouvertures la réveilla. Elle vérifia l'heure sur son portable. 7 h 35. Elle était épuisée. Le matelas était pourtant bon. La veille, ils s'étaient couchés tard. La maison était bruyante. Pendant la nuit, elle avait entendu Marc s'agiter au-dessus. Elle avait même cru capter des cris, mais elle n'en était pas certaine. Malgré le bruissement incessant et inquiétant des arbres agités par le vent, elle avait fini par glisser dans un sommeil maussade.

Katie enfila un débardeur propre, un short en jean effrangé qui lui moulait les fesses et monta pieds nus à l'étage. Sur la nappe en plastique rouge, posée en évidence, Marc avait laissé une note manuscrite :

« Parti courir. M »

Elle était seule. Katie décida d'en profiter pour explorer les lieux. Elle regarda autour d'elle. Des livres étaient posés un peu partout dans le salon, beaucoup de romans policiers cornés et tachés, un exemplaire du *Loup des Steppes* de Herman Hesse, un autre du *Parfum* de Patrick Süskind. Près du coin de cheminée, ils s'empilaient comme sur des tours branlantes, mais pas l'ombre d'une télé. Elle monta à la mezzanine. Dans la première pièce, un canapé avait été installé. Une vieille couverture bleue était déployée dessus. Il n'y avait rien d'autre. Elle continua. Dans un recoin, Marc avait aménagé avec une simple planche en contreplaqué et deux tréteaux ce qui devait lui servir de bureau. Elle feuilleta rapidement les documents qui y traînaient sans trouver rien d'intéressant. Elle allait quitter l'endroit quand elle remarqua un cadre à demi dissimulé par des rangements en plastique blanc et marron. Elle l'attrapa. Marc y posait avec une jolie femme aux longs cheveux noirs qu'il tenait enlacée. Ils fixaient l'objectif. Ils semblaient amoureux.

Quelque part dans la maison, une porte claqua. Katie reposa la photo avec soin et traversa la mezzanine en quelques enjambées. Elle s'apprêtait à redescendre lorsque Marc apparut en bas de l'escalier. Il portait un short de sport beige, un T-shirt bleu marine délavé, trempé de sueur, et des baskets crottées sans chaussettes. Il ruisselait et avait encore les joues rougies par son jogging.

— Hello, Katie. Matinale ! J'ai les croissants, dit-il en levant un sachet de viennoiseries. Café ou thé ?

— Café. Je cherchais la télé, fit-elle comme pour s'excuser de sa présence à l'étage.

— Je n'en ai plus depuis longtemps. Je prépare un pot de café, je prends une douche, et après nous déjeunons. Ça te va comme programme ?

Sans écouter sa réponse, Marc déposa les croissants à la cuisine, remplit la cafetière électrique avec de l'eau du robinet. Puis il versa au jugé du café moulu. Quand la quantité lui parut suffisante, il tassa avec une petite cuillère. Il alluma la cafetière, et la planta là pour disparaître au bout du couloir dans sa chambre. Il devait y avoir une salle de bains dans la pièce, dissimulée derrière le mur du salon car Katie entendit le journaliste s'affairer quelques minutes, puis le bruit d'une douche qui giclait.

Elle contemplait le paysage par les baies vitrées quand Marc réapparut quelques minutes plus tard. Il s'était changé et portait un plateau sur lequel il avait déposé un panier avec les croissants, du beurre, de la confiture, deux bols en émail blanc et une cafetière fumante.

— On a du boulot, dit Marc, en montrant d'un coup de tête la paroi couverte de petits papiers de couleurs.

* * *

Quelque chose tracassait Marc. Un souvenir confus qui l'avait troublé une partie de la nuit, puis il l'avait oublié. Cela datait de leur passage au Val-sans-Retour. Ce matin, le picotement familier dans la nuque était revenu quand ils eurent récapitulé ce qu'ils savaient de l'affaire. Marc se tourna vers Katie :

— Parmi tous les articles que tu as lus, est-ce que le Val-sans-Retour est désigné spécifiquement par les gendarmes comme le lieu du crime ?

— Oui… Je crois.

— Tu crois ou tu en es sûre ?

— Je n'en suis pas sûre à cent pour cent.

— Un truc me chiffonne. J'ai l'impression que c'est important. Je voudrais que l'on vérifie.

Chacun de leur côté, ils parcoururent à nouveau en diagonale les coupures de presse qu'ils avaient à disposition.

Au bout d'un quart d'heure, Katie remarqua :

— Je crois que j'ai ce que tu cherches. Quand le porte-parole des gendarmes s'exprime, il est bien fait mention du « lieu de découverte du corps ». Mais dans leurs articles, les journalistes n'ont jamais dissocié le lieu du crime de celui où Clara a été découverte. Regarde ! Dans *Paris Flash*, Dominique Legrand écrit même que « … Personne ne pouvait entendre ces cris dans ces bois isolés… ».

— As-tu conservé des copies des photos du corps au Val-sans-Retour ?

— Bien sûr. J'ai même le fichier original dans mon sac.

— Va le chercher. Je voudrais vérifier un détail.

* * *

— Là. Agrandis l'image.

Katie avait relié l'appareil photo numérique à l'ordinateur de Marc. Elle zooma comme il le lui avait demandé.

— Regarde. Il n'y a quasiment pas de taches de sang sur les pierres de granit qui sont autour du corps. C'est impossible si Clara a été tuée à cet endroit. Il y aurait forcément eu des projections sur plusieurs mètres étant donné la nature des blessures infligées par le ou les tueurs.

— Ils auraient pu nettoyer la scène après ou utiliser une bâche, objecta Katie.

— C'est une éventualité, releva Marc, mais dans quel intérêt ? Imaginons qu'ils soient plusieurs. S'ils avaient laissé le sang de leur victime sur le lieu du crime au Val-sans-Retour, en quoi ça leur poserait un problème ? Et pourquoi l'auraient-ils fait disparaître alors que tout indique qu'ils ne cherchaient pas franchement à être discrets ?

Marc s'interrompit un instant. Il se frotta lentement le dessus de la lèvre supérieure avec l'index, puis sous la lèvre inférieure avec le majeur. Un geste inconscient.

— On pourrait imaginer le scénario suivant, dit-il. Clara aurait été tuée dans un autre endroit, un lieu où personne ne pouvait l'entendre hurler. Ce qui permettait aux tueurs de torturer cette malheureuse sans crainte d'être repérés, et donc de prendre tout le temps nécessaire. Le corps aurait ensuite été déposé à cet endroit dans une sorte de mise en scène finale. Quelque chose de spectaculaire.

Pensif, il reprit :

— Si c'est le cas, celui ou ceux qui sont derrière ce meurtre ont fait preuve d'un sadisme et d'un sang-froid peu commun.

— Tu crois que les gendarmes ont repéré l'absence de traces de sang ? demanda Katie.

— J'en suis certain. La police scientifique était sur place. Tu l'as vue opérer. Ils ne laissent rien au hasard. Je pense que les enquêteurs de la gendarmerie ont préféré ne pas divulguer cette information parce qu'ils sont encore en train de chercher à localiser le véritable lieu du crime.

— Crois-tu que The Sons of Gaël seraient capables de cela ?

— Franchement, je n'en sais rien.

— Et nous alors ? On fait quoi maintenant ? s'impatienta Katie.

— Patrick nous a chargés d'aborder cette affaire de façon originale. Nous avons déjà un angle, et peut-être un peu d'avance sur les autres journalistes avec ce détail. Le mieux que nous puissions faire pour le moment, c'est de nous intéresser à la victime, Clara Riopelle. Qu'est-ce que l'on sait d'elle ? Qui fréquentait-elle ? Je pense qu'il est temps de retourner à la pointe d'Arradon. Il y a quelqu'un que je voudrais voir et que j'aimerais te présenter.

Chapitre 7

« ... *That grew down the river, all bloody and wild...* »

« … Qui poussaient plus bas sur la rivière, sauvages et rouge sang… »

(*Where the wild roses grow* – Nick Cave & The Bad Seeds – *Murder Ballads* – 1996)

1.

Mercredi 28 juillet. Pointe du Blair (Morbihan).

Marc rinçait les tasses du petit déjeuner dans l'évier, quand son portable sonna. Patrick. Le rédacteur en chef s'inquiétait. Il voulait déjà des nouvelles de l'avancée de son enquête. Marc exposa son hypothèse. Deux lieux différents : l'un encore inconnu où Clara aurait été assassinée, et l'autre identifié – le Val-sans-Retour – où son corps mutilé avait été découvert. Le journaliste acheva son compte rendu en rappelant que sans le rapport d'autopsie ou une confirmation venue d'une source proche de la gendarmerie, tout cela n'était que pure spéculation.

— Nous avons toujours du mal à mettre la main sur ce rapport d'autopsie, admit Patrick. L'affaire est sensible, mais tu l'auras. Je trouve ton idée intéressante. Même si je ne vois pas très bien où cela va te mener, il y a quelque chose à creuser de ce côté. As-tu lu l'édition de *Paris Flash* sortie ce matin ?

— Non, reconnut Marc.

— Tu veux que je te l'envoie par mail ? Sinon, essaye de te la procurer…

La phrase de Patrick sonnait comme un ordre. Marc tiqua. Agacé, il claqua la langue. Patrick ne s'en rendit pas compte et continua :

— … J'aimerais que tu lises l'article de Dominique. Il fait équipe avec Jean-Jacques pour les photos et un jeune reporter. Depuis hier, ils sont à Rennes. Ils planquent à tour de rôle dans une voiture devant la gendarmerie. Les enquêteurs de la section de recherches y cuisinent toujours les types des Sons of Gaël. Tout le monde est sur le pont là-bas. C'est la folie, m'a dit Dominique, ce qui signifie que, de ton côté, tu devrais avoir le champ libre. À part nous, TF1, et peut-être France 3, je ne crois pas qu'il y ait beaucoup de médias qui aient lancé deux équipes sur l'affaire. Bon, qu'est-ce que tu comptes faire aujourd'hui ? As-tu quelque chose ?

L'empressement de Patrick acheva d'énerver Marc. Le rédacteur en chef lui parlait comme à l'un de ses employés. Ce qu'il n'était pas. Il était temps de remettre les pendules à l'heure, se dit-il.

— Patrick, tu te calmes ! Nous sommes mercredi. Ton prochain bouclage, c'est lundi soir. J'ai besoin d'un minimum de temps. Je ne suis sur cette affaire que depuis une journée. La piste Sons of Gaël, c'est pour Dominique et son équipe. Je vais reprendre l'enquête de zéro, et me concentrer sur la victime et son entourage. Quelle est cette statistique que tu me serinais déjà quand je débutais au service des infos « géné[1] ».

— Dans soixante-dix pour cent des cas de meurtres, les victimes connaissaient leurs assassins, répondit immédiatement Patrick.

— Tu vois ! Cela fait un paquet de chances pour que Clara Riopelle ait été tuée par quelqu'un qui la connaissait.

* * *

L'article était tendancieux. Dominique Legrand le faisait avec un luxe de précautions, mais multipliait les allusions à l'implication des Sons of Gaël dans le meurtre de Clara Riopelle. L'affaire ne faisait plus la une du magazine, consacrée cette semaine-là à Sophie Marceau, mais elle occupait encore une place privilégiée dans le numéro avec six doubles pages. Sur la couverture, l'accroche claquait : « Brocéliande, la piste satanique ».

Le papier, passé par les fourches caudines du service de réécriture, tressait avec une certaine logique – et beaucoup de mauvaise foi – des ramifications entre le trio celte et des groupes de Black Metal scandinaves. En Norvège, des formations du nom de Mayhem ou Gorgoroth avaient par le passé été impliquées dans plusieurs affaires de viols et de meurtres. Fans de ce genre de musique, plusieurs gangs de bikers avaient aussi été mêlés à ces histoires, ainsi qu'à des incendies de lieux de culte chrétiens.

Comme Katie, Dominique Legrand avait repéré le site Myspace des Sons of Gaël. Il avait relevé les

1. Nom donné dans les journaux au service s'occupant des faits-divers.

références dont les trois musiciens amateurs se réclamaient : Blut Aus Nord, Death Spell Omega, Celtic Frost. Le journaliste avait aussi retrouvé la trace d'un collectif de Black Metal français plus ancien qui avait influencé The Sons of Gaël. En Bretagne, les enregistrements des Légions Noires, originaires de Brest, faisaient d'après lui l'objet d'un culte « incompréhensible et malsain » auprès des fans.

Son article allait plus loin en suggérant qu'une mystérieuse nébuleuse rassemblait sans doute à travers l'Europe différentes formations (il mentionnait Trollech en République tchèque, Lucifugum en Ukraine, Skyforger en Lettonie…). Sa thèse tenait en quelques mots : la musique Black Metal servait ni plus ni moins de vecteur pour diffuser un mélange d'idées nauséabondes prônant le retour à la barbarie et la réhabilitation du Troisième Reich. Dominique en prenait pour preuve le « Hail », une expression que les internautes utilisaient pour débuter tous leurs messages. Et à titre d'exemple percutant, il citait après les avoirs traduites les paroles de *Carnage*, un titre de Mayhem :

« Sorcellerie, sang et Satan/ Rencontre le visage de la mort/ Sang, feu, torture, douleur… Invoque le sang, invoque la guerre/ Invoque Satan, invoque l'enfer… »

L'article s'achevait abruptement par la mention de l'arrestation dans le Roussillon en 2007 de Sébastien le Cannibale. Le lecteur ne pouvait qu'en conclure que cette affaire était d'une façon ou d'une autre liée à la découverte du corps de Clara Riopelle dans le Val-sans-Retour. La photo en noir et blanc du trio remarquée par Katie sur Myspace servait d'illustration. Un petit malin avait dû vendre l'original ou une copie, et empocher quelques milliers d'euros au passage. Elle était exploitée sur une double page en ouverture du sujet et reprenait à l'identique le titre de l'accroche en couverture : « Brocéliande : la piste satanique ». Les maquettistes avaient rajouté un petit portrait en couleur de Clara où elle souriait. Le contraste était saisissant et transformait The Sons of Gaël en anges maléfiques.

Les photos de Clara et de sa sœur Sandra apparaissaient à la fin de l'article avec un court encadré sur la jeune femme morte, sa famille et les études qu'elle suivait à Rennes.

Marc avait acheté le magazine dans l'unique bar-café de Baden, le village le plus proche de la pointe du Blair. Sur le chemin de la pointe d'Arradon distante d'une dizaine de kilomètres, ils s'étaient arrêtés pour y commander des sandwichs. Katie acheva sa lecture en déchiquetant à petites bouchées son jambon-fromage. Elle faisait passer la nourriture avec des gorgées de Coca light. Elle referma le journal :

— *Fuck !* Je ne connais pas ce mec, mais ton Dominique a l'air ultra motivé par son sujet. Quel empilage de conneries ! Il mérite des baffes. Un détail que ce type a l'air d'ignorer, en anglais, l'expression « Hail » n'a jamais signifié autre chose que « Salut ». Il ne renvoie pas forcément au « Heil » du Troisième Reich. C'est un ami à toi ?

— Dominique a tendance à prendre ses désirs pour des réalités, commenta Marc avec un petit sourire que Katie ne sut interpréter. À nous de jouer et de prouver qu'il se plante sur toute la ligne.

2.

Le ciel était bleu. Intense. Sans un nuage. Et le soleil tapait aussi fort que pour une journée d'été sur les bords de la Méditerranée. La canicule s'était installée sur toute la partie ouest de la France. Dans la voiture malgré les vitres ouvertes, ils transpiraient abondamment.

— Je croyais qu'il ne faisait jamais beau en Bretagne, lança Katie, en se tournant vers Marc, criant presque pour couvrir le bruit du vent.

— Il y a un dicton : « En Bretagne, il ne pleut que sur les cons », répliqua Marc, le visage impassible. Tires-en tes conclusions.

Katie ne connaissait pas l'expression. Elle éclata de rire. Pour la première fois, elle se dit que Marc pouvait être amusant. Le journaliste sourit à son tour et monta encore un peu plus fort le son du lecteur CD dans la voiture. Il se mit à brailler en chœur le refrain pop de *There She Goes*, une chanson du groupe anglais The La's. Katie lui jeta un regard en coin, consternée.

— Si on continue à faire équipe, dit-elle en hurlant vraiment, il faudra que tu te mettes à écouter de la vraie musique !

* * *

La plage d'Arradon était noire de monde. Ils roulèrent au pas, pare-chocs contre pare-chocs, passant lentement devant la terrasse bondée de l'*Abri Côtier*. Marc chercha Sandra, mais ne la vit pas. Il ne reconnut aucun des jeunes gens croisés deux jours auparavant. Le parking de la pointe était plein. Il fit demi-tour et, sur un coup de chance, trouva une place sur le bord de la route à un kilomètre de distance. Ils refirent le chemin à pied en sens inverse et s'installèrent à une table en terrasse qui venait de se libérer. Ils patientèrent là pendant une heure et demie. Marc fuma deux cigarillos, et Katie grilla quelques cigarettes.

L'attente faisait partie du travail. Mais pour la bouillonnante photographe, c'était en quelque sorte une première. À part l'expérience des photos volées au Val-sans-Retour, la jeune Américaine n'avait jamais couvert de faits-divers. Elle travaillait le plus souvent sur commande, pour illustrer des reportages, mettre en boîte des portraits, et parfois montait ses propres sujets comme celui qu'elle avait réalisé pour le Teknival. Cela lui fit penser qu'elle ne l'avait toujours pas placé. L'argent posait moins de problèmes avec ce que lui avait promis Patrick au téléphone, sans compter la vente des photos parues la semaine dernière. Elle avait négocié l'exclusivité des quarante et une images pour trente mille euros. Elle aurait sans doute pu en tirer plus. Elle s'en était rendu compte dès le lendemain quand la presse quotidienne et la télé s'étaient emparées de l'affaire. Elle le saurait la prochaine fois. S'il y avait une prochaine fois… Un scoop de cette ampleur n'arrivait qu'une fois dans une vie de photographe. Katie se demanda quelles étaient les chances pour que *Paris Flash* lui achète son reportage sur le Teknival. La musique techno et ses fans n'avaient pas vraiment leur place dans ce genre de magazine grand public. Mais savait-on jamais… Elle allait rappeler *VSD*, et peut-être une publication américaine.

La photographe était plongée dans ses pensées quand Marc lui fit signe. Il avait aperçu l'un des garçons au bord de l'eau. Un blond musclé aux cheveux en pétard, le visage et les épaules tannés par le soleil. Il portait un harnais bleu ciel et s'affairait à dégréer une planche à voile. Katie sortit son boîtier photo qu'elle posa contre son ventre. Ils surveillèrent le jeune homme un moment. Marc attendit qu'il ait fini de remonter son matériel sur la cale en ciment pour se lever et aller l'aborder. Il fit signe à la jeune femme de ne pas bouger. Elle acquiesça, positionna son appareil en appui sur la table et commença à shooter au jugé. Elle ne savait pas qui c'était, mais elle préférait avoir des photos en boîte et passer trente secondes à les effacer le soir venu plutôt que de s'apercevoir qu'il lui manquait la bonne image. Il n'y avait jamais de moment parfait pour prendre une photo. « Dans le doute, tu shootes… » Voilà la seule leçon indispensable qu'elle avait retenue en travaillant.

Katie les observa pendant qu'ils discutaient. Au bout d'une dizaine de minutes, Marc vint la rejoindre alors que le garçon disparaissait avec sa planche, son mât et son wishbone dans l'une des belles propriétés qui s'alignaient au-dessus de la pointe. Le reporter se rassit, alluma un nouveau cigarillo.

— Alors ? demanda-t-elle.

— Bizarre, répondit Marc. Il a répondu à toutes mes questions sur Clara, mais j'ai senti comme une gêne quand je l'ai interrogé sur les circonstances de sa disparition. Il m'a répété qu'ils étaient tous partis faire la fête le samedi soir dans une boîte de nuit. Il m'a assuré qu'ils avaient pas mal bu, et que chacun croyait que Clara était rentrée avec une autre voiture.

— Qu'est-ce qui te gêne dans sa version ?

— Je ne sais pas. J'aimerais bien reposer quelques questions à Sandra, la sœur. Il n'a pas voulu me donner son portable, mais il m'a dit qu'il lui transmettrait le message.

* * *

La fin d'après-midi n'apporta rien de nouveau. Par sécurité, Katie avait pris des photos de la Pointe d'Arradon, s'attardant sur la plage et l'*Abri Côtier*. En partant, ils firent un crochet devant la maison des parents de Clara, une belle bâtisse en pierre qui se trouvait de l'autre côté de la pointe à laquelle on accédait par une petite route mal goudronnée. Ils sonnèrent à l'entrée, mais personne ne se montra. La maison semblait vide. Soit ses occupants étaient absents, soit ils avaient décidé de ne plus répondre aux visiteurs en général et aux journalistes en particulier. Katie escalada le mur, et prit en rafale quelques clichés de l'endroit. Elle fit la même chose devant le portail et la boîte aux lettres en prenant soin de cadrer le nom « Riopelle ». Marc la regarda faire sans commentaire. La journée avait été décevante. Marc se sentait comme ces chiens auxquels l'on donne à mordre un bout de cuir. Il plantait ses crocs, tirait, mastiquait, jusqu'à en sentir tout le jus. Mais là, il n'avait rien à se mettre sous la dent. Frustré, le journaliste monta le son dans la voiture. La voix hargneuse de Kurt Cobain sur le refrain de *Smell like teen spirit* lui fit du bien. Du coin de l'œil, il vit que Katie faisait la moue. Le rock de Nirvana ne semblait pas être sa tasse de thé. Provocateur, Marc augmenta la musique encore d'un cran.

Sur la route du retour, ils s'arrêtèrent devant la boutique d'antiquités. Il était 19 heures passées, mais elle était restée ouverte. La veille, il avait demandé à une vieille amie de venir le remplacer quelques jours. Sans dire un mot, Marc s'engagea dans l'allée, et gara sa voiture. Il coupa la musique pile alors que Kurt braillait : « I feel stupid and contagious. »

* * *

Maryvonne Guerrero était une femme aux larges hanches, âgée d'une soixantaine d'années. Elle se teignait, mais on apercevait çà et là quelques cheveux gris dans son chignon. Des joues rouges et deux billes bleues à la place des yeux lui donnaient un air de matriochka, et la rendaient immédiatement sympathique. Marc la connaissait depuis son enfance. Elle avait été amie avec ses parents avant qu'ils ne disparaissent voilà plus de quinze ans dans un accident de voiture. Ils lui avaient laissé en héritage la maison de la Pointe du Blair. Lorqu'il était revenu s'installer dans la région, elle s'était occupée de lui, et avait facilité ses démarches pour ouvrir le magasin. Elle était mariée depuis plus de trente-cinq ans avec un opticien aujourd'hui à la retraite, et n'avait jamais eu d'enfants. Quand Marc avait besoin de disparaître quelques jours, Maryvonne le remplaçait. Elle ne lui posait pas de questions. Jamais.

Maryvonne avait entendu la voiture. Elle sortit sur le seuil pour les accueillir. Elle salua le journaliste d'un geste de la tête et serra la main de Katie avec chaleur. La photographe remarqua à nouveau le soin que Marc mettait à éviter les contacts physiques directs. Et manifestement, ceux qui le connaissaient bien étaient au courant de cette manie. Qu'est-ce que cela signifiait ? Souffrait-il d'une phobie ? Elle n'eut pas le temps de poser la question.

— Venez, venez… Entrez, proposa Maryvonne avec empressement.

— As-tu eu du monde ? demanda le reporter.

— Pas un chat. Il fait trop beau. Les gens sont à la plage. Et vous ? Du nouveau ?

— Pas vraiment, répondit Marc.

— Aidez-moi à fermer. Vous me suivrez après à la maison. Je vous prépare à dîner, dit Maryvonne.

L'invitation sonnait comme un commandement.

3.

Maryvonne et Hervé, son mari, habitaient une ancienne ferme retapée. Marc avait mis à peine cinq minutes à faire la route. Avec Katie, il n'avait guère été loquace, expliquant simplement que c'étaient de vieux amis. Du jardin, entre les pins maritimes, on apercevait le clocher d'une église. La maison était coquette. Les hommes s'étaient installés dans le jardin. Sous prétexte qu'elle avait besoin d'aide pour préparer le dîner, Maryvonne entraîna Katie dans la cuisine. Intriguée par cette femme, la photographe l'avait suivie en se disant qu'elle en profiterait aussi pour l'interroger sur Marc.

Mais Maryvonne avait un don pour ne pas répondre. Pourtant, elle inspirait confiance. En moins de dix minutes, pressée de questions, Katie s'était retrouvée à lui déballer sa vie. Comment elle avait quitté les États-Unis après avoir étudié la peinture pour suivre un petit ami en France, puis faire l'école des Beaux-Arts à Paris. Comment celui-ci l'avait plaquée au bout de six mois… La jeune femme raconta qu'elle avait finalement décidé de rester pour tenter sa chance à Paris. À l'époque, la ville était encore réputée attirer les meilleurs photoreporters grâce à des publications de prestige comme *Paris Flash* et la présence d'agences renommées comme Sipa, Magnum… Katie s'était spécialisée dans les sujets autour de la musique, ou de la mode pour des magazines branchés. Mais la concurrence était rude. Avec l'explosion du numérique, n'importe qui s'improvisait photographe. L'Américaine cherchait sans cesse de nouvelles idées pour travailler. Une fois par an, elle rentrait en Amérique à l'époque de Thanksgiving pour rendre visite à ses parents qui vivaient en Floride. Elle avait deux frères. Tous deux mariés. L'un, Tyron, tenait un magasin de sport en Caroline du Nord. L'autre, Leroy, était dans les affaires. Elle n'en savait pas plus.

La curiosité de son hôtesse paraissait insatiable. Maryvonne voulait aussi savoir dans quelles circonstances elle avait fait la connaissance de Marc. Katie lui relata comment elle avait fait les photos du corps violenté de Clara Riopelle.

— La pauvre enfant, dit Maryvonne. Quelle abominable façon de mourir.

La vieille femme se tut, et laissa le silence s'installer. Katie en profita pour poser à son tour une question qui la taraudait.

— Pourquoi Marc a-t-il arrêté de travailler comme journaliste ?

Maryvonne délaissa le saladier dans lequel elle avait mélangé des œufs durs, du maïs et du thon en boîte.

— Il ne vous a rien dit ?

— Dit quoi ? interrogea Katie.

Maryvonne la considéra avec étonnement. Elle hésita un moment. Pesant le pour et le contre. Puis, elle lança :

— Après tout, c'est son histoire. Il vous en parlera quand il se sentira prêt. Tout ce que je peux vous dire, c'est qu'il est revenu s'installer dans la région voilà cinq ans. Il y a hérité de la maison de ses parents. Ils sont décédés eux aussi. Marc était au plus bas quand il est arrivé. Il lui a fallu du temps pour se remettre. Il a acheté ce moulin qu'il a transformé en magasin d'antiquités, mais j'ai toujours su qu'il reprendrait un jour son vrai travail. Il est fait pour le métier de journaliste.

— Qui est la femme sur les photos ? insista Katie.

Maryvonne la regarda. Elle se frotta le front, puis se passa la main sur la joue comme si elle était gênée.

— J'ai aperçu une photo d'eux sur son bureau, se justifia Katie. Ils avaient l'air très amoureux.

— Il l'aimait à la folie, dit Maryvonne.

Il y eut un silence.

— Vous êtes la première femme en compagnie de qui je le vois depuis qu'il est revenu vivre ici, constata Maryvonne.

— Je ne suis pas sa petite amie, protesta Katie.

— Je sais. Mais vous êtes là. Il vous supporte. C'est déjà beaucoup.

Maryvonne baissa la tête comme si elle en avait trop dit. Katie sentit qu'elle n'irait pas plus loin dans les confidences. Elle n'osa pas insister. Maryvonne souleva le saladier et partit rejoindre les hommes dans le jardin. Katie saisit une carafe d'eau et la suivit.

* * *

La soirée fut agréable. Il n'y eut pas d'autres révélations. Maryvonne évitait juste le regard de Katie. Son mari Hervé les régala avec des histoires mettant en scène les exploits de Marc lorsqu'il était enfant, puis adolescent. Le vieil homme était un merveilleux conteur et en faisait des tonnes à la plus grande joie de l'assemblée. Marc intervenait de temps en temps pour rectifier une anecdote quand la légende transformait par trop la réalité, mais la plupart du temps, il se taisait ou riait de bon cœur aux inventions et aux bons mots du vieil homme. Katie sentit que le journaliste était complètement à son aise au milieu de ces gens. Son côté bourru et narquois avait disparu. Que dissimulait-il ? se demanda Katie en l'observant à la dérobée.

Comme son épouse, Hervé voulait aussi tout savoir sur Katie. Elle ne put pas rester silencieuse, et se mêla à la conversation. La jeune femme puisa dans ses souvenirs et raconta sa propre enfance sur l'autre rive de l'Atlantique. Une mère au foyer, un père moniteur de sports de combat qui avait monté son entreprise de sécurité à son départ de l'armée. Les parties de softball en famille. Ils étaient bien. Une sonnerie du téléphone mit fin à tout cela.

Chapitre 8

« ... When he knocked on my door and entered the room... »

« … Quand il frappa à ma porte et entra dans la pièce… »

(*Where the wild roses grow* – Nick Cave & The Bad Seeds – *Murder Ballads* – 1996)

— Allô, monsieur Torkan ?
— Oui, répondit Marc.
— C'est Sandra. La sœur de Clara. Il faudrait que je vous voie rapidement. Il y a des choses… J'ai des choses à vous dire.
— Maintenant ?
— Oui. Maintenant.
— Et vous ne voulez pas me les dire au téléphone ?
— Non, j'ai besoin de vous voir.
— Où voulez-vous que l'on se retrouve ? interrogea Marc.
— Sur le port, à Vannes. Il y a un pub à côté des quais, le *Sullivan's*. Il est le long de la route qui s'en va vers le cimetière…

— Je connais.

— Pouvez-vous m'y retrouver dans une demi-heure ? demanda Sandra.

Sa voix tremblotait.

— Je peux.

— S'il vous plaît, venez sans la photographe qui vous accompagnait cet après-midi. C'est à vous seul que je veux parler.

Marc raccrocha. Enfin, il avait quelque chose à mordre. Il sentait l'adrénaline monter. Il était temps de passer à l'action.

* * *

Vingt minutes plus tard, le journaliste déposait discrètement Katie sur l'une des berges du port. La photographe descendit à une centaine de mètres du quai qui longeait le bâtiment de l'ancien conservatoire de musique. Sur le trajet, Marc lui avait exposé la situation. Ils étaient convenus de ce petit subterfuge. L'ancien grand reporter n'avait aucune idée de ce que Sandra désirait lui confier en face à face, mais cela paraissait important. Il n'y avait pas de raison de la contrarier et de risquer de laisser échapper une piste en se présentant à deux à ce rendez-vous. Marc ne voulait pas pour autant exclure Katie. Ils travaillaient ensemble. La photographe lui avait soufflé une solution simple :

— Tu m'emmènes, et tu me laisses à bonne distance du bar. Il fait nuit. Je passerai inaperçue parmi les passants sur le port. J'irai planquer à l'extérieur pendant que tu parleras à Sandra. Avec un peu de chance, et s'il y a des éclairages extérieurs suffisants, j'arriverai à la shooter quand elle sortira du pub.

* * *

Dissimulée dans la pénombre, Katie suivit des yeux la voiture de Marc. Elle trouvait la situation intéressante. Comme la semaine dernière dans la forêt, avec la police scientifique. C'était donc cela, l'excitation du chasseur ! Elle respira posément par le nez pour ralentir son rythme cardiaque. Marc fit lentement le tour du port et vint se garer sur le quai à peu près en face de l'endroit où elle se tenait. Le journaliste avait trouvé une place de parking libre proche de la terrasse du *Sullivan's*. Le pub était aisément reconnaissable à son enseigne noire et blanche. Une foule joyeuse créait de l'animation en bord de quai.

Katie observa Marc qui sortait de la voiture et claquait la portière. À une table en terrasse proche de l'entrée, elle reconnut la coupe de cheveux en pétard du planchiste blond photographié dans l'après-midi. Il avait un demi de bière devant lui. Il n'était pas seul. Katie n'avait encore jamais vu le petit groupe qui l'entourait, une demi-douzaine de jeunes gens d'une vingtaine d'années. Ils conversaient et s'apostrophaient en riant. La photographe devina que c'était la bande de Sandra, celle qui accompagnait Clara avant sa disparition.

La température de cette soirée de juillet était douce, et les clients se bousculaient à la terrasse du *Sullivan's*. Les uns s'agglutinaient assis autour d'une table, tandis que les autres trinquaient debout un verre à la main. L'endroit était bien éclairé par deux lampadaires publics plantés de chaque côté de la route qui longeait le bar, mais Katie se trouvait encore trop loin pour réussir des photos intéressantes.

De l'autre côté, Marc s'était arrêté et saluait le petit groupe. Le planchiste s'était levé. D'un regard, il vérifia que le journaliste se présentait bien seul, puis il lui indiqua d'un geste l'intérieur du bar. Marc entra.

Le jeune homme ne le suivit pas. Il se tourna dans la direction de Katie. Instinctivement, elle se recroquevilla. À plus de quatre cents mètres, sous les platanes, elle se savait pourtant invisible dans la pénombre. Il pouvait tout au plus apercevoir une silhouette. Mais à cette heure, elle était loin d'être la seule à se promener sur le quai. Elle attendit quelques minutes puis se décida à bouger, en prenant soin de rester hors de vue des buveurs sur la terrasse. Un peu plus bas en aval, elle traversa le port par une passerelle métallique qui enjambait les pontons où quelques voiliers étaient amarrés. Elle revint ensuite vers le bar. Elle se rapprocha lentement, repéra un gros platane, et s'accroupit confortablement adossée au tronc rugueux, loin des éclairages publics, son appareil dans sa main droite. Pour patienter, elle prit quelques photos du planchiste échevelé et de ses amis sur la terrasse.

* * *

— Merci d'être venu aussi vite.

Sandra était seule dans un box au fond du bar. D'une main, elle triturait un téléphone portable décoré d'une breloque en peluche, de l'autre elle serrait un verre rempli d'une boisson incolore comme si elle cherchait à réchauffer le liquide. Marc renifla et reconnut l'odeur de la vodka. Elle le porta à ses lèvres, et en avala une longue gorgée comme pour se donner du courage.

— Voulez-vous commander quelque chose ? demanda-t-elle alors qu'elle reposait sa consommation.

Elle l'avait proposé sans conviction.

— Non, Sandra. Vous aviez l'air pressé. Je suis venu vous écouter.

Elle leva les yeux vers lui. Ils étaient marron. Elle le dévisagea quelques secondes sans que Marc bronche ou dise quoi que ce soit. Il lui retourna son regard. Elle finit par ciller.

— Je n'ai pas tout raconté aux gendarmes…

Elle l'examina de nouveau, comme si elle attendait une réaction de sa part. Marc ne mouftait toujours pas. Elle répéta :

— … Je n'ai pas tout dit aux gendarmes. Clara a bien disparu dans la nuit de samedi à dimanche, mais nous n'étions pas au *Lord Saint-Clair*. Ou plutôt, nous n'y étions plus. Nous avons quitté la boîte vers 2 heures du matin pour aller nous amuser au Teknival. Clara était avec nous à ce moment-là. Elle a disparu après…

Sandra laissa sa dernière phrase flotter en l'air comme si elle attendait une intervention du journaliste.

— Pourquoi ne l'avez-vous pas dit aux enquêteurs de la gendarmerie il y a dix jours ? demanda Marc.

— La drogue, répondit Sandra rapidement. Nous étions défoncés. Toute la bande. Clara aussi ! Quand je me suis aperçue le dimanche qu'elle n'était pas dans sa chambre, j'ai vraiment cru qu'elle était revenue avec quelqu'un d'autre ou qu'elle avait rencontré un mec qui lui plaisait au Teknival. Nos parents nous avaient laissé la maison pour le week-end. J'avais pris des cachets d'ecsta et j'étais encore en pleine descente. Au début, je ne me suis pas vraiment inquiétée, et puis elle n'était toujours pas là en début d'après-midi. Je lui ai passé un premier coup de téléphone sur son portable. Elle n'a pas répondu. D'habitude, elle répond toujours. Alors, je l'ai rappelée, deux, trois, quatre fois, puis j'ai réveillé les copains qui dormaient dans la maison. Personne ne savait où elle était. Chacun la croyait rentrée dans une autre voiture. Nous avons téléphoné partout. Le dimanche soir, j'ai fini par appeler la gendarmerie et les prévenir que ma sœur avait disparu.

— À ce moment-là, ils ont dû vous demander où vous l'aviez vue pour la dernière fois en vie…

— Oui, bien sûr. Sur le coup, je n'ai pas réfléchi. J'ai répondu le *Lord Saint-Clair*. Mais dans un sens, c'était vrai. C'est là que je l'ai vue pour la dernière fois. Ensuite, je ne sais pas ce qui m'a pris, mais j'ai eu peur. Je n'ai pas osé leur dire que nous étions au Teknival. Nous avions acheté des cachets d'ecstasy, un peu de coke et de la kétamine. On a tout balancé et on a attendu. Lundi matin, les gendarmes ont appelé pour me prévenir qu'ils avaient découvert son corps. Mes parents étaient là. Ils étaient effondrés. À ce moment, il était trop tard. J'avais déjà menti. Je ne pouvais plus rien dire. Comment leur raconter ce qui s'était réellement passé ? Leur fille était morte. Vous comprenez ?

— Oui, dit Marc. Vous ne vouliez pas qu'ils conservent de Clara et de leur fille en vie l'image de deux droguées, n'est-ce pas ?

Sans un bruit, Sandra se mit à pleurer. Marc lui prit la main sans prononcer un mot. Au bout d'un moment, elle s'essuya les larmes et retira son bras.

— Qu'est-ce que je dois faire maintenant ? demanda-t-elle.

— Prévenir les gendarmes et leur expliquer ce que vous venez de me dire. Ils enquêtent sur un meurtre. Le reste, les drogues, ils s'en foutent.

— Vous en êtes certain ? Mais et mes parents ?

— Vous avez vingt et un ans. Vous êtes majeure. Assumez vos conneries. Elles n'ont rien à voir avec la mort de votre sœur. Si vous voulez qu'un jour son ou ses meurtriers soient arrêtés, et si vous voulez être en paix avec vous, il faut que vous parliez à la gendarmerie. Et à vos parents.

Sandra le regarda à nouveau, mais c'était comme si elle ne le voyait plus. Comme si elle réfléchissait à ce que les mots de Marc impliquaient, essayant désespérément de trouver une autre solution pour ne pas peiner ou choquer ses parents. Puis, vaincue, elle dit simplement :

— Merci.

— Ne me dites pas merci, répondit Marc. Je suis journaliste, pas votre confident. Ce que vous m'avez raconté là, je vais m'en servir. Vous le savez ?

— Oui, je le sais, concéda Sandra. Mais merci de m'avoir écoutée.

* * *

Katie aperçut Marc qui quittait le pub. Il ne pouvait pas la voir dans l'obscurité, mais il leva haut la main pour lui faire signe. Katie jura, sortit de sa cachette et vint le rejoindre à sa voiture.

— Pourquoi n'as-tu pas attendu qu'elle sorte ? Je n'ai pas sa photo. Tu fais chier !

— On s'en fout. J'ai mieux. Grimpe !

Chapitre 9

« There she stands, this lovely creature
There she stands, there she stands »

« Elle se tenait là, cette adorable créature
Elle se tenait là, elle se tenait là »

(*Lovely Creature* – Nick Cave & The Bad Seeds – *Murder Ballads* – 1996)

1.

Katie eut à peine le temps de claquer la porte de la voiture. Marc recula, manœuvra rapidement, puis accéléra. Ils passèrent à toute vitesse devant la terrasse du pub, sous les regards surpris du planchiste et de ses amis.

— As-tu avec toi les photos du Teknival ? demanda-t-il aussitôt.

— Elles sont chez toi. J'ai fait plusieurs sauvegardes. Pourquoi ? Quel est le rapport avec Sandra ?

— Y étais-tu dans la nuit du samedi au dimanche ?

— Mais où ça ? demanda Katie.

Marc l'irritait prodigieusement. Elle sentit qu'elle était à deux doigts de lever la main et de le frapper.

— Au Teknival !

— Évidemment, répondit-elle. J'y suis restée pendant les trois jours. Je te l'ai dit. J'étais venue spécialement pour le couvrir.

— Ces photos, il faut qu'on les examine, une par une, annonça-t-il. Toutes celles que tu as faites après 2 heures du matin.

— Mais pourquoi ? Explique-moi.

— Clara ! C'est Clara. Elle est peut-être sur ces photos. Et son… Ou ses assassins aussi !

L'idée lui était apparue comme une évidence quand Sandra avait mentionné le Teknival. Cela paraissait improbable, mais il y avait une petite, une minuscule chance pour que Katie ait sans le savoir réalisé des clichés de Clara une journée avant qu'elle ne shoote son corps sans vie au Val-Sans-Retour. Sur le trajet, Marc résuma à grands traits les révélations de Sandra… Quand le journaliste eut fini, Katie garda le silence un temps puis lâcha avec amertume :

— N'empêche, tu aurais dû attendre quelques minutes et me laisser prendre cette photo à la sortie du pub. Elle aurait pu servir.

2.

Jeudi 29 juillet. Pointe du Blair (Morbihan).

3 h 34 du matin.

Marc soupira. Il était épuisé. Pour la troisième fois, ils passaient en revue les centaines de photos shootées par Katie pendant le Teknival. À chaque cliché, ils prenaient le temps de scruter avec soin les détails, cherchant à débusquer parmi les visages des raveurs celui de Clara. Mais elle n'apparaissait nulle part.

Comme si son passage dans le festival n'avait laissé aucune trace.

Sandra, sa sœur jumelle, restait aussi invisible. Sur un coup de chance, le planchiste blond avait été repéré au deuxième passage par Katie. Bras en l'air, un sourire extatique collé au visage, il dansait à quelques mètres de baffles gigantesques recouverts d'un filet de camouflage.

— Combien étaient-ils en tout à cette soirée Teknival ? souffla Marc.

— Plusieurs milliers, répondit la jeune femme. J'ai lu dans un article de *Ouest-France* qui rendait compte de l'événement, qu'il y avait vingt-cinq mille raveurs présents sur les trois jours.

— Trop de monde ! jura le journaliste. Les photos, ce n'était pas une bonne idée. Excuse-moi. Et tu avais raison tout à l'heure. J'aurais dû te laisser shooter Sandra à la sortie. Je suis crevé, je vais me coucher.

Marc s'était déjà levé de sa chaise. Katie ne bougea pas, les yeux rivés sur les images qu'elle faisait défiler une à une. La lueur bleutée de l'ordinateur éclairait sa peau noire. Elle avait l'air déterminée. La bouche mince. Pas un sourire. Il se fit la remarque qu'il l'avait rarement vue sourire.

— Tu restes ? interrogea-t-il.

— Oui. Ça ira. Je veux les regarder en détail une dernière fois. Je me connais. Sinon, je ne pourrai pas dormir.

— À demain.

— C'est ça. À demain, lâcha Katie.

Elle avait les yeux rivés sur l'écran.

3.

— Marc, bouge-toi ! Vite ! J'ai quelque chose.

Katie lui secouait l'épaule. Où était-il ? Quelle heure ? Marc était dans sa chambre. C'était déjà le matin. Il faisait jour.

— Quoi ? grogna-t-il, désorienté.

Il avait encore mal dormi, hanté par des lambeaux de rêves dont il ne se souvenait plus. Il reprit ses esprits :

— As-tu trouvé des photos de Clara ?

— Non. J'ai autre chose, dit Katie.

— Quoi ?

— Prends une douche et viens me rejoindre au salon. Il faut que tu voies ça.

La jeune femme quitta la pièce, le laissant là encore à moitié endormi, les yeux ensuqués de sommeil. Il jeta un coup d'œil à son téléphone portable. Il indiquait 7 h 20. Il se leva. Dans la salle de bains, Marc s'infligea un passage sous un jet d'eau glacé. Il resta sous la douche le temps de chasser les derniers cauchemars de la nuit, jusqu'à s'en faire rougir la peau.

* * *

— Alors ? Explique-moi ! Qu'as-tu trouvé de si important ? demanda Marc.

Katie l'attendait, assise à la table de la salle à manger. Il faisait jour, mais une brume laiteuse flottait encore dans l'air. Paresseuse, elle s'enroulait autour des pins maritimes. Katie avait étalé sur la nappe en plastique rouge une partie de la documentation envoyée par Laurence. Les papiers étaient classés en plusieurs piles inégales. Devant elle, l'écran de l'ordinateur portable nimbait son visage d'une aura plus claire.

— Hier soir, expliqua-t-elle, je n'arrivais pas à dormir. Après avoir passé en revue les photos du Teknival sans résultat, j'ai commencé à relire les coupures de presse en français sur l'affaire. Je n'ai rien repéré de nouveau, mais cela m'a donné envie d'en savoir plus et de jeter un coup d'œil sur la documentation étrangère que tu avais demandée sur d'éventuelles affaires semblables en Europe ou dans le reste du monde. Je l'ai cherchée partout, mais je n'ai rien trouvé.

— C'est normal, coupa Marc. Je ne l'ai pas encore reçue. Laurence disait que c'était trop long par fax. Elle a dû me l'envoyer hier par courrier express. Elle arrivera aujourd'hui.

— Je m'en doutais, reprit Katie, mais je ne pouvais pas attendre, alors j'ai démarré une recherche au hasard en anglais sur Internet en utilisant quelques critères comme : « meurtre », « femme », « torture », « mutilation ». J'ai navigué sur plusieurs moteurs de recherche, et j'ai fini par dénicher cela dans la nuit… Tu comprends l'anglais ?

Il opina. Katie tourna vers lui l'écran de son ordinateur. C'était une coupure de presse tirée d'un quotidien thaïlandais rédigé en anglais, *The Bangkok Post*. Marc se pencha pour lire :

Une touriste israélienne assassinée en Thaïlande

« Le corps dévêtu d'une jeune femme de nationalité israélienne, Nava Sheraïm, vingt-trois ans, a été découvert avant-hier dans les collines boisées au sud de l'île de Kho Samui, entre les villages de Hua Thanon et Thong Khrut, près d'un lieu-dit : la cascade de Namuang. D'après la police locale, la victime aurait succombé à ses blessures, de nombreuses mutilations et scarifications ayant entraîné un arrêt cardiaque. Selon

les premières constatations, la langue ainsi que la poitrine de la jeune femme avaient été découpées par son ou ses agresseurs. Nava Sheraïm était étudiante en marketing à Tel-Aviv. Elle était arrivée, avec un groupe d'amis, à Bangkok par un vol régulier moins de trois semaines avant la découverte de son corps à Namuang. Auparavant, elle avait séjourné à Phuket avant de venir faire de la plongée sur l'île de Kho Samui. La cascade de Namuang est visitée dans la journée par les touristes, mais l'endroit est désert dès la tombée de la nuit, car les habitants de la région redoutent les esprits de la forêt ("phii thaï hong"). Les enquêteurs thaïs n'écartent pour le moment aucune piste, privilégiant toutefois la thèse d'un règlement de compte lié au trafic de drogues, mais c'est le cinquième meurtre sur l'île en moins de huit semaines. Cette montée de la violence inquiète les autorités de l'île. Elle serait liée en grande partie à l'explosion de l'industrie du tourisme, qui a vu le nombre de visiteurs en Thaïlande passer de quatre à quatorze millions de personnes par an en une décennie... »

(09/07/2009)

Marc acheva sa lecture, puis se tourna vers Katie qui l'observait avec attention. Elle avait une main posée sous le menton, tandis que, de l'autre, elle tapotait des doigts sur la nappe. Un tic nerveux dont elle n'avait pas vraiment conscience.

— On est très loin de la France, remarqua-t-il. Mais il est tôt, et je ne suis sans doute pas très bien réveillé. Il y a quelque chose qui doit m'échapper. Par les mutilations, le profil de la victime et le lieu de découverte du corps, je vois pourquoi tu rapproches ce faits-divers de la mort de Clara, mais il a été commis en Thaïlande. Pourquoi t'intéresses-tu à ce meurtre plutôt qu'à un autre ? Je serais étonné que ce soit l'unique crime répertorié à l'étranger où une jeune femme a été retrouvée torturée ou mutilée. Non, est-ce que je me trompe ?

— Full Moon Party, répliqua sèchement Katie en levant les bras.

Elle prit soin de détacher les quatre syllabes.

— Pardon ?

— Je répète. La réponse est : Full Moon Party.

— Explique-moi, demanda Marc. Je suis largué.

— Tous les mois depuis plus de vingt ans, répondit la photographe, au moment de la pleine lune, se déroule sur les plages de Kho Pha-Ngan, l'île voisine de Kho Samui, une gigantesque soirée techno. Elle a pour nom la Full Moon Party. Le corps de Nava a été découvert le 5 septembre. La soirée a eu lieu le 4 septembre…

— … Continue, la pressa Marc alors que Katie s'était tue pour ménager son effet.

— C'est simple : Clara a disparu au cours du Teknival. Son corps a été retrouvé le lundi matin au Val-sans-Retour. Il portait des traces de tortures, ses seins et sa langue avaient disparu. En Thaïlande, Nava a disparu alors que se déroulait la Full Moon Party qui peut rassembler jusqu'à dix mille raveurs sur la plage de Hat Rin. Elle a été découverte le lendemain dans une forêt de l'île voisine de Kho Samui. Elle avait aussi été mutilée. Comme Clara.

Chapitre 10

« ... *My trembling subsided in his sure embrace...* »

« ... Mon effroi persista malgré son étreinte assurée... »

(*Lovely Creature* – Nick Cave & The Bad Seeds – *Murder Ballads* – 1996)

1.

Jeudi 29 juillet. Pointe du Blair (Morbihan).

Katie reprit l'ordinateur et cliqua sur un nouveau fichier. La prudence et les réticences de Marc l'énervaient. Elle ne remarqua pas la lueur dans son regard. Bien sûr que d'autres femmes avaient été torturées, mutilées et tuées à travers le monde ! Des centaines, des milliers ! Comme si la planète entière était devenue folle de tout ce sang, de tous ces meurtres qui semblaient ne jamais pouvoir s'arrêter. Comme si les hommes ne pouvaient vivre que dans la fureur et la violence.

Katie fit apparaître un article tiré du site www.unfpa.org, vitrine sur Internet d'une organisation de défense des droits des femmes en Amérique latine. Il était daté de novembre 2006. Il dénonçait l'atroce inflation des meurtres, des viols et des mutilations de femmes au Guatemala. Katie surligna un passage pour Marc. Un rédacteur anonyme y expliquait que cinq cent seize victimes avaient déjà été dénombrées dans le pays depuis le début de l'année. Il revenait en particulier sur le cas d'Elena Peralta, une étudiante en comptabilité âgée de vingt-trois ans. Elle avait été enlevée en plein jour par des inconnus sur le campus de l'université de San Carlos à Guatemala City. Trois jours plus tard, son corps entrait à la morgue sous le code « XX » pour « Inconnue ». Il avait par la suite été identifié par sa famille. La gorge de la jeune femme avait été tranchée. Le légiste avait relevé quarante-huit coups de couteau sur son cadavre. Quatre ans après, son ou ses bourreaux restaient non identifiés. La famille d'Elena ne savait toujours pas à qui demander des comptes. La police, la justice, l'armée guatémaltèque… Chacune de ces institutions se défilait.

Curieux, Marc leva les yeux. Il attendait la suite.

La photographe cliqua sur un deuxième fichier. Celui-ci concernait l'assassinat en 2008 de deux femmes en Afrique du Sud, près du Cap. Une mère, quarante-trois ans, et sa fille, dix-neuf ans. La plus âgée avait eu la poitrine tranchée à l'arme blanche. Chacune avait subi de leurs agresseurs des violences sexuelles. Les coupables avaient poussé la cruauté jusqu'à utiliser des tessons de bouteilles. Marc ne broncha pas. Il alla jusqu'au bout de sa lecture de l'article, tiré d'un quotidien sud-africain.

Mais Katie ouvrait déjà un troisième fichier. Il s'agissait cette fois du meurtre d'une jeune femme nommée Nazime dans l'est de la Turquie. Soupçonnant sa bru d'infidélité, son beau-père s'était présenté au domicile de son fils en son absence, et avait arraché les yeux de sa victime, tranché sa langue puis après avoir rassemblé ses restes dans un sac plastique, il les avait jetés aux chiens dans un dépôt d'ordures. L'homme avait été arrêté par la police turque, puis relâché sans condamnation sous prétexte d'un « crime d'honneur ». Cette fois, Marc cilla. Alors que Katie s'apprêtait à continuer son macabre florilège, il leva la main et lui fit signe qu'il en avait assez vu.

— Ces histoires sont atroces, mais quel est le sens de tout cela ? demanda Marc se faisant l'avocat du diable. Qu'est-ce que tu veux me faire comprendre, Katie ? Explique-toi. Je ne vois pas en quoi ces meurtres au Guatemala, en Afrique du Sud ou en Turquie vont nous aider à élucider celui de Clara.

— Justement, approuva Katie. Tu m'as fait remarquer qu'une recherche sur Internet avec les mots clés que j'ai utilisés déboucherait sur ce genre de faits-divers. Ceux que je viens de te faire lire n'ont a priori rien à voir avec notre enquête. Des femmes éliminées de manière abominable, il y en a malheureusement des centaines à travers le monde chaque jour. J'ai conservé ces articles parce que je n'en croyais pas mes yeux en les découvrant. Et ce ne sont que quelques-uns des exemples que j'ai repérés quand j'ai démarré ma recherche.

— Et ? insista Marc.

Il était curieux de voir comment la photographe était arrivée à son raisonnement. Qu'est-ce qui avait pu la mettre sur cette voie ? Il était déjà presque convaincu, mais voulait la voir développer son argumentation jusqu'au bout.

— Alors, tu as raison ! Aucun de ces meurtres ne nous intéresse de façon directe. Et il y a une explication très simple…

À nouveau, Katie prit soin de détacher ses mots.

— Aucun de ces meurtres de femmes n'est lié à une fête ou à un événement techno ou électron…

Elle fit une pause pour marquer son effet, puis voyant qu'elle avait toute l'attention de Marc, elle poursuivit :

— … Contrairement à ceux de Clara et Nava ! C'est là qu'est toute la différence. Si tu ne m'avais pas rapporté ta conversation avec Sandra hier soir, je n'aurais pas fait le lien cette nuit avec ce faits-divers en Thaïlande.

— Attends, l'interrompit Marc, cherchant à la pousser dans ses retranchements. Qu'est-ce que tu essayes de me dire ? Celui qui a torturé et tué Nava en Thaïlande serait le même individu qui a torturé et tué Clara à Brocéliande ?

— Exactement.

— Et tu fais le lien entre ces deux affaires car Clara a disparu pendant le Teknival, et que la Full Moon Party serait en gros son équivalent en Thaïlande ?

— Tout à fait.

— Très bien, admit Marc.

Il se tut, puis faisant semblant de réfléchir, objecta :

— Mais nulle part, il n'est écrit dans l'article du *Bangkok Post* que Nava a participé à cette Full Moon Party. Il n'est même jamais fait mention de cette soirée, ni même de l'île de Kho Pha Ngan. Au contraire, le journaliste y évoque une enquête des policiers thaïs et laisse entendre qu'il s'agirait d'une affaire liée au trafic de drogue.

— Je sais, reconnut Katie. Mais comment dit-on déjà en français ?… J'extrapole. Je ne suis pas une experte de la Thaïlande, mais quand j'ai vu le nom de Kho Samui, j'ai immédiatement fait le lien avec Kho Pha Ngan et la Full Moon Party. Il suffit d'en avoir entendu parler une fois, et cela sauterait aux yeux de n'importe qui ! Pour te prendre un exemple, si tu as moins de trente ans et que tu séjournes sur l'archipel de Samui sans participer à ce genre de fête, ce serait un peu comme un touriste américain qui visiterait Paris sans monter à la tour Eiffel ou sans se promener sur les Champs-Élysées. La plupart des jeunes voyageurs qui se rendent dans la région s'arrangent pour faire coïncider leur séjour avec la Full Moon.

Katie martela plusieurs fois la table de la paume de sa main droite, comme si ce geste pouvait l'aider à convaincre Marc.

— J'ai fait le calcul, insista-t-elle. Le 4 septembre, la soirée Full Moon se déroule à Kho Pha Ngan. Le 5 septembre, le corps de Nava est découvert à Kho Samui… J'ai fait une vérification sur Google Maps : les deux îles sont à peine distantes de quelques kilomètres. Et il y a un service de navettes en bateau pour aller de Kho Samui à Kho Pha Ngan, et vice versa pendant toute la nuit. Cela fait beaucoup de coïncidences entre les deux affaires. Deux jeunes filles, les mutilations, les seins et la langue tranchés, la forêt, l'eau, les endroits où on les a retrouvées, les fêtes techno…

Marc la regarda longuement. Il réfléchissait. Katie l'avait bluffé. Pour une novice, elle avait du nez. Et de la suite dans les idées. Plus il l'écoutait, plus son hypothèse lui paraissait crédible.

— J'admets que c'est troublant quand on met tout cela bout à bout, concéda-t-il, mais pour le moment, ce ne sont que des suppositions. Je ne suis pas encore convaincu. Si Nava Sheraïm n'était pas présente à cette Full Moon Party, ton hypothèse ne tient pas la route.

— Je sais, admit Katie. Mais je pense que cela vaut la peine de creuser un peu. Tu pourrais passer quelques coups de téléphone sur place, non ?

— Je pourrais.

Marc se dit que Patrick Boudou avait eu du nez en la choisissant. Et lui de la chance. Beaucoup de chance d'être le partenaire de Katie sur cette affaire.

* * *

« Dans l'affaire Clara Riopelle, après 36 heures de garde à vue d'affilée, les enquêteurs du STRJD viennent de relâcher ceux qui étaient considérés comme les principaux suspects, les trois membres d'un groupe de Black Metal nommé Sons of Gaël. Aucune charge n'a été retenue contre les trois jeunes musiciens... »

Marc et Katie se regardèrent. La journaliste du flash d'information de 8 heures sur France Inter continuait à égrener les titres de l'actualité. Un téléphone portable se mit à sonner quelque part dans la maison.

— C'est le tien, remarqua Katie.

L'appareil était resté dans sa chambre. Marc se hâta d'aller répondre. Il était encore sur la table de chevet, relié au cordon d'alimentation.

— Marc, c'est Patrick ! Nous avons un problème.

— Oui, j'ai entendu la radio, répliqua Marc. Les Sons of Gaël...

— Non, ce n'est pas cela, le coupa sans ménagement le rédacteur en chef. Le problème, c'est... Comment te dire ? C'est toi !

— Pardon ? Qu'est-ce que tu racontes ? C'est quoi ce bordel ?

— Marc, tu es devenu un problème, mais c'est ma faute, s'excusa Patrick. Quand je t'ai demandé de te mettre sur l'affaire Riopelle, je n'en avais pas vraiment parlé au reste de la rédaction. Je pensais qu'il n'y aurait aucun souci. Hier, j'ai évoqué ta contre-enquête pendant la conférence de rédaction et je me suis pris une levée de boucliers. Apparemment ta présence gêne pas mal de monde. Depuis hier soir, j'ai les représentants de la société des journalistes sur le dos. Ils me reprochent de faire travailler des pigistes extérieurs alors que plusieurs équipes du magazine sont sur le coup. Le fait que tu aies négocié ton départ et que tu sois parti avec des indemnités conséquentes n'arrange rien.

— Et tu ne te demandes pas qui est derrière tout cela ? questionna Marc.

— Je sais, dit Patrick. Tu le sais. Dominique Legrand joue le boutefeu. Il n'a jamais pu te supporter. Dès qu'il a su que je t'avais sollicité, il a sorti la grosse artillerie pour te court-circuiter. Et cela a fonctionné. J'en suis le premier désolé.

— Mais c'est du grand n'importe quoi ! Et la direction du journal ? rétorqua Marc. Tu n'as pas eu leur soutien ?

— Si, reconnut Patrick, du bout des lèvres. Mais ils ne veulent surtout pas faire de vague. C'est compliqué. La situation n'est pas simple depuis ton départ. Je n'ai plus les coudées franches comme avant…

Il y eut un silence pesant. Marc serrait les dents. Patrick reprit la parole :

— Je vais te demander une faveur. J'ai besoin que tu prennes un peu de champ avec cette affaire. Le temps que tout cela s'apaise.

— Ai-je bien entendu ce que tu viens de me demander ? interrogea Marc.

Il était furieux. Il agrippa son téléphone dans son poing crispé comme pour l'écraser.

— Lundi, cracha-t-il, tu viens me chercher… Tu me harcèles, tu me supplies de travailler avec toi. J'accepte. Et deux jours après tu m'appelles pour me demander, je cite, de « prendre du champ » ! Mais tu me prends vraiment pour un con !

— Marc, je te l'ai dit. Je suis désolé.

— Tes excuses, je m'en tape ! Va te faire foutre !

Marc coupa la communication. Il balança violemment le portable qui atterrit entre deux oreillers. Il aurait voulu frapper Patrick.

— Cela veut dire que l'on arrête tout ? questionna Katie.

La photographe se tenait sur le seuil de sa chambre. Elle n'avait entendu qu'une partie de l'altercation, mais à l'évidence elle en avait deviné la teneur générale.

Marc s'assit sur le bord du lit. Il se frotta lentement les tempes entre ses doigts. Les yeux clos. Comme abattu. Il resta ainsi quelques secondes, sentant le sang qui battait dans ses veines. Sa propre fureur l'étonnait. Après tout, qu'est-ce qu'il en avait à faire de ce meurtre ? Rien ! Non, ce qui était vrai lundi ne l'était plus aujourd'hui. Quelque chose avait changé. Quelque chose l'avait changé. Cette femme lui avait parlé dans la nuit. Un lien s'était créé. Quelque chose de personnel, d'intime. Il savait qu'il ne pourrait pas laisser tomber l'affaire. Marc murmura :

— Non.

Il posa les mains sur le lit, leva les yeux et considéra la jeune femme qui l'observait à l'autre bout de la pièce. Marc répéta pour Katie :

— Non. Cela veut dire que l'on a le champ libre. As-tu ton passeport avec toi ?

— Oui, répondit Katie, surprise.

— Très bien. Nous allons suivre ton intuition. Nous partons en Thaïlande. Aujourd'hui.

— Aujourd'hui ? demanda Katie. Mais si *Paris Flash* ne nous finance plus, pour qui allons-nous enquêter ?

— Pour nous. Est-ce que cela te pose un problème ?

Chapitre 11

« ... He would be my first man,
and with a careful hand... »

« … Il allait être mon premier homme,
Et d'une main attentionnée… »

(*Lovely Creature* – Nick Cave & The Bad Seeds – *Murder Ballads* – 1996)

1.

Katie n'avait pas eu d'objection. Marc lui conseilla d'aller dormir. Elle refusa, prétextant qu'elle était trop énervée pour s'abandonner au sommeil. Il fallut au journaliste moins d'une heure pour tout organiser. Il n'y avait plus de places d'avion pour des vols directs en direction de la Thaïlande. En quelques clics sur Internet, Marc avait déniché pour le soir même deux billets en classe économique par la compagnie Lufthansa. L'appareil décollait de Paris à 17 h 40. Celui-ci faisait ensuite escale à Francfort. Il leur permettait d'attraper un second vol sur la compagnie Thaï Airways prévu à 20 h 15. Ils étaient censés arriver à l'aéroport de Suvarnabhumi à Bangkok le lendemain, vendredi 30 juillet vers 12 heures. De là, ils prendraient un nouvel avion en début d'après-midi pour l'île de Kho Samui. Celui-ci durait moins d'une heure. Marc régla en ligne avec une carte de crédit la somme demandée. Puis, toujours par Internet, il envoya un mail à sa banque pour faire transférer de l'argent de l'un de ses comptes épargne sur son compte courant. À Katie qui le regardait faire, il annonça simplement :

— J'ai un peu d'argent de côté. Je me rembourserai plus tard.

Katie hocha la tête et décida ne plus poser de question. Pour le moment. Elle était étonnée de sa rapidité à prendre des décisions, et de sa capacité à tout organiser. Marc avait l'air de savoir parfaitement ce qu'il faisait et dans quoi il l'entraînait.

* * *

À 9 h 32, ils quittaient la maison du Blair avec la voiture de Katie, leurs deux sacs de voyage posés sur la banquette arrière. Elle avait pris le volant. Marc avait reculé le siège passager et s'était calé dedans, les chaussures posées sur le tableau avant. La jeune femme faillit le rabrouer, mais ne dit rien. À l'intérieur, il examina son téléphone portable passé en mode silencieux. Patrick Boudou avait tenté de le joindre six fois depuis leur engueulade. Il avait laissé plusieurs messages sur sa boîte vocale. Marc les sélectionna et les effaça sans même les écouter.

Un quart d'heure plus tard, pendant qu'ils filaient sur la départementale qui reliait le bourg de Baden à Vannes, le journaliste appela les Guerrero. Il tomba sur Hervé. Marc lui expliqua rapidement la situation. Il n'entra pas dans les détails. Il lui dit simplement qu'ils devaient partir à l'étranger pour suivre une piste prometteuse. Par précaution, le reporter ne mentionna pas la Thaïlande. Il lui demanda si le couple pouvait prendre soin du magasin d'antiquités en son absence. Le vieil homme lui assura que tout irait bien et leur souhaita bon voyage.

Marc le remercia et raccrocha sans un mot de plus. Il s'enfonça plus profondément dans son siège, le regard perdu sur la route qui défilait comme s'il réfléchissait à un plan futur. De temps à autre, Katie lui jetait un coup d'œil de côté. Ils avaient un peu plus de huit heures pour faire le trajet, parcourir les cinq cents kilomètres qui les séparaient de l'aéroport de Roissy-Charles-de-Gaulle et se présenter au comptoir Lufthansa dans les temps. Cela devrait marcher. Cela allait marcher. Il refit ses calculs en silence prenant en compte les formalités d'usage. Puis rassuré, il s'assoupit. Après l'énergie déployée, Katie était déconcertée par son mutisme soudain. Elle alluma la radio, chercha une station qui lui convenait. Elle finit par se caler sur France Musique qui diffusait un concerto de Vivaldi et se concentra sur sa conduite. Quand Marc avait voulu prendre le volant, elle avait refusé. C'était sa voiture. Dès qu'ils eurent rejoint la route à quatre voies, elle s'efforça de ne pas dépasser les cent trente kilomètres/heure. Il ne lui restait plus que quatre points sur son permis français.

Un peu après la ville du Mans, Marc s'étira sans pour autant sortir de son silence. Au cours de la dernière heure, Katie avait constaté qu'il conservait les yeux clos. Est-ce qu'il dormait vraiment ? Il en avait l'air. En fait, le reporter passait en revue les différentes options qui s'offraient à eux pour les prochaines quarante-huit heures.

Première question : devait-il rappeler Patrick Boudou pour le tenir au courant des confidences de Sandra ? Marc décida de garder ces informations pour lui. Après tout, Patrick lui avait bien demandé de prendre du champ. D'une certaine façon, il suivait son conseil.

Deuxième question : est-ce qu'ils ne se lançaient pas sur une fausse piste en se précipitant un peu au hasard en Thaïlande ? N'avait-il pas réagi de façon trop épidermique après son altercation du matin ? Plus il y réfléchissait, plus Marc se persuadait qu'en restant en France, et à moins d'un coup de veine improbable, ils n'auraient de toute évidence pas découvert grand-chose de plus sur le meurtre de Clara. Si les gendarmes et l'ensemble des journalistes qui enquêtaient sur l'affaire n'avaient rien déniché en dix jours d'enquête sur place, leur duo avait autant de chances de trouver quelque chose de déterminant en partant à plus de dix mille kilomètres. Et Patrick ne lui avait-il pas suggéré d'explorer des pistes originales ? L'hypothèse de Katie, malgré sa faiblesse et toutes les objections opposables, avait quelque chose d'irrésistiblement séduisant. Et surtout, elle dégageait un parfum d'aventure exotique.

Troisième question : si *Paris Flash* les tenait à l'écart, devait-il prendre contact avec d'autres magazines pour leur proposer leurs services ? Marc y songea un moment. Mais il jugea qu'il était encore trop tôt. Il verrait à leur retour de Thaïlande. Avec les économies qu'il avait de côté, il n'avait aucun problème immédiat pour financer leur reportage et leur séjour dans l'archipel de Samui.

Quatrième question : Katie ? La photographe n'avait aucune expérience des faits-divers, mais la jeune femme avait l'air d'être solide, astucieuse et plus que motivée. Marc décida que leur équipe avait du potentiel.

Restait une ultime question, la plus importante sans doute pour le moment : comment allaient-ils opérer sur place ?

— Arrête-toi à la prochaine station-service, dit-il soudain.

Surprise, l'Américaine faillit faire un écart.

— Hé, préviens-moi quand tu te réveilles ! s'exclama-t-elle. Pourquoi veux-tu faire une pause ? On va perdre du temps !

— Nous ne pouvons pas débarquer comme ça à Kho Samui, expliqua-t-il. Nous ne connaissons personne. J'ai besoin de passer un coup de téléphone important pour préparer notre arrivée et la ligne risque d'être interrompue si nous roulons.

— Qui veux-tu appeler ?

— Quelqu'un qui va nous faciliter notre séjour. Nous aurons besoin des services d'un « fixeur » sur place pour ne pas perdre de temps.

— Un « fixeur » ? interrogea Katie. Qu'est-ce que c'est ?

— Un facilitateur de contact, répondit Marc.

— Tu connais quelqu'un sur place ?

— Non, mais je connais quelqu'un qui connaîtra forcément quelqu'un à Kho Samui.

Marc décocha un sourire malicieux à la jeune femme, puis lui désigna un panneau indiquant une aire d'autoroute et une station Esso à moins de six kilomètres. Katie acheva de doubler un camion et se rabattit sur la voie de droite.

2.

Vendredi 30 juillet. Quelque part au-dessus de l'archipel de Kho Samui (sud de la Thaïlande).

Marc examina son voisin de droite assis de l'autre côté du couloir de l'avion. Un solide gaillard australien ou peut-être un Anglais. Claquettes et short kaki. Son mollet était couvert d'un tatouage encore frais. Un film plastique transparent comme pour les aliments mis au réfrigérateur protégeait sa jambe. L'appareil, un bimoteur, était climatisé, mais des gouttes de sueur condensées dans les plis du plastique rendaient le motif impossible à décrypter. Sur le dessous de son avant-bras, le jeune touriste avait un autre tatouage tout en longueur, une inscription dessinée en l'élégante écriture thaï qui ressemblait à des croches de musique. Marc tourna la tête. Sur sa gauche, côté hublot, Katie lisait avec attention un guide *Lonely Planet* acheté dans une des boutiques à l'aéroport de Bangkok pendant leur courte escale. Elle était restée éveillée entre Paris et Francfort, mais avait dormi pendant tout le vol jusqu'à Bangkok. Au cours du transfert, la photographe avait examiné son téléphone. Patrick Boudou lui avait laissé deux messages. Elle les avait écoutés. Dans le premier, le rédacteur en chef lui demandait si elle savait où était Marc. Dans le second, il lui commandait de le rappeler de toute urgence. Elle l'avait signalé à Marc. Celui-ci avait fait un geste qui signifiait qu'il s'en foutait. Katie les avait effacés.

À Bangkok, pendant les contrôles, les agents en charge de la sécurité avaient sourcillé en découvrant ses trois flashs et ses deux boîtiers de photographe professionnelle. Katie s'apprêtait à sortir une fausse carte de presse qu'elle s'était procurée sur Internet pour justifier sa qualité de journaliste. Marc était aussitôt intervenu en douceur. Il avait réglé les choses en expliquant qu'ils étaient un simple couple de touristes en vacances. Surmontant sa répugnance pour les contacts physiques, il l'avait enlacée pour donner de la crédibilité à leur histoire. Il avait soufflé à l'oreille de Katie :

« Ils n'ont pas besoin de savoir que nous sommes ici pour travailler. Soyons discrets, c'est mieux. »

Sur la fiche de renseignements qu'on leur avait demandé de remplir, il avait indiqué comme profession « office manager ». Katie avait suivi son conseil et inscrit : « communication assistant ». Tous les deux avaient mentionné comme motif de leur séjour en Thaïlande : « holidays ».

Marc reporta son attention sur les passagers du vol pour Samui. La plupart étaient des individus jeunes, l'allure décontractée. À Bangkok, dans la salle d'attente, il avait repéré des étudiantes américaines. Elles parlaient trop fort et faisaient de grands gestes. Il y avait aussi un groupe d'Israéliens en tenues savamment négligées de simili-routards. Les garçons portaient des T-shirts siglés Ed Hardy aux couleurs acidulées, couverts de têtes de mort clinquantes. Les filles étaient moulées dans des minishorts en jean effrangé. L'une d'elles, particulièrement jolie, une brune aux yeux verts d'émeraude, arborait un petit chapeau de paille. Marc songea à Nava qui était morte, assassinée sur l'île onze mois plus tôt. Elle avait dû arriver à Samui comme cette jeune femme. Joyeuse, impatiente de vivre.

Dans un anglais mouillé où les « r » se confondaient avec les « l », une des hôtesses thaïes leur annonça que l'avion amorçait sa descente finale et s'apprêtait à atterrir sur l'aéroport de Kho Samui. Marc boucla sa ceinture et tenta d'apercevoir le paysage par le hublot. Les habitations peu élevées se concentraient en bord de mer, au pied d'une succession de collines. L'intérieur de l'île qui culminait en une sorte de long plateau semblait recouvert d'une abondante végétation d'où émergeait çà et là un palmier plus haut que les autres. Quelques secondes avant que l'appareil n'atterrisse, Marc entrevit la statue d'un énorme Bouddha couvert d'or à proximité de la mer. Le soleil le fit miroiter. Le petit avion se posa en douceur. Surexcitées, les Américaines applaudirent. Comme des moutons, les autres passagers les accompagnèrent.

3.

Une chaleur humide les saisit dès la sortie de l'avion. Comme un mur épais à la texture poisseuse. Un voile de sueur grasse vint couvrir instantanément le visage de Marc. Katie était autant affectée par cette touffeur tropicale. Le *Lonely Planet* lui avait appris que l'air ambiant atteignait fréquemment quatre-vingt cinq pour cent d'humidité pendant la période de la mousson. Comme un animal, elle ouvrit la bouche pour happer l'air à petit coup. Elle respira mieux et sentit que son corps régulait sa température. Elle savait qu'il leur faudrait plusieurs jours pour être à l'aise. En bas de la passerelle, un engin insolite de couleur blanche, long et plat, mi-tank mi-jeep attendait sur le tarmac. Invités par les hôtesses souriantes, les passagers y prirent place. Le véhicule les conduisit jusqu'aux bungalows de l'aéroport distants d'environ cinq cents mètres. Curieusement, la demi-douzaine de bâtiments construits en style local thaï arborait des toits aux bouts recourbés, comme en Chine. Les édifices étaient sans murs, ouverts à tous les vents.

Marc ralluma son téléphone portable. Il vérifia l'heure. Son horloge indiquait 11 h 07, heure française. Il fallait en compter cinq de plus pour se caler sur le fuseau horaire de la Thaïlande. Il était donc 16 h 07 à Kho Samui. Ils patientèrent quelques minutes pour récupérer leurs bagages et se dirigèrent vers la sortie, anonymes parmi les autres passagers.

Dans le hall, un homme mince et bronzé, aux cheveux ras et grisonnants, leur fit signe immédiatement. Il souriait. Vêtu d'un pantalon court beige et d'une chemisette orange pâle, il les interpella en français dès qu'ils s'approchèrent avec un accent marseillais chantant presque déplacé en ces lieux.

— Bonjour. Je suis Robert, votre contact à Samui. Avez-vous fait bon voyage ?

Il tendit la main à Marc. Pour éviter d'avoir à la serrer, le journaliste fit basculer rapidement son sac de voyage de l'épaule gauche à la droite. Marc se contenta d'un hochement de la tête. Un instant décontenancé, Robert se ressaisit. Il se tourna vers Katie. Poliment, il proposa de lui porter l'un de ses bagages. Mais la photographe refusa. Il eut l'air étonné mais ne se démonta pas. Il lança avec entrain :

— Suivez-moi les amis ! Je vous emmène.

— Comment nous avez-vous reconnus ? demanda Marc, soupçonneux.

— Ce n'était pas difficile, répondit Robert. Depuis Paris, Pierre m'a prévenu que vous seriez deux à arriver au vol de 16 heures, et que la jeune femme était noire.

Leur guide ajouta en faisant un geste de la main sur le côté droit :

— Au fait, je suis pratiquement sourd d'une oreille. La droite ! Alors, n'hésitez pas à hausser un peu la voix si je ne réagis pas. D'accord ?

Robert marchait rapidement vers la sortie. Marc ne se souvenait pas avoir donné ce genre de détail quand, la veille, il avait téléphoné à Pierre de Montesquiou, un ami. Cet ancien journaliste qu'il avait souvent côtoyé sur le terrain pendant qu'il travaillait à *Paris Flash* s'était marié avec Kim, une Française d'origine vietnamienne voilà six ans. Pierre avait fait une croix sur le monde du grand reportage. Avec Kim, il dirigeait maintenant un bureau de presse spécialisée sur la destination Asie qui s'occupait – entre autres – d'organiser des voyages promotionnels destinés aux journalistes pour des hôtels de luxe ou des spots touristiques en mal de notoriété. Pierre avait semblé ravi de pouvoir l'aider.

Sans s'étendre sur l'objet de leur enquête, Marc lui avait donné le nom de Nava Sheraïm, précisant qu'ils arriveraient à Kho Samui le vendredi après-midi. Là-bas, ils auraient besoin des services d'un « fixeur » débrouillard et au fait des usages locaux. Le message de Marc était implicite. Si le contact de Pierre à Samui pouvait déjà discrètement se renseigner sur le meurtre de la jeune Israélienne pendant qu'ils étaient en vol, leur enquête en serait d'autant plus facilitée. Pierre lui avait promis d'être discret, mais curieux, l'ancien grand reporter avait dû passer quelques coups de fil notamment du côté de Paris. Il avait dû découvrir que Marc avait repris du service, sollicité par Patrick Boudou, et qu'il faisait équipe avec une photographe métisse du nom de Katie Jeckson. Ce qui signifiait que Patrick savait peut-être où ils étaient actuellement. Marc espérait que Pierre avait tenu sa promesse, et sa langue.

— J'imagine que Pierre vous a mis au courant de la personne sur qui nous enquêtons ? interrogea Marc.

— Oui, dit Robert. Il m'a donné un seul nom : Nava Sheraïm. Vous pouvez compter sur moi, mais je ne vous cache pas que cela est assez inhabituel pour moi. D'habitude, les journalistes que je promène dans l'île viennent pour des reportages touristiques. Ils testent les lits d'un nouvel hôtel de luxe ou la qualité d'un spa. Ou alors, ils sont en quête de couleur locale et veulent traîner dans les salons de massage ou les bars à gogo girls de Chaweng et Lamai. C'est la première fois que l'on me sollicite pour travailler sur une affaire de meurtre.

— Est-ce que cela vous pose un problème ? demanda Marc. Si c'est le cas, je préférerais le savoir tout de suite.

— Non, pas du tout, répondit Robert. J'étais dans la sécurité avant de venir prendre ma retraite en Thaïlande. En France, j'ai vu quelques trucs... Allez, mettez vos affaires à l'arrière !

Il s'était arrêté derrière un gros 4x4 noir métallisé garé sur le parking. Le fixeur ouvrit le coffre, y fourra les sacs, puis leur fit signe de s'installer. Marc s'apprêtait à monter à l'avant du côté droit, mais quand il déverrouilla la portière, il aperçut un volant. De l'autre côté, sur le siège passager, une femme aux traits asiatiques le regardait. D'un coup de tête, elle salua Marc. Surpris, il lui répondit de la même façon, puis recula.

— Ici, on conduit à gauche comme chez les rosbifs, ricana sans méchanceté Robert en se glissant derrière le volant. Je vous présente Pee, ma femme. Ma quatrième épouse. Cette fois, j'espère que c'est la bonne. Vous pouvez lui parler, mais vous risquez de la trouver ennuyante. Pee ne comprend ni l'anglais, ni le français. C'est sans doute pour cela que l'on s'entend si bien.

À l'arrière, Katie, fatiguée par le voyage, ne fit pas de commentaire. Elle jeta à Marc un regard lourd de reproches comme si la muflerie du fixeur était sa faute à lui. Robert démarra la voiture. L'air conditionné vint soulager le journaliste et la photographe.

— Vous devez être crevés, affirma Robert. Je pensais vous emmener à votre hôtel à Lamai, mais Pierre m'a dit que vous étiez pressés. Si vous voulez, on passe tout de suite au commissariat central de l'île. Il se trouve à Chaweng. C'est notre route.

— Vous avez déjà pris contact avec les policiers qui ont suivi l'affaire ? s'étonna Marc, inquiet. Ils sont prêts à coopérer ?

— En quelque sorte. J'ai mes entrées. Ici, nous sommes en Thaïlande, commenta Robert en lâchant le volant pour faire un grand geste de la main englobant le paysage. Les choses sont à la fois simples et compliquées. L'assassinat de cette Nava Sheraïm a suscité beaucoup d'embarras sur l'île.

— Pour quelles raisons ? demanda Marc.

— Les autorités locales, dit Robert. Elles n'ont pas très envie que l'on communique sur ce genre d'affaires sanglantes. Les *Farangs* – c'est le nom que les Thaïs donnent aux touristes européens, aux étrangers – viennent à Kho Samui et à Kho Pha Ngan pour s'amuser, se détendre et se reposer. Si la presse étrangère commence à s'intéresser d'un peu trop près aux visiteurs qui clamsent ici de façon violente, ce ne sera jamais très bon pour le tourisme, et donc pour le business. En Thaïlande, il est tenu soit par la police, soit par l'armée. Les deux îles vivent à quatre-vingt-dix pour cent des dollars et des euros que dépensent les touristes ; les dix pour cent qui restent, c'est la pêche à la crevette. En gros, votre enquête risque de déranger beaucoup de monde. D'autant que la violence est partout. Tenez, pas plus tard qu'avant-hier soir, une touriste anglaise a été agressée par un chauffeur de taxi qui la ramenait à son hôtel. Elle a eu de la chance. Une patrouille de police a entendu ses cris et a arrêté son agresseur. À quelques minutes près, elle aurait aussi bien pu être violée et finir balancée dans un fossé en bord de route avec la gorge tranchée.

— Pour Nava, est-ce que cela signifie qu'à l'époque l'enquête de police n'a pas été très poussée ? interrogea Katie, attentive.

— On peut dire cela.

— Mais alors, pourquoi perdre du temps et passer chez les flics ?

— Parce que, ma petite dame, ici la police contrôle tout. Personne, absolument personne, ne nous parlera sans son autorisation. Mais vous comprendrez mieux quand on y sera.

Chapitre 12

« ... *He wiped at the tears that ran down my face*... »

« ... Il essuya les larmes qui coulaient sur mon visage... »

(*Lovely Creature* – Nick Cave & The Bad Seeds – *Murder Ballads* – 1996)

1.

Vendredi 30 juillet. Île de Kho Samui (sud de la Thaïlande).

Une nuée de scooters les précédait en pétaradant sur la route. Une autre les suivait. Le port du casque semblait facultatif sur l'île. Sur certains deux-roues, le conducteur arrivait à entasser jusqu'à quatre passagers supplémentaires.

Katie aperçut un scooter qui se faufilait sur leur gauche. Un garçonnet s'était coulé dans l'espace resté libre derrière le guidon, sa petite sœur était blottie sur les genoux de son père, un troisième gamin se tenait debout sur la selle, les mains appuyées sur les épaules du conducteur. Tout à l'arrière, la mère, un bras entourant le ventre de son mari, se cramponnait fermement mais avec grâce au porte-bagages. Les voitures se frayaient miraculeusement un passage dans cette noria de métal. Robert guidait son 4x4 en discourant sur les us et coutumes de la vie locale. Il se retournait fréquemment pour être sûr d'être entendu. Ce faisant, il donnait de grands coups de volant qui faisaient tanguer le véhicule, mais ne semblaient troubler personne sur le bitume. À un moment, il pointa deux traces de talc blanc séché sur le pare-soleil. Il leur expliqua que la voiture avait été bénie et sanctifiée par un moine bouddhiste au cours d'une cérémonie spéciale en échange d'une poignée de bahts, la monnaie locale.

— C'est la tradition en Thaïlande, insista Robert. Ici, le permis de conduire ne sert pas vraiment à grand-chose. Les gens ne se fient qu'aux esprits et à leur karma. Ils pensent que si vous avez un accident, c'est que vous avez offensé les règles de l'invisible. La mort n'est qu'un passage. Les morts s'oublient vite.

Ils mirent plus d'une demi-heure pour parvenir au commissariat de Chaweng. C'était un gros cube de béton blanc bâti sur deux étages, entouré de grillages. Un immense drapeau thaï aux couleurs nationales – rouge, blanc et bleu – flottait mollement au-dessus du porche d'entrée. Dessous, abrité du soleil, un planton en uniforme marron y grillait une cigarette. Affalé sur un banc, il dialoguait avec un interlocuteur invisible, un téléphone portable collé à l'oreille. Curieusement, l'inscription en anglais sur le bâtiment indiquait « Bo Phut Police Station ». Marc en fit la remarque. Robert sourit et lança : « Logique thaïlandaise. » Le chef-lieu de la zone était bien le village de Bo Phut situé à une quinzaine de kilomètres au nord, mais les autorités locales avaient préféré construire le commissariat à Chaweng, car la ville comptait un plus grand nombre d'habitants.

Le fixeur se gara dans la cour, à côté d'une voiture de patrouille blanche et lie-de-vin. Il leur demanda de patienter, et sortit. Il leva la main et salua le policier qui lui fit signe de passer sans interrompre sa communication téléphonique. Robert s'engouffra dans le bâtiment. Dix longues minutes plus tard, il en ressortait accompagné d'un autre agent en uniforme marron. Celui-ci était plus âgé et plus gras. Les deux hommes semblaient avoir une conversation animée. En bon méridional, Robert faisait de grands gestes. Il finit par désigner le 4x4. Le policier regarda dans leur direction, puis il serra la main de leur guide et disparut dans le commissariat.

Robert retourna à la voiture, ouvrit sa portière et se glissa derrière le volant.

— C'est bon, dit-il.

2.

Vendredi 30 juillet. Village de Lamai, île de Kho Samui (sud de la Thaïlande).

23 heures.

Une sculpture en silicone qui représentait une imposante verge en érection trônait au-dessus de l'armoire réfrigérée qui abritait les boissons gazeuses. Depuis que Katie l'avait repérée, elle ne pouvait s'empêcher de lui jeter des regards en coin. Mal à l'aise. Elle ne se considérait pas comme prude, mais le spectacle des gogo girls qui se trémoussaient sur les podiums alentour, en minaudant pour attirer l'attention des

Farangs, la dérangeait. Katie se rendait bien compte que cette gêne allait au-delà du raisonnable. Les filles étaient majeures, mais c'était la première fois qu'elle se retrouvait dans ce genre d'atmosphère glauque.

Plus tôt dans la soirée, Robert était venu les chercher à leur hôtel, le *Wanta*, près de la plage de Lamai. Il les avait déposés là en fin d'après-midi alors que la nuit tombait. Après leur passage à Chaweng. Marc et Katie avaient pu s'installer chacun dans leur chambre, défaire leurs sacs, prendre une douche et dormir une petite heure pour récupérer du voyage et s'ajuster au décalage horaire.

Vers 20 heures, le Marseillais les avait emmenés dîner en compagnie de Pee, sa femme si silencieuse. Le restaurant était une simple gargote construite en bambous. Un chanteur reprenait en thaï des standards sirupeux de Richard Anthony. La nourriture était excellente, parfumée et servie en portions copieuses. Pendant tout le repas, le fixeur les avait régalés d'histoires sur la vie quotidienne des gens sur l'île. Il savait conter. Il avait même réussi à amuser Katie. Mais chaque fois que Marc tentait d'orienter la conversation sur le meurtre de Nava, le Français répondait de façon énigmatique : « Plus tard… Nous aurons les informations plus tard. » Puis il lui conseillait de se relaxer et de reprendre une bière thaïe.

Sur le coup de 22 heures, Robert leur avait proposé d'aller boire un dernier verre au bar de Mai Lyn, une Mama-San, amie de Pee. Marc et Katie s'étaient fait un peu prier, mais Robert avait insisté.

Le bar, un simple comptoir recouvert d'un toit de tôle avec une douzaine de tabourets surélevés, faisait l'angle de deux ruelles où s'alignaient une dizaine d'établissements du même genre. Lumières bleutées, stroboscopes rouges et jaunes, boom boom répétitif de la musique techno… Et des filles jeunes et lascives qui paraissaient quinze ou seize ans. Tour à tour, elles simulaient sur un minipodium des strip-teases d'actrices porno en prenant appui sur une barre de pole-dancing. Moulée dans une minirobe noire en stretch, les cheveux parsemés de filaments de paillettes argentées, Mai Lyn était venue saluer Robert en l'enlaçant. Elle lui déposa une bise sur le coin de la bouche. En quelques mots de thaï, Robert lui avait présenté Marc et Katie. Professionnelle jusqu au bout de ses ongles vernis de noir, la Mama-San avait superbement ignoré la photographe, mais avait aussitôt entrepris de faire du gringue au journaliste par un jeu de battements de cils, et des moues pulpeuses de ses lèvres contrefaisant à la perfection Brigitte Bardot dans *Le Mépris*.

Courtois, Marc lui avait retourné ses sourires tout en continuant à discuter avec Robert malgré le bruit ambiant. Sa danse de séduction paraissant sans effet sur Marc, Mai Lyn en avait déduit qu'à quarante-cinq ans, même si un Occidental lui en aurait donné dix de moins, elle était trop âgée. Problème. Solution. Elle avait appelé l'une des gogo girls, la plus gracieuse, et l'avait fait asseoir à côté du journaliste. Visage de poupée pâle, silhouette élancée, sourire de courtisane… La jeune femme avait posé sa main sur la cuisse de Marc et entrepris de le caresser à travers le tissu. Surpris, Marc n'avait pu retenir un mouvement de recul. Mai Lyn avait ri et lancé quelque chose en thaï, puis soudain lassée, elle était retournée s'affairer derrière le bar pendant que la gogo girl retrouvait ses amies.

— Qu'est-ce qu'elle a dit ? demanda Marc.

— Elle dit que tu dois préférer les garçons, répondit Robert. Elle est vexée…

Le fixeur s'interrompit. Un Thaï venait les rejoindre. Marc ne le reconnut pas sur le moment.

— Voilà notre rendez-vous, annonça Robert, en saluant le personnage d'un hochement de tête.

— Qui est-ce ? interrogea Katie.

— L'inspecteur qui a suivi l'affaire, répondit Robert en prenant le policier par l'épaule.

Les deux hommes s'éloignèrent de quelques mètres et commencèrent à discuter en thaï sous les regards attentifs de Marc et Katie.

Au bout de quelques minutes, Robert sortit une enveloppe blanche et la remit au policier. Celui-ci l'ouvrit, compta les billets, inclina la tête et disparut comme il était apparu.

— Combien voulait-il ? demanda Marc quand Robert vint les rejoindre.

— Dix mille bahts. Cela fait deux cents euros. J'ai négocié pour la forme, mais c'est un bon prix.

— Un bon prix pour quoi ? interrogea Katie.

— Pour les infos qu'il va nous donner.

Chapitre 13

« ... On the second day, I brought her a flower
She was more beautiful that any woman I'd seen... »

« … Le deuxième jour, je lui apportai une fleur
« Elle était plus belle que toutes les femmes que j'avais vues… »

(*Lovely Creature* – Nick Cave & The Bad Seeds – *Murder Ballads* – 1996)

1.

Samedi 31 juillet. Cascade de Tar Nim, île de Kho Samui (sud de la Thaïlande).

Mince pellicule fluide et translucide, l'eau palpitait sur la roche polie, lustrée par le lent travail du temps. Elle jaillissait ensuite en cascade au-dessus d'un petit bassin en forme d'arc de cercle que délimitait un muret en mauvais ciment. Katie avait gravi ou plutôt escaladé en s'agrippant à une rambarde de métal rouillée un escalier rudimentaire taillé dans la falaise. Elle cherchait un point de vue plus dégagé pour mettre en boîte des vues du lieu où la dépouille de Nava Sheraïm avait été découverte.

C'était là. En bas. Un étroit vallon entre deux collines aux flancs abrupts, couvertes de végétation tropicale. Ils y avaient accédé en marchant quelques centaines de mètres sur une petite route mal bitumée qui serpentait au milieu des bananiers et des arbres à durian. Celle-ci se prolongeait par un sentier de terre et de gravier. Robert avait garé le 4×4 en amont, près d'un cabanon en bambou qui devait servir aux habitants des environs à s'abriter de la pluie pendant les averses.

À l'heure du petit déjeuner, le fixeur était revenu les chercher à leur hôtel. En raison du décalage horaire, Marc et Katie étaient debout depuis un moment. Yeux cernés, teint gris, Marc affichait la mine chiffonnée d'un homme épuisé. Une ombre aux cheveux sombres qu'il avait chérie était venue encore une fois le visiter, le caresser et le tourmenter au cours d'une nuit de sommeil trop courte. Il le savait, le passé l'accompagnerait où qu'il aille. En cinq ans, Marc avait appris à apprivoiser sa douleur. Mais depuis son arrivée à Kho Samui, par ses odeurs, son climat, ses habitants et mille détails indicibles, la Thaïlande le ramenait à une autre île, pourtant distante de milliers de kilomètres. Un paradis maudit. Son cauchemar l'avait empêché de se rendormir. Dans la nuit, il était allé marcher sur la plage de Lamai qui longeait leur hôtel. Quand le jour avait commencé à pointer, il était retourné à sa chambre, avait chaussé une paire de baskets, enfilé un short et un T-shirt. Puis il était reparti courir trois quarts d'heure durant dans le dédale des rues de la petite ville endormie.

Depuis la veille, Patrick Boudou ne s'était pas manifesté. Ni auprès de Marc, ni auprès de Katie. En France pourtant, du côté de l'affaire Clara Riopelle, c'était désormais le calme plat. Avant l'arrivée de Robert, Katie avait passé du temps à surfer sur Internet en utilisant la connexion Wifi de l'hôtel. Elle avait survolé les sites d'informations habituels. La libération des Sons of Gaël avait déclenché depuis le jeudi matin l'émission d'une douzaine de dépêches par l'Agence France Presse, l'agence Reuters, ainsi que la publication d'articles dans *Le Monde* et *Libération*. Elle avait pu les consulter sur Yahoo sans apprendre grand-chose qu'elle ne sache déjà. En ce samedi, comme aucun élément nouveau n'était apparu quarante-huit heures après la fin de la garde à vue du groupe, les journalistes les plus pressés étaient passés à autre chose. La mort de Clara ne faisait plus la Une. L'information commençait peu à peu à être reléguée aux oubliettes du Web, supplantée par de nouveaux faits-divers, l'annonce du transfert d'un joueur de football de Bordeaux à Lyon ou les dernières frasques d'une starlette de télé-réalité.

Robert avait garé son véhicule dans la ruelle qui longeait leur hôtel. En jean et chemisette blanche, une paire – sans doute fausse – de lunettes de soleil Gucci posée sur le nez, le policier aperçu le soir précédent était aussi du voyage. Adossé à la portière, il les salua d'un léger signe de tête.

Pendant la demi-heure de trajet qui séparait le village de Lamai et la cascade de Tar Nim située plus au sud, les passagers du 4×4 restèrent quasi silencieux. Par intermittence, Robert échangeait en thaï quelques mots incompréhensibles avec son voisin. Celui-ci lui répondait de façon laconique. L'ambiance était lourde, saturée de vibrations désagréables dans l'espace clos du véhicule. Sans que son nom ait été encore prononcé, le meurtre de Nava Sheraïm occupait les esprits.

La route 4169 qui faisait le tour de Kho Samui obliquait à l'ouest après le village de Hua Thanon. Ensuite, elle longeait un petit massif montagneux. Selon la carte touristique que Katie s'était procurée au comptoir de l'hôtel, celui-ci culminait à six cent trente-cinq mètres. Les hauteurs disparaissaient entièrement sous les frondaisons vert cru des palmiers et des cocotiers. De temps en temps, là où des engins de terrassement avaient œuvré avec violence, la terre ocre, presque rouge, apparaissait en plein jour. Elle traçait comme une entaille ensanglantée dans les collines et les falaises.

Marc avait ouvert un mince carnet de moleskine. Il s'en servait pour prendre des notes au feutre noir avec son élégante écriture en pattes de mouche. Dans la voiture, il se relisait, entourant un mot, en soulignant un autre. Il avait écrit :

« Nava Sheraïm, Clara Riopelle : quel est le lien, la connexion ? Les fêtes techno ? Autre chose ? Pourquoi les tuer ? Pourquoi les mutiler ? Un ou des tueurs ? Quelle est sa motivation, ou leurs motivations s'ils sont plusieurs ? Crimes sexuels, rituels ? Connaissaient-elles leur(s) tueur(s) ? »

Leur guide thaï s'anima quand ils arrivèrent à la hauteur des bâtiments sur deux étages de la Waktunaram School. Marc sortit de ses pensées. Sur leur droite, une route minuscule s'enfonçait entre les arbres. Les panneaux de signalisation, lettres blanches sur fond vert, étaient rédigés en thaï. Le policier fit signe à Robert de s'y engager.

* * *

Tchic. Tchic. Tchic.

Katie cadrait, shootait. Elle s'attarda en contrebas sur un arbre isolé. Son tronc était enserré dans un bloc de ciment contigu au bassin. L'eau y était opaque, couleur olivâtre. Marc leva les yeux et observa la photographe au travail. Il fumait un cigarillo. À quelques mètres, Robert était en conciliabule avec le policier. Celui-ci lui expliquait quelque chose. Le Thaï fit un geste, et posa sa main droite sur son torse, indiquant son sein gauche, puis le droit. Puis, il toucha ses bras son ventre, et ses cuisses. Et enfin, sa gorge. Il ouvrit la bouche et toucha sa langue. Il répéta plusieurs fois la même expression en thaï. Robert approuva d'un hochement de tête. Il fit signe à Marc, puis cria pour attirer l'attention de Katie au sommet de la cascade et lui proposer de les rejoindre.

— Il dit que la fille a été retrouvée à cet endroit, expliqua Robert en désignant l'arbre auprès du bassin. Je n'ai pas tout compris, mais elle était attachée là. C'est sûr. Il me dit aussi qu'elle était nue et qu'elle avait des blessures sur tout le corps, en particulier sur la poitrine.

— La langue aussi ? A-t-il remarqué quelque chose ? interrogea Marc.

Robert se retourna vers le policier, montra sa bouche et articula quelques mots en thaï. Celui-ci lui répondit.

— Oui, la langue aussi, traduisit Robert. Il dit qu'elle n'avait plus de langue.

— Est-ce qu'il y avait des traces de sang autour de l'arbre quand ils ont trouvé le corps ? demanda Marc.

Robert répéta la question. L'homme haussa les épaules et dit une phrase. Il la répéta, puis se détourna.

Il s'engagea sur le chemin. Comme s'il avait assez perdu de temps avec les trois *Farangs*.

— Il a dit qu'il ne s'en souvenait pas, expliqua Robert.

Katie prit discrètement des photos du policier qui s'éloignait. Marc s'approcha du tronc et s'accroupit comme s'il espérait découvrir un indice. Une trace. Pensif, il passa lentement la paume de sa main sur le ciment, puis sur le tronc. L'écorce était couverte d'une mousse spongieuse et humide. Il jeta le mégot fumant de son cigarillo dans les herbes et se releva.

— Allons-y.

2.

Le policier les attendait, une cigarette à la bouche. Quand Marc s'approcha, il lui tendit une enveloppe en papier kraft.

Le journaliste l'ouvrit. Elle contenait ce qui ressemblait à la photocopie d'un document officiel de la police. Le rapport était rédigé en thaï. Incompréhensible. Il y avait aussi une douzaine de Polaroid. Marc les examina un à un, puis les passa à Katie. Avec le temps, les couleurs avaient légèrement jauni.

Sur la première image, une jeune femme était nue, agenouillée sur le plot de ciment grisâtre, la tête affaissée vers l'avant. Ses cheveux, noirs, cachaient son visage. Elle était ligotée au tronc de l'arbre que Katie avait photographié près du bassin. Ses deux bras relevés étaient liés en hauteur par une cordelette au niveau des poignets.

Katie étudia une autre photo. Le corps bronzé était couvert de marques de brûlures, d'estafilades et de blessures diverses. Excepté l'absence de crucifixion et la façon dont les bras avaient été attachés, la posture de Nava imitait exactement celle de Clara Riopelle au Val-Sans-Retour. Les éléments du décor étaient aussi quasi identiques.

Sur un troisième Polaroid, le corps avait été détaché et étendu sur le ciment. Sans doute par les policiers thaïs. Le photographe amateur avait cadré le buste de la victime. Les deux seins avaient été sectionnés. Ils étaient exposés côte à côte sur le parapet qui retenait les eaux de la cascade. Katie posa les tirages sur le bitume et les photographia l'un après l'autre. Méthodiquement.

Le policier prononça quelques mots en thaï. Robert les traduisit.

— Il dit que les photos ont été prises par un de ses hommes le jour où ils ont découvert le corps. Il dit aussi que vous pouvez garder les Polaroid.

— Qu'est-ce qu'a conclu l'enquête de police ? demanda Marc.

Robert répéta la question, écouta la réponse, puis fit à nouveau la traduction.

— Drogue. Il dit qu'ils ont conclu à un deal de *Yaba* ou d'amphétamines qui avait mal tourné. La gamine a dû vouloir arnaquer des trafiquants. Ils l'ont tuée pour faire un exemple.

— Et ses affaires ? Ont-ils retrouvé ses affaires ?

Question. Réponse. Traduction. Le même manège se reproduisit.

— Elle avait pris une chambre dans un hôtel, expliqua Robert. Ils ont retrouvé ses affaires intactes.

— Y avait-il de la drogue ?

— Il dit que non.

— Où était son hôtel ?

Le policier leva le bras, montrant vaguement la direction du nord. Il dit :

— Kho Pha Ngan.

3.

Dimanche 1er août. Plage de Chaweng, à Kho Samui (sud de la Thaïlande).

TOOM-TOOM-TOOM.

Le chauffeur thaï s'était trompé. Ou il avait mal compris les instructions données par Robert. Un peu après 1 heure du matin, le taxi les avait déposés dans une allée au nord de Chaweng, à une centaine de mètres de la plage. La soirée, baptisée « Sexy Beach Party » sur les prospectus, se déroulait beaucoup plus au sud à la hauteur du *Monkey Bar*. Katie et Marc avaient commencé à marcher dans l'obscurité. Ils étaient seuls. Robert les avait laissés pour rejoindre sa femme restée à Lamai.

À leur gauche, loin au large, ils pouvaient distinguer sur une longue ligne discontinue les minuscules feux de « lamparos » des chalutiers qui pêchaient la crevette et le calamar. À leur droite, dissimulée derrière des arbres et des palissades, c'était la succession mal éclairée des bâtiments d'hôtels et des bungalows pour touristes. À cette heure, beaucoup dormaient déjà.

Dans l'après-midi, ils avaient fait l'aller-retour entre les îles de Kho Samui et Kho Pha Ngan. Un trajet d'une trentaine de minutes sur un jet nautique de la compagnie Lomprahya. Robert avait négocié avec les marins thaïs. Pour mille baths, l'embarcation les avait déposés directement sur la plage de Hat Rin où s'était déroulée la dernière Full Moon Party. La fête avait eu lieu le 28 juillet, deux jours auparavant. À ce moment, ils étaient dans un avion quelque part entre Paris et Bangkok.

De jour, l'endroit était paisible. Un paradis tropical

avec du sable blanc, une eau calme couleur azur et des cocotiers. Quelques jeunes touristes somnolaient sur leur serviette. D'autres se baignaient pour échapper à la chaleur moite. Une cinquantaine de cabanes en bois ceignaient la plage qui formait un arc de cercle s'étirant entre une petite chaîne montagneuse nommée Khao Ra à l'est, et une falaise crayeuse et abrupte à l'ouest. Katie avait mitraillé les lieux, pendant que Marc, aidé de Robert, posait des questions aux Thaïs qui tenaient les bars. Le nom de Nava Sheraïm disparue un an plus tôt ne semblait éveiller aucun intérêt. Comme si jamais elle n'avait paru en ces lieux.

Le policier thaï leur avait donné l'adresse de l'hôtel où les affaires de la jeune Israélienne avaient été retrouvées quelques jours après sa mort. C'était l'équivalent d'une auberge de jeunesse située à six kilomètres de Hat Rin, sur une plage du sud de l'île qui faisait face à Kho Samui. Ils s'y étaient rendus en taxi. De nouveau, Katie avait pris des photos. Marc avait reposé les mêmes questions. Mais depuis le meurtre de Nava, trop de temps avait passé. Le personnel de l'hôtel avait changé. Aujourd'hui, la jeune fille qui s'occupait du comptoir à l'entrée était américaine. Elle travaillait là depuis moins de trois mois et pensait partir crapahuter en Australie fin septembre. Nava ? Elle n'en avait jamais entendu parler.

Personne ne savait rien.

* * *

C'était Robert qui leur avait parlé de la « Sexy Beach Party », une fête techno qui se déroulait ce samedi soir sur la plage de Chaweng.

— Allez-y, leur avait-il suggéré. Il y a beaucoup moins de monde que pour une vraie Full Moon Party, mais vous aurez une idée de l'esprit de ce genre de soirées. Si Nava a disparu l'année dernière au cours d'une soirée similaire, cela pourrait vous aider à comprendre comment cela s'est passé ou vous indiquer la faune qu'elle a pu côtoyer.

TOOM-TOOM-TOOM.

Le *Monkey Bar* était aisément repérable, même dans l'obscurité.

Il y avait d'abord le bruit. Une pulsation sourde qui les avait guidés. Elle avait enflé au fur et à mesure qu'ils s'étaient approchés. Jusqu'à ce qu'ils perçoivent distinctement le staccato de la musique électronique diffusée par les baffles.

Il y avait ensuite les flashs et les feux d'artifice. Des lumières vertes, violettes et fluorescentes qui illuminaient la nuit, synchronisées avec le chant des machines, le « *TOOM-TOOM-TOOM* » des BPM[1]. Des fêtards grattaient des allumettes pour embraser des mèches de minifusées qui décollaient en rafale. Elles explosaient en gerbe scintillante loin au-dessus de la mer. Plusieurs brasiers avaient été allumés dans le sable. Çà et là, on devinait des silhouettes minces qui faisaient brièvement tournoyer des corolles de flammes autour d'elles. En s'avançant, Katie distingua une jeune Thaïe, gracieuse, vêtue d'un minishort en jean et d'un T-shirt blanc. Elle ondulait au rythme de la musique techno tout en agrippant au bout de ses bras deux chaînes qui se prolongeaient par des torches virevoltantes. Une forte odeur de pétrole flottait dans l'air.

Au moins un millier de personnes se pressaient sur ce bout de plage humide. Plusieurs averses aussi soudaines que brèves avaient imbibé les sols en début de soirée quand il faisait encore jour. Katie avait sorti

1. Battements Par Minute.

son appareil et cadrait posément les danseurs. Face à la mer, sur un petit monticule, une Européenne aux cheveux blonds et courts, vêtue d'une robe blanche ultracourte, se balançait, calée sur la pulsation électronique. Marc l'avait repérée. Il l'observa longtemps. Fasciné. Pour lui, contrairement à Katie qui avait couvert le Teknival, c'était une première. Il avait déjà assisté à des concerts de rock, mais il n'avait jamais participé à une raves-party.

Pieds nus, fermement plantée dans le sable, la danseuse tanguait en mesure. La sueur avait collé ses cheveux sur son front. Plongée dans un monde invisible, yeux clos, elle dégageait une aura sensuelle. Égoïste, elle dansait pour elle sans se préoccuper du regard des autres.

Belle.

Marc sentit des doigts qui effleuraient son bras nu. Une Thaïe aux joues rondes, jolie comme une poupée, lui souriait. Elle dit quelque chose qu'il ne comprit pas. La musique couvrait tous les autres sons. Il secoua la tête. Elle répéta. Il fit non de nouveau de la tête. Elle éclata de rire et s'éloigna en balançant des hanches.

Marc reporta son attention sur le DJ qui animait la soirée du *Monkey Bar*. Un Européen maigre, un visage étroit mangé par une barbe de trois jours. Juché sur une estrade métallique qui dominait la foule, il avait le cou penché sur sa gauche, l'oreille collée sur un casque d'écouteur qui lui enserrait le cou. Il hochait la tête en mesure. Il eut un sourire, leva les yeux pour contempler la multitude des danseurs, puis d'un geste, il interrompit la musique.

Une. Deux. Trois secondes.

Le silence semblait durer une éternité. Des cris sur la plage commencèrent à se faire entendre. Les raveurs se tournèrent pour protester. Mais une vibration d'abord à peine audible, puis de plus en plus forte recommença à faire trembler les baffles.

Marc observa le DJ. Katie l'avait aussi dans sa ligne de mire et le mitraillait. L'homme baissa le front, il arqua le dos, puis il se redressa avec un curieux mouvement synchronisé des deux mains. Comme s'il poussait de tout son poids sur les commandes d'un avion qui lui résistaient. Un vrombissement électronique satura d'un coup les enceintes. En cadence, un millier de fêtards se mirent à dodeliner de la tête. Marc se surprit à en faire partie.

Derrière ses platines, le roi de la soirée semblait ricaner comme un dément.

* * *

— Katie, allez c'est bon, non ? Tu as tout ce qu'il te faut maintenant. Allons-y, pressa Marc.

Il avait haussé la voix un peu fort pour couvrir les crépitations de la musique électro.

Depuis une heure et demie, ils orbitaient lentement autour des danseurs en transe. Katie avait shooté plusieurs dizaines d'instantanés. Au fur et à mesure que la nuit avançait, l'alcool avait désinhibé les fêtards. Sur la plage, il suffisait de quelques centaines de bahts, soit l'équivalent de trois ou quatre euros, pour se payer auprès des hôtesses de la demi-douzaine de bars improvisés un seau en plastique d'un demi-litre rempli de glaçons. Selon son goût, on repartait avec de la vodka, du gin ou du mauvais whisky local. Les touristes les plus éméchés, souvent des Britanniques à la peau rougie par les coups de soleil, gisaient déjà dans le sable.

À cette heure, les jeunes prostituées thaïes en maraude étaient passées à l'action. Efficaces. Celle qui avait tenté sa chance avec Marc se laissait maintenant embrasser par un Italien d'une trentaine d'années à la peau mate. Il lui léchait les lèvres et les joues. Torse nu, yeux clos et ivre, l'homme ressemblait à un nourrisson avec son ventre mou et ses poignées d'amour. Katie s'approcha à quelques pas pour le saisir en gros plan l'air hagard avec la jolie Thaïe dans ses bras. Sous l'éclat du flash, l'Italien leva vaguement une main comme pour se protéger. Puis il rit et la laissa aussitôt mollement retomber.

La prostituée échangea un court regard, sans douceur, avec la photographe. Katie hocha la tête. Que faisait-elle ? Était-elle vraiment prête à tout pour prendre la bonne image ? Elle sentit qu'elle avait largement dépassé les limites et eut honte. Katie recula et s'éloigna. La jeune femme travaillait, et la *Farang* à la peau noire la dérangeait. En échange de sa compagnie, de son corps, la courtisane espérait s'imposer sans doute auprès du touriste italien comme sa « girlfriend » officieuse le temps de son séjour. Une, deux semaines… Elle y gagnerait quoi : quelques milliers de bahts. Il lui en fallait six mille, soit cent trente euros pour vivre, se nourrir et se loger pendant un mois. Et qui sait ? Peut-être si Nam, Dawan ou quel que soit son prénom était particulièrement douée, avec aussi du *chok dee*[1], son *Farang* transalpin fou amoureux lui proposerait-il de le rejoindre plus tard en Europe. C'était ce dont rêvaient la plupart de ces jeunes Thaïes issues de l'Isan, la région la plus pauvre du royaume de Siam. Sur les plages et dans les bars de Kho Samui, elles venaient chercher un salaire, un avenir, un peu d'espoir. La scène avait duré moins d'une minute.

— Je n'ai pas fini, répliqua Katie en se retournant, irritée, vers Marc.

1. La « bonne fortune », en thaï.

Elle aussi avait haussé la voix. Le malaise qui l'avait gagnée quelques instants plus tôt s'évapora dans sa colère soudaine. Elle sentit l'adrénaline jaillir dans ses veines et le besoin de s'emporter contre quelqu'un. N'importe qui. « Qu'il se taise ! » pensa-t-elle.

— Mais tu as ce qu'il te faut, insista Marc, sans prendre conscience de l'agacement de la photographe. De toute façon, ce n'est pas notre sujet. Je ne mentionnerai pas cette fête dans mon article. Ces photos n'ont aucun intérêt.

Piquée au vif, Katie se redressa. Elle lui lança un regard noir :

— Qu'est-ce que tu en sais ? C'est toi le photographe maintenant ? Est-ce que je t'ai dit ce que tu dois écrire, moi ! Casse-toi ! Casse-toi et laisse-moi faire mon boulot.

Marc ne bougea pas. Ce fut Katie qui partit. Il la regarda s'éloigner brusquement vers un autre groupe de touristes en shorts et minijupes qui dansaient les pieds dans l'eau. L'Américaine semblait réellement excédée. Comme un bouledogue prêt à mordre. Il ne s'attendait pas à une telle réaction de sa part. Il aurait dû la retenir, s'excuser peut-être… Mais Marc était épuisé. Il avait trop peu dormi la nuit précédente. Il décida de laisser la photographe sur place et de rentrer seul en taxi. Après tout, Katie était adulte. Elle se débrouillerait.

* * *

Dimanche 1er août. Village de Lamai, à Kho Samui (sud de la Thaïlande).

La sonnerie du téléphone de la chambre le réveilla à 11 h 30 comme il l'avait indiqué en retournant à l'hôtel. Marc décrocha, marmonna un « Thanks », puis se leva. Il prit une douche, enfila des vêtements propres et passa à la réception pour demander si Robert était venu dans la matinée. Marc avait dormi d'une traite. Épuisé. Sans qu'un seul mauvais rêve vienne le tourmenter. Robert, le vieux fixeur, n'avait pas donné de nouvelles, mais un message l'attendait. La réceptionniste lui glissa une enveloppe en main propre. Il l'ouvrit.

« J'ai passé l'âge. Personne ne me dit ce que je dois faire. Je rentre à Paris. K. »

Chapitre 14

« There she stands, this lovely creature
There she stands, there she stands

« Elle se tenait là, cette adorable créature
Elle se tenait là, elle se tenait là »

(*Lovely Creature* – Nick Cave & The Bad Seeds – *Murder Ballads* – 1996)

1.

Dimanche 1er août. Aéroport de Bangkok (Thaïlande).

Le vol à destination de Paris-Charles-de-Gaulle était affiché pour 14 h 30. Sans retard annoncé. Katie vérifia le numéro sur son billet. Tout semblait en ordre. Elle avait deux heures à tuer à l'aéroport international de Bangkok avant d'embarquer. Comme un rituel, elle alluma son boîtier photo et fit rapidement défiler les clichés pris la nuit dernière devant le *Monkey Bar*. Elle en effaça quelques-uns qui lui paraissaient sans intérêt. En remontant dans le temps, elle arriva aux reproductions des Polaroid du corps de Nava Sheraïm. Elle les examina longuement. Ces photos valaient de l'or. Elle avait cette idée qui lui trottait dans la tête. En aurait-elle le culot ? Était-elle passée de l'autre côté ? Katie ouvrit son sac et vérifia si l'enveloppe qui renfermait les originaux s'y trouvait toujours.

S'il avait lu son message, Marc devait à son tour être contrarié. Tant mieux. Son attitude condescendante sur la plage l'avait mise hors d'elle. Sur le moment, elle s'était contenue, mais après la colère une rage froide l'avait peu à peu envahie. Du coin de l'œil, elle l'avait vu quitter les lieux de la fête. Plusieurs DJ s'étaient succédé. House, transe, techno latino, ambient… La musique avait changé de rythme, se calmant au fur et à mesure que la nuit s'enfuyait. Katie était restée jusqu'à l'aube collecter les images qui l'intéressaient. Un autre photo-reporter travaillant pour un news magazine les aurait sans doute jugées trop belles, trop graphiques. C'était sa culture. Elle aurait eu un pinceau, elle les aurait dessinées. Capturés dans les lumières rosées du petit matin, des raveurs hébétés erraient sur le sable. Des silhouettes égarées qui se découpaient entre le ciel et les eaux calmes du golfe de Siam. Elle se doutait que ce type de photos n'aurait probablement pas leur place dans *Paris Flash*, mais elle avait aussi envie de se faire plaisir. Qui sait ? Elles auraient peut-être leur utilité pour expliquer le contexte. Elle pourrait aussi les revendre plus tard à l'occasion d'un sujet plus vaste sur les fêtes technos à travers le monde. Faire une expo…

En rentrant à l'hôtel sur le coup de 6 heures du matin, Katie avait déjà pris sa décision. Après tout, c'était son sujet depuis le début de cette histoire.

Les photos de Clara à Brocéliande parues dans *Paris Flash*, c'était son scoop. Nul ne pouvait prétendre le contraire. La piste thaïlandaise et le meurtre de Nava Sheraïm, c'était encore elle qui avait eu le nez de s'y intéresser. Et si c'était Marc qui avait pris la décision d'acheter des billets pour Kho Samui, ils n'avaient rien trouvé qu'elle n'aurait pu découvrir seule. Ce type n'avait de toute façon pas à lui dire ce qu'elle devait ou ne devait pas photographier. Chacun à sa place. Elle avait maintenant en sa possession les images de Nava. C'était tout ce dont elle avait besoin. À Paris, elle les proposerait à Patrick Boudou. Elle en voulait cinquante mille euros. Pas moins. Elle verrait après pour partager la somme avec Marc.

Au petit matin, Katie avait acheté sur Internet un billet pour Bangkok pour le premier vol qui partait de l'île du petit archipel. Celui-ci décollait à 10 heures. Puis elle en avait acheté un second. Direction Paris. Elle avait rapidement bouclé ses valises, insisté auprès de la réceptionniste pour régler sa chambre d'hôtel pourtant réservée avec la carte de crédit de Marc. Pas de compte à rendre. Pour le futur, elle ne voulait rien lui devoir. Elle lui avait juste laissé un mot succinct. Puis Katie avait demandé à la réception un taxi pour l'emmener à l'aérodrome de Kho Samui. Si Marc avait un minimum d'intelligence, il comprendrait et agirait en conséquence. Sinon…

* * *

En examinant son téléphone, Katie découvrit que Patrick Boudou, le rédacteur en chef de *Paris Flash*, avait de nouveau tenté de la joindre. Le message datait de la veille. Ils étaient alors à Kho Pha Ngan. Sur le moment, elle n'y avait pas fait attention.

Elle réfléchit quelques secondes. L'idée qui lui était venue faisait son chemin. On était dimanche. Comme d'habitude, *Paris Flash* bouclerait lundi soir. Son vol arrivait à Paris lundi matin. Demain, elle aurait peu de temps pour négocier au meilleur prix l'exclusivité de ses images avec le magazine. En même temps, Patrick Boudou aurait la pression. Elle pouvait l'augmenter encore un peu plus et peser sur sa décision. Elle se trouvait dans une situation paradoxalement confortable. D'un côté, elle avait vendu suffisamment bien son premier sujet à *Flash* et Patrick l'avait clairement missionnée sur la suite de cette affaire en prenant en charge ses frais et en l'associant à Marc Torkan. De l'autre, ce même rédacteur en chef leur avait demandé de lever le pied sur l'enquête. Enfin, elle venait d'abandonner Marc à Kho Samui.

Katie avait appris. Vite. Elle se considérait comme une mercenaire de l'image. Sans état d'âme. Un scoop, c'était bien. Avec de l'argent, c'était encore mieux. Elle avait un joli coup à jouer.

Katie alluma son ordinateur portable, y connecta son boîtier photo. Elle transféra les reproductions des Polaroids de Nava sur le bureau informatique. Puis, elle chercha une connexion Wifi dans l'aéroport. Elle ouvrit sa boîte mail et dénicha l'adresse de Patrick Boudou. Elle rédigea rapidement un message :

« Intéressé par mon sujet ? J'atterris à Paris lundi matin. Pour info, j'ai été approchée par *VSD*. Faites-moi rapidement une contre-proposition. K. »

En quelques clics, Katie joignit au mail des copies en basse définition des douze images de l'Israélienne assassinée. Elle se relut, hésita une micro-seconde, puis envoya le tout à Patrick. Katie refit la même manipulation à destination du responsable du service photo à *VSD*. Elle lui avait déjà proposé plusieurs sujets par le passé. Sans succès. Aux reproductions des Polaroïds, elle ajouta quelques clichés de la scène de crime au Val-Sans-Retour. Elle modifia son texte :

« Bonjour, je suis photographe indépendante. Je vous ai déjà contacté. J'ai couvert l'affaire Clara Riopelle à Brocéliande. Comme vous le savez, ce reportage photo a déjà été acheté et publié dans *Paris Flash*. Il y a une autre victime. À l'étranger. Ces photos sont exclusives. Elles sont à vendre. Je prends un avion, mais je serai à Paris lundi matin. Si vous êtes intéressé, faites-moi rapidement une proposition. Katie Jeckson.

PS. Je n'ai pas signé de contrat d'exclusivité avec *Paris Flash.* »

Katie éteignit son portable. Il était temps d'embarquer. Elle se leva en ayant le sentiment excitant qu'elle venait à la fois d'acheter un billet de Loto gagnant et d'engager une balle dans le barillet d'un pistolet pour jouer à la roulette russe.

2.

Dimanche 1er août. Village de Lamai,
île de Kho Samui (sud de la Thaïlande).

— Marc, c'est quoi ce bordel ? À quoi est-ce que tu joues ?

Patrick était furieux.

À son réveil, le rédacteur en chef avait découvert le mail avec en fichiers attachés les photos de Katie. Il avait d'abord essayé de joindre la photographe. Elle n'avait pas répondu. Il avait tenté sa chance avec Marc. Cette fois, il avait pris l'appel.

— Calme-toi, Patrick ou je raccroche. Qu'est-ce que tu veux ?

— Des explications. Depuis trois jours, j'essaye de vous appeler l'un et l'autre. Aucun de vous ne m'a tenu au courant de la suite de votre enquête. Et j'apprends par la bande que vous avez quitté la France.

— Voyage d'agrément. Tu nous espionnes ? ironisa Marc.

— Non, je me renseigne. Sur le coup, j'avoue que je n'ai pas vu de rapport immédiat avec le meurtre de la petite Riopelle en Bretagne. J'ai même cru que vous étiez partis en vacances. Et ce matin, je reçois des photos du cadavre d'une inconnue accompagnées d'un mail de Katie qui me demande combien je suis prêt à les payer. En plus, cette garce a la délicatesse de me signaler que je suis en concurrence sur ce sujet avec *VSD*. Un chantage en bonne et due forme ! Marc, qu'est-ce qui vous prend ? Pourquoi ne m'as-tu pas appelé en personne ? J'espère que tu ne me fais pas payer notre conversation de jeudi matin !

Marc sourit. Il était surpris par le culot inouï de Katie. Elle se vendait au plus offrant. La salope ! Sans l'avertir. Elle était gonflée. Il réglerait cela avec elle plus tard.

— Patrick, ne te fais pas plus con que tu ne l'es, répliqua Marc. Tu m'as demandé de prendre du champ. Nous t'avons écouté. Maintenant, la balle est dans ton camp. Je te prédis que tu vas raquer très cher pour ces photos. Cette petite a vite compris le système. Katie te tient.

— Parce que tu veux me faire croire que ces images ont de la valeur ? Quel est leur lien avec Clara Riopelle ? Merde, dis-moi, c'est quoi l'histoire ?

— Je te le répète : si tu veux du scoop, je te conseille fortement de négocier avec Katie. Achète son reportage !

— L'assassin de Clara Riopelle a tué en Asie ? demanda Patrick. (Il changea de ton, soudain attentif.) On a affaire à un tueur en série, n'est-ce pas ?

— Tu savais que nous étions en Thaïlande ? s'étonna Marc.

— Oui, ce n'est pas difficile de te suivre. As-tu trouvé des preuves sur place ?

— Avec Katie, nous avons découvert certaines choses. Je t'en parlerai quand nous serons tous à Paris. Au calme.

— Je ne comprends pas. Vous faites bien toujours équipe ? Pourquoi n'es-tu pas dans l'avion de Paris avec elle ? Qu'est-ce que tu fous seul à Kho Samui ?

— Tes relations t'ont vraiment bien renseigné sur notre destination, remarqua Marc. Avec Katie, nous avons eu un léger différend. Rien de bien méchant. Tout ce qui compte, c'est qu'elle a en sa possession les Polaroïds d'une autre victime très probable du tueur de Clara. Si tu as vu les images, tu as dû remarquer que cette jeune femme a été assassinée avec un *modus operandi* similaire à celui de Clara Riopelle.

— Oui, j'ai noté les ressemblances, reconnut Patrick. C'est troublant.

— Je ne peux pas tout t'expliquer. Nous ne sommes pas partis en Thaïlande sur un coup de tête, mais pour y suivre une piste inattendue qui s'est révélée sérieuse. Quand nous étions en Bretagne, juste avant la fin de la garde à vue des Sons of Gaël, un de mes contacts m'a donné une information décisive que ni toi, ni tes reporters sur le terrain, ni même a priori la gendarmerie n'ont encore découverte. Mais nous n'en sommes encore qu'au début de notre enquête.

Je pense que cette affaire est plus importante qu'on ne pouvait l'imaginer. Qu'elle a des ramifications à l'échelle internationale.

— Qu'est-ce que tu veux dire ? interrogea le rédacteur en chef.

— Ces deux meurtres sont trop sophistiqués. Il y a forcément eu d'autres victimes. Mais je n'en ai pas encore la preuve. Mon conseil : achète ces photos au prix qu'il faut et mets-les au marbre pour le moment. Ne les publie pas trop tôt. Je sais que tu seras tenté, mais je te garantis que dans ce cas *Paris Flash* passerait à côté de quelque chose d'énorme. Tu risquerais de ne dévoiler qu'un bout de l'histoire et de donner des billes à la concurrence alors que tu pourrais être exclusif jusqu'au bout de l'enquête. Il faut simplement que tu nous donnes un peu de temps.

— Marc, j'ai la pression sur ce coup ! Il faut que tu m'en dises plus. J'ai besoin de faits. Je te rappelle que c'est moi qui t'ai sorti de ta boutique d'antiquités et qui t'ai mis sur cette affaire !

— Si tu es venu me chercher, répliqua Marc, c'est que tu avais besoin de moi. Maintenant si tu veux m'évincer…

— Non, Marc. Tu sais ce que tu représentes pour moi, souffla Patrick.

Marc entendit le tremblement dans sa voix, mais ne broncha pas. Patrick fut sur le point de dire quelque chose, mais il se ravisa. À la place, il demanda :

— Est-ce que j'ai le choix ?

— Non, répondit Marc. Je te répète encore une fois : paye ces photos le prix qu'il faut. Avant que je ne raccroche, dis-moi une chose : as-tu mis la main sur le rapport d'autopsie de Clara ?

— Oui.

— Alors, débrouille-toi pour m'en faire parvenir rapidement une copie.

— Si je fais cela, j'ai ta promesse que vous ne sortirez pas l'histoire ailleurs ?

— Patrick, tu veux du scoop pour faire vendre ton magazine. Katie veut de l'argent. Et moi, je veux aller au bout de cette enquête. Je crois que nous pouvons réussir à faire coïncider nos intérêts, non ?

— Et Katie ? Tu vas la contrôler ? Dans son mail, elle me fait bien comprendre que ces photos, elle les a aussi proposées à la concurrence.

— C'est le jeu et ton problème du moment. Il est facile à résoudre. Mets-y le prix qu'il faut !

Chapitre 15

« With her hair full of ribbons
And green gloves on her hand... »

« Avec sa chevelure couverte de rubans
Et la main gantée de vert… »

(*Lovely Creature* – Nick Cave & The Bad Seeds – *Murder Ballads* – 1996)

1.

Mardi 3 août. Paris (France).

Le taxi déposa Marc dans le haut du huitième arrondissement de Paris, à l'angle du boulevard Malesherbes et de l'avenue de Valois. Le parc Monceau commençait à deux pas, derrière les grilles de la contre-allée.

Il était 9 h 30 passées. L'avion en provenance de Bangkok avait atterri deux heures plus tôt à l'aéroport de Roissy-Charles-de-Gaulle. Quand Marc avait réactivé son téléphone portable, plusieurs messages l'attendaient sur sa boîte vocale. Sur le premier, Patrick Boudou l'informait qu'il avait négocié avec Katie et transigé pour la somme de quarante-cinq mille euros. Il ne publierait pas les photos dans la prochaine édition du magazine, mais il souhaitait lui parler au plus vite. Il le pressait de le rappeler dès qu'il arriverait à Paris.

… Katie avait aussi tenté de le joindre. Son nom s'affichait quatre fois sur l'écran. Qu'elle lanterne un peu ! Ça ne lui ferait pas de mal…

… Le dernier message l'intéressait plus. Une personne qui se présenta sous le prénom de Michel lui proposait de passer le voir à son domicile dès qu'il aurait atterri. La voix était posée, mais trahissait une pointe d'excitation.

Marc sourit.

Lundi dans la matinée, Patrick lui avait transmis sur le fax de l'hôtel le rapport d'autopsie concernant Clara Riopelle.

Marc l'avait examiné rapidement. Il avait glissé quelques milliers de bahts à la jeune femme thaïe de l'accueil pour qu'elle lui fasse un jeu de photocopies. Puis il lui avait donné un numéro de téléphone/fax qu'il n'avait pas utilisé depuis des années, mais qu'il connaissait encore par cœur. Il avait demandé à ce que le rapport y soit envoyé à l'attention de Michel de Ray.

Marc l'avait connu lorsqu'il s'occupait des faits-divers et travaillait à plein temps comme reporter. À l'époque, le journaliste sollicitait régulièrement ce médecin légiste à la retraite pour lui demander des explications sur des points techniques complexes. Les deux hommes avaient sympathisé. Depuis cinq ans, ils ne s'étaient jamais revus. Ni même parlé.

Sur la page de garde, il avait rédigé quelques mots : « Bonjour, Michel, il y a longtemps que je ne t'ai pas vu. Je suis à l'étranger sur une affaire importante et j'ai besoin de ton expertise. Je t'envoie ce rapport d'autopsie. Dis-moi ce que tu en penses. J'arrive à Paris mardi matin. Ton ami, Marc. »

* * *

Marc examina la façade de l'élégant immeuble haussmannien où demeurait Michel de Ray. Le médecin n'exerçait plus depuis quelques années, mais il avait toujours les moyens de vivre dans les beaux quartiers. Au numéro 2 de l'avenue de Valois, Marc repéra son nom sur les étiquettes et appuya sur l'interphone.

— C'est moi, Marc.

— Entre.

Il y eut un déclic.

— Je suis à mon bureau. J'ai demandé à la femme de ménage de te laisser la porte de l'appartement ouverte.

Arrivé sur le palier du deuxième étage, Marc toqua deux coups pour se signaler. Sans attendre de réponse, il entra. Une odeur âcre de vieilles cigarettes flottait dans les pièces. Michel de Ray l'appela :

— T'as oublié ? À ta droite !

Le médecin patientait, un mégot à la bouche. Mince, presque gracile, une barbe blanche courte et bien taillée, et des lunettes à monture métallique : Michel de Ray n'avait guère changé en cinq ans. Il resta derrière son bureau. Marc le contourna et se pencha pour le serrer dans ses bras. Atteint d'une sclérose en plaques, Michel était cloué dans un fauteuil roulant depuis plus de dix ans. Il vivait seul. Lassée par ses accès de mauvaise humeur, sa femme l'avait quitté. Sans demander le divorce. Il lui versait une pension et lui parlait de temps en temps au téléphone. Une employée de maison, Constance, passait tous les matins. Elle s'occupait du ménage et faisait les courses.

— Assieds-toi, commanda le médecin. Je suis content de te voir. Cela fait un bail. Tu es bronzé et tu as l'air en forme. Alors comme ça, tu as repris du service dans la grande presse ?

Marc eut un geste vague de la main.

— Ne t'inquiète pas, tu n'as pas à te justifier, dit Michel. Tu me raconteras plus tard si tu veux.

Le vieil homme tapota le dessus du mince dossier qu'il avait posé devant lui. Il l'ouvrit et étala les pages en éventail sur son bureau.

— Le cas que tu m'as envoyé est assez… spécial. J'ai décortiqué ce rapport. Il y a une chose dont je suis sûr : cette Clara Riopelle n'a pas été tuée à l'endroit où le corps a été découvert. Son assassin devait disposer d'un endroit spacieux, tranquille et sans voisins immédiats.

Michel dévisageait Marc qui prenait des notes.

— Mais je suppose que tu t'en doutais déjà, non ?

Marc croisa son regard et opina.

— Il n'y avait pas de traces de sang sur la scène de crime, dit-il. J'ai trouvé cela étrange. Comment est-elle morte ?

— Un simple arrêt cardiaque, répondit Michel. Elle avait perdu trop de sang. Avant qu'elle ne meure, son assassin l'a torturée de façon méthodique. Elle a été fouettée, brûlée, écorchée, dépecée. Celui qui l'a tuée voulait lui faire endurer un maximum de douleur.

— Les tortures n'ont pas été infligées post-mortem ?

— Non. Selon les analyses de sang qui figurent dans le rapport, son taux d'hématocrites était très élevé. Il explose même les normes. Cela indique qu'elle a été soumise à un stress intense. Clara Riopelle était consciente avant de mourir…

Il y eut un silence.

— … Il y a autre chose, ajouta Michel.

2.

— Le rapport indique la présence infime mais non négligeable de gamma-hydroxybutyrate, expliqua le médecin.

— Ce qui signifie ?

— C'est un produit quasi indécelable. Les techniciens du laboratoire ont pris la peine de chercher des traces de toxicologie dans le corps de Clara. Elle avait bu de l'alcool, fumé un peu de marijuana et ingurgité une dose massive de GHB.

— La drogue des violeurs ? interrogea Marc.

— Exactement.

— Comment aurait-elle pu en boire ?

— Le GHB se présente sous la forme d'un liquide translucide, expliqua Michel. Le goût est légèrement amer. Il suffit de le mélanger à un jus de fruits ou un cocktail alcoolisé, et la drogue passe inaperçue. La personne qui l'ingère se sent très vite euphorique. La diffusion de dopamine est neutralisée dans le cerveau. La molécule Gamma-Oh présente dans la drogue shunte ce qu'on nomme le *locus coeruleus* qui gère chez l'homme les comportements d'alarme et d'éveil. En gros, la personne intoxiquée n'a peur de rien et ferait confiance à n'importe qui. Au bout de quelques heures, elle tombe dans un état de somnolence ou demi-éveil.

— A-t-elle été violée ? questionna Marc.

— Sur ce point, le rapport d'autopsie est négatif.

— Il ne l'a pas violée. Bizarre, non ? dit Marc. Le GHB a servi de brise-glace. Elle a bu un verre et ensuite elle aurait suivi de son plein gré son meurtrier.

— C'est l'hypothèse qui me paraît la plus plausible. Dans tous les cas, le rapport d'autopsie indique clairement qu'à part les tortures, il n'y a pas traces d'autres violences avant la mort qui indiquerait qu'elle ait été brutalisée auparavant…

— Le GHB, c'est facile de s'en procurer ?

— Laisse tomber l'idée de remonter une filière, dit Michel. On en trouve absolument partout. Il suffit de se connecter sur un site Internet plus ou moins légal, ou si tu voyages de profiter d'un séjour à Hong Kong. Elle y est en vente libre.

— Est-ce que cette drogue est souvent utilisée dans le milieu de la techno ?

— Pas à ma connaissance. Les raveurs préfèrent l'ecstasy, la kétamine ou pour ceux qui ont les moyens la cocaïne. Pourquoi cette question ?

— Une simple idée qui me passait par la tête. Merci.

Marc se leva et fit le tour du bureau pour serrer Michel contre lui.

— Cette fois, tu n'attends pas cinq ans pour me rappeler, soupira Michel. Et tiens-moi au courant de ton enquête ! Ça m'intéresse.

— Promis. Je repasse dîner dès que j'ai un moment. Je file.

En bas de l'immeuble, Marc chercha un taxi dans l'avenue. Il leva le bras, puis le baissa. Quelque chose le tracassait. Il sortit son carnet pour relire ses notes avec attention. Une phrase le fit tressaillir. Il revint sur ses pas et sonna à l'interphone.

— Michel ?

— Oui, Marc ?

— Excuse-moi, mais il y a quelque chose qui me paraît étrange. Tu as dit que le tueur avait besoin d'un « endroit suffisamment spacieux et sans voisins immédiats dans les parages ». Pourquoi sans voisins ?

— Ils auraient entendu les cris de Clara…

— … Et ils seraient intervenus ou auraient prévenu la gendarmerie, compléta Marc.

— Exactement, dit Michel. À mon avis, il n'y a pas que le fait de la faire souffrir qui excitait le tueur. Il voulait l'entendre. Le rapport d'autopsie mentionne qu'il n'y avait aucune trace d'un bâillon ou d'un objet dans sa bouche ou dans sa gorge. Cela signifie que Clara est morte en hurlant à s'en faire péter les cordes vocales.

Deuxième Partie

« Dans le temps qui t'est donné à vivre, vis… Et durant ce temps qu'il n'y ait ni laideur ni mort pour toi ou toute vie que ta vie approche. Cherche en tous lieux la bonté, et quand tu l'auras trouvée, sors-la de sa cachette, qu'elle aille libre et sans honte. Accorde la moindre des valeurs à la matière et à la chair, car elles contiennent la mort et doivent périr. Découvre en toute chose ce qui brille et qui est au-delà de toute corruption. Encourage la vertu dans tous les cœurs où elle a pu être tenue au secret et au chagrin par la honte et la terreur du monde. Ignore l'évidence car elle est indigne de l'œil pur et du cœur bon. Ne sois l'inférieur d'aucun homme, d'aucun homme ne sois le supérieur. Souviens-toi que chaque homme est une variation de toi-même. Aucune culpabilité humaine ne t'est étrangère, aucune innocence humaine ne t'est lointaine. Méprise le mal et l'impiété, mais non les hommes impies et mauvais. Ceux-là, comprends-les. N'aie aucune honte à être bon et doux, mais si le moment vient pour toi de tuer, tue et n'aie aucun regret. Dans le temps qui t'est donné à vivre, vis – et durant ce temps merveilleux, tu n'aggraveras ni la misère ni le chagrin du monde, mais célébreras sa joie et son mystère. »

(William Saroyan – *The Time of your Life*, 1939)

Chapitre 16

« There she stands, this lovely creature
There she stands, there she stands
With her hair full of ribbons
And green gloves on her hand... »

« Elle se tenait là, cette adorable créature
Elle se tenait là, elle se tenait là
Avec sa chevelure couverte de rubans
Et la main gantée de vert… »

(*Lovely Creature* – Nick Cave & The Bad Seeds – *Murder Ballads* – 1996)

1.

Mardi 3 août, Dubaï, 16 heures (heure locale)

La migraine lui arrache un rictus. Il déglutit, puis avale sa salive. L'homme sort deux comprimés de couleur bleue de la poche de son jean et les dépose sur sa langue. Il les fait passer avec une gorgée d'eau pétillante. Il ferme les yeux et se laisse aller dans le confortable fauteuil en cuir blanc en attendant que la crise baisse en intensité. Dans le bar-lounge, l'air est à la fois trop frais et trop sec. Empressé, un garçon au teint mat, en livrée blanche et pantalon noir, s'approche, puis s'éloigne en croyant le voir somnoler.

Au bout de quelques minutes, l'homme commence à se sentir un peu mieux. Les pilules ont fait leur effet. La douleur s'éloigne. Il plane légèrement. Quand il rouvre les yeux, il contemple longuement la vue qu'il distingue derrière la baie vitrée du vingt-sixième étage de l'hôtel *Jumeirah Beach*. Le bleu cobalt du golfe Persique s'étend au loin jusqu'à se confondre avec le ciel azur dans l'horizon incertain. Il se redresse, lisse de l'index la fine moustache qui lui barre le visage et se décide à ouvrir l'ordinateur portable posé devant lui sur la table basse. Il se connecte à l'adresse d'un compte personnel sur lequel il a installé des alertes web, en vérifie le contenu. Rien d'intéressant. Puis l'homme se met à surfer sur des sites d'informations qu'il a répertoriés sur ses signets, d'abord en anglais, puis en français. Il parcourt rapidement les articles, picorant au hasard, s'attardant sur un sujet à propos d'une révolution dans un pays arabe, ou sur un papier autour des derniers revenus estimés de Lady Gaga. Sur Yahoo Actualités, un titre l'intrigue. Il clique sur le papier en tête de la rubrique « À la Une ».

Un nouveau suspect arrêté dans l'affaire du meurtre de Brocéliande

Un homme de 47 ans, suspecté d'être le meurtrier de Clara Riopelle, a été arrêté, lundi 2 août au soir, à Tréhorenteuc, aux abords de la forêt de Paimpont (Morbihan). L'homme, interpellé par la Section de Recherches de la gendarmerie de Rennes, a sorti une arme et a fait feu deux fois sans faire de victime. Il a pu être maîtrisé.

Mardi matin, le parquet de Rennes a confirmé l'arrestation sans livrer, à ce stade, plus de détails. Selon le site Internet « Le Parisien/Aujourd'hui » et la radio RTL, l'homme, nommé Patrick Le Dimlin, est connu comme druide dans la région. Il tient d'ordinaire un commerce de souvenirs celtiques à Tréhorenteuc. D'après nos sources, Patrick Le Dimlin serait passé aux aveux dans la nuit. Dans son jardin, les enquêteurs auraient retrouvé un sac plastique contenant des effets personnels de la victime...

— Qu'est-ce qui t'arrive ? Pourquoi tu souris comme ça ? Une groupie qui t'a envoyé une sex-tape, Rocco ?

Surpris, l'homme à la fine moustache lève les yeux de son écran. Un métis latino-asiatique le toise. Les mains enfoncées dans les poches de son jean de marque. Mince, le torse étroit, il porte un T-shirt froissé dont les fibres de coton noir commencent à blanchir avec un épais logo Metallica de couleur rouge. Il bâille et s'affale dans un canapé sans attendre de réponse. Silencieux, l'homme à la moustache referme doucement l'ordinateur.

— J'ai envie de fumer une clope, mais j'ai la flemme de sortir. Il fait trop chaud dehors. On joue à quelle heure ? demande le métis en étouffant un nouveau bâillement.

— Le set est prévu à 2 heures du matin.

La voix est rauque, enrouée, à la limite de l'audible. Le Latino-Asiatique ne paraît pas surpris. Il consulte la montre à son poignet. Un gros gadget métallique qui semble peser des tonnes. Elle vaut plusieurs milliers d'euros. Il soupire.

— Encore huit heures à tuer. Qu'est-ce que tu fais en attendant ? Tu manges un morceau avec moi ?

— Une autre fois. J'ai du sommeil en retard. Je te laisse, je vais faire une sieste dans ma chambre.

L'homme à la moustache glisse l'ordinateur sous son bras et se lève. Sans bouger, le métis le salue en dressant le poing, le pouce debout en signe de « OK ». Il pose une dernière question.

— Tu sais qui joue avant nous ?

— Pharrell. Pharrell Williams. C'est David Guetta qui finit la nuit.

— Mortel.

2.

La chambre 256 ou plutôt la suite Royal Deluxe est décorée dans des tons ocre et beiges. Elle est plongée dans la pénombre. Deux lampes tamisées diffusent un semblant de lumière. Comme au bar-lounge, la climatisation maintient la température dans une moyenne agréable pour un client occidental. L'homme à la moustache est étendu sur le lit. La découverte de la dépêche sur Internet l'a surpris. Excité aussi. Maintenant, il sent monter une fureur animale qu'il a du mal à canaliser. Depuis l'ordinateur portable, il se connecte rapidement sur un site spécialisé : www.bangkokyoungsluts.com. Des prostituées thaïlandaises, très jeunes, y simulent avec conviction des relations sadomaso avec des clients occidentaux dont les visages sont floutés. L'homme se déshabille. Pendant une vingtaine de minutes, il se masturbe lentement en visionnant les vidéos hardcore.

La pulsion est revenue. Il faut qu'il la contrôle. Surtout ici.

Il s'interrompt quand la douleur dans son sexe bandé devient trop forte. Il se redresse, ramasse le pantalon jeté au sol et l'enfile. Il traverse la suite, ayant conscience de la sensation du moelleux de la moquette sous la plante de ses pieds nus. Avec violence, il écarte les voilages et ouvre en grand la baie vitrée. La chaleur le saisit, l'arrête net comme un mur de gaz brûlant. La lumière l'aveugle aussi. Il perçoit comme une aura qui palpite en périphérie de son champ visuel, une multitude de points scintillants. La moitié droite de son crâne lui paraît être lentement compressée dans un étau.

Douleur.

L'individu retourne à l'intérieur, sort deux nouveaux comprimés d'une poche de son jean et les gobe. Il va jusqu'à la salle de bains et se glisse sous la douche. Eau glacée. Il reste de longues minutes sous le jet. La souffrance s'éloigne. La palpitation reflue.

Deux heures plus tard, l'homme se réveille soudain. Il s'est assoupi sur un canapé. Sueurs. Chaleur étouffante. Il se lève pour fermer la baie vitrée.

La crise s'est estompée. Mais la pulsion n'a pas disparu. Il reprend l'ordinateur et se connecte sur un nouveau site dont il a conservé le signet en mémoire : www.escort-deluxe.com. Il fait rapidement défiler les photos dénudées des filles, hongroises, roumaines, malaisiennes. Il s'arrête sur la fiche d'une jeune femme. Une brune mince à l'allure élégante. Russe. Son prénom : Joyce. Le profil numérique affiche ses spécialités et mentionne que la prostituée opère en ce moment à Dubaï. Il compose le numéro de téléphone inscrit sur le site.

Une voix féminine l'accueille en anglais. Suave. Enjôleuse. Prête à rendre service. Elle est là pour cela.

— Bonjour, monsieur, que puis-je faire pour vous ?

Il répond dans la même langue. L'homme parle un anglais raffiné, très pur, trop, comme une personne qui l'aurait appris dans les meilleures institutions privées.

— Je voudrais prendre rendez-vous avec une fille russe nommée Joyce.

Sa voix rauque a surpris un court instant l'hôtesse. Il l'a noté. Il a l'habitude. Une micro-hésitation, puis la jeune femme au téléphone se reprend.

— Bien sûr, monsieur. Quand et où ?

— Au *Jumeirah Beach*, dans une heure.

— Laissez-moi vérifier, monsieur… Oui, Joyce est disponible. Je l'appelle. Avez-vous des demandes particulières ?

— Simplement celles qui sont mentionnées sur sa fiche.

— Vos désirs sont des ordres, monsieur. Tant que vous ne laissez pas de marques sur son corps.

3.

Mercredi 4 août, Paris, 10 h 30.

Il hésite un instant, prend son élan, toque à la porte et entre sans y être invité. Les rédacteurs en chef et leurs adjoints sont au complet pour la première conférence de rédaction de la semaine. Romain examine rapidement les visages qui se sont tournés vers lui. Quand le jeune journaliste assigné aux faits-divers croise le regard de Patrick, le chef des reporters fait signe qu'il a compris. Celui-ci se lève et le rejoint dans le couloir. Interrompu, Pierre Housson, le responsable en charge de la politique, reprend son laïus autour d'un nouveau scandale politique impliquant des proches du président de la République. Le sujet est fortement pressenti pour la prochaine couverture, mais la douzaine de personnes présentes ont déjà la tête ailleurs, et se demandent quel événement mérite que l'on vienne déranger la réunion du mercredi matin.

Romain tend une feuille imprimée à Patrick. Celui-ci pâlit. Il lâche un retentissant :

— Merde !

Le texte de la dépêche de l'Agence France Presse est bref.

« Patrick Le Dimlin, le meurtrier présumé de Clara Riopelle retrouvée torturée et mutilée le 19 juillet à Tréhorenteuc (Morbihan), s'est suicidé lors de sa garde à vue dans la nuit de mardi à mercredi. Accusé d'homicide volontaire et d'actes de barbarie, il risquait en cas de condamnation la réclusion criminelle à perpétuité... »

Son portable vibre déjà. Dominique Legrand tente de le joindre.

— Romain, il faut que je réponde. Préviens-les à côté. Je pense que la couverture du magazine va changer.

Le vieux reporter a donné rendez-vous à Marc et Katie à 16 h 30 dans son repaire, un bar-tabac-Loto nommé *Le Dard-Dard* situé à une centaine de mètres des bureaux de *Paris Flash*. D'habitude, à partir de 13 h 30, l'endroit sert de quartier général à la rédaction et à la plupart des magazines du groupe Lagardère. Mais au milieu de l'après-midi, il n'y a plus grand monde. Slimane, le vieux serveur aux tempes grises, le reconnaît. Patrick le salue en hochant de la tête. En passant devant lui, il se touche rapidement l'arête du nez. Un geste discret déjà convenu signifiant qu'il ne veut pas être dérangé. Slimane opine. Le rédacteur en chef adjoint se dirige au fond de la salle où il a repéré le journaliste et la photographe. Ils sont assis à une table l'un en face de l'autre. Adossé à la banquette en faux cuir rouge, Marc lève les yeux quand il l'aperçoit. « Il n'a pas beaucoup changé depuis cinq ans », se dit Patrick. Le rédacteur en chef remarque juste les pattes-d'oie un peu plus marquées autour de ses orbites creusées, les épaules plus larges, et la lueur triste qui flotte aujourd'hui dans le regard de celui qu'il cornaquait avec respect. Il les rejoint, se penche par-dessus la table et embrasse furtivement Marc sur les deux joues, puis il prend place sur une chaise au côté de Katie en lui tendant la main.

— Je suppose que vous êtes au courant du suicide de Patrick Le Dimlin, l'homme qu'avait arrêté la gendarmerie. Vous comprenez ce que cela veut dire : cafouillage, ouverture des parapluies à tous les étages et à nouveau plus de pistes. Vous, qu'est-ce que vous comptez faire maintenant ? questionne-t-il. Direct, comme à son habitude.

Marc fait signe à Katie. La jeune femme remet rapidement une mèche en place comme pour se donner une contenance. Elle se décale pour se placer de trois quarts, et pouvoir faire face au rédacteur en chef. Sa chaise racle le sol. C'est la première fois qu'elle rencontre Patrick Boudou. Nez busqué, yeux cernés, il a la peau mate d'un Méditerranéen. Ses cheveux ont commencé à grisonner. Il les porte mi-longs, avec une chemise blanche roulée aux manches, largement ouverte sur son torse bronzé. Elle plonge son regard dans le sien. Le rédacteur en chef ne cille pas.

— Nous partons enquêter sur le mouvement techno, lâche la photographe avec assurance. J'ai pris rendez-vous avec un de mes contacts. C'est cette même personne qui m'avait rencardée sur le Teknival en Bretagne.

— Très bien, acquiesce Patrick. Je suppose que vous ne m'expliquerez pas tout de suite pourquoi la techno. Mais cela me convient pour le moment. Faute de grives, on mange des merles, non ? Le suicide du druide va exciter tout le monde pendant quelques jours, y compris *Paris Flash*. Ce qui veut dire que la presse se concentrera sur cette histoire et cherchera à savoir si ce type avait quelque chose à se reprocher pour se donner la mort. J'ai une équipe sur le coup, celle de Dominique. Ce type, c'est tout ce que nous avons pour le moment. Vous avez donc le champ libre pour enquêter sur votre tueur en série. Mais j'ai besoin de faits. Je ne pourrai rien publier si vous n'avez pas de preuves tangibles.

— Et les photos ? rappelle Katie.

— Les photos de Thaïlande ne sont pas suffisantes. On y voit simplement une fille mutilée et morte. Une de plus… Une de moins. En plus, la victime n'est pas française. Nos lecteurs s'en foutent. Ce qu'ils veulent, c'est du Clara Riopelle.

— Et si je vous ramène d'autres photos avec d'autres victimes ? insiste Katie.

Patrick se tourne vers Marc qui n'a pas bougé.

— Je ne vais pas vous faire un dessin. Les images, c'est bien, c'est même essentiel, mais il nous faut d'autres preuves incontestables. Des témoignages, des rapports de police. Là, oui, vous aurez un putain de scoop ! Sinon, ce n'est que du vent…

Chapitre 17

« ... So I asked this lovely creature
Yes, I asked. Yes I asked
Would she walk with me a while
Through this night so fast... »

« … Et j'ai demandé à cette charmante créature
Oui, je lui ai demandé. Oui, je lui ai demandé
Voudrait-elle m'accompagner un moment
À travers la nuit si fugace… »

(*Lovely Creature* – Nick Cave & The Bad Seeds – *Murder Ballads* – 1996)

1.

Jeudi 5 août, 00 h 10, Paris.

Le taxi dépose Marc en haut de l'avenue George-V à la hauteur de l'*Asian Bar*, un restaurant chic et branché.

Dans l'après-midi, après que Patrick les a quittés, Katie a tenté de s'expliquer, de se justifier. Marc a coupé court. Il a compris la leçon. La jeune femme a du culot. Elle a aussi du caractère. Il saura s'en souvenir. Marc demande simplement à Katie : « Me fais-tu confiance maintenant ? » Elle ne répond pas, mais baisse rapidement la tête et relève le menton en guise de oui. C'est suffisant.

Le décalage horaire a épuisé Marc. Katie a-t-elle les bons contacts ? Et faut-il vraiment s'intéresser à la techno parce que deux jeunes femmes ont disparu au cours de rave-party avant d'être retrouvées mortes ? Est-ce que cela n'est pas une perte de temps, une impasse ? Que disait-il déjà à Patrick lorsqu'il a commencé cette enquête ? Dans soixante-dix pour cent des cas de meurtres, les victimes connaissent leur assassin. Est-ce que cette statistique s'applique à cette affaire ? Allongé sur le lit de sa chambre d'hôtel, Marc se sent glisser vers le sommeil. Avant de s'assoupir, il rassemble un peu d'énergie. Il cherche dans le répertoire le téléphone d'une vieille connaissance mi-branché mi-aristo : Emmanuel Demaurr travaillait dans la musique voilà cinq ans. Le numéro est encore bon, mais personne ne répond. Marc laisse un bref message sur sa boîte vocale : « C'est Marc. Rappelle-moi dès que tu peux ! Merci. » Vers 21 heures, il s'éveille en sursaut, alerté par sa sonnerie. Ce n'est pas Emmanuel, mais Katie qui l'appelle pour le prévenir que son mystérieux contact dans la techno a accepté une rencontre le soir même. La photographe lui demande de le retrouver aux environs de minuit au 30, avenue George-V. Elle ne veut pas en dire plus. Marc programme une alarme pour 23 heures, et se rendort.

0 h 10.

Katie lui fait signe. Sublime, elle a troqué sa tenue couleur muraille de photo-reporter pour un pantalon moulant noir et un chemisier en coton léger si ajusté qu'il semble cousu à même la peau. Un simple bijou doré brille au milieu de sa gorge. Elle tient un sac en bandoulière qui dissimule son matériel photo.

— Qui allons-nous voir ? demande Marc.

— Suis-moi. Tu verras.

Ils marchent cinq minutes vers la Seine, puis Katie oblique à droite pour remonter l'avenue Marceau. Une longue file patiente dans le brouhaha devant le numéro 6, s'étirant en direction du pont de l'Alma.

— C'est là, dit Katie.

Sous le regard désapprobateur de la foule, elle se dirige directement vers l'entrée du *Baron*, une boîte de nuit à la mode depuis quelques années. Un Black aux larges épaules, engoncé dans un manteau de cuir malgré la chaleur estivale, bouche le passage. À sa gauche, le cerbère est flanqué d'une petite créature aux cheveux peroxydés, à l'air renfrogné comme c'est l'usage à Paris. Avec une arrogance qui d'abord stupéfait, puis amuse Marc, Katie attire l'attention de la jeune femme d'un claquement de doigts. La blonde s'approche avec réticence. La photographe se penche avec style et lui murmure quelques mots à l'oreille. La physionomiste hoche la tête, vérifie rapidement une liste qu'elle tient à la main et leur fait signe d'entrer. Elle affiche maintenant un grand sourire. Quelques protestations s'élèvent dans la foule. Le colosse black les réprime d'un regard glacé.

— Explique-moi ? demande Marc à Katie en la suivant dans la discothèque.

— Nous avons rendez-vous avec une DJette, répond la photographe. Elle est connue sous le nom Lady J. Ce soir, elle mixe au *Baron*. C'est une amie.

— Et cette amie, sait-elle pourquoi tu veux la voir ?

— Non, avoue Katie, j'ai préféré rester vague. Je lui ai simplement parlé de photos et d'un journaliste réputé de *Paris Flash* qui m'accompagnait pour un article. J'ai fait un shooting mode avec Lady J et d'autres DJettes pour un magazine féminin l'année dernière. Le sujet est passé à la trappe, les photos ne sont jamais parues, mais elle ne m'en a pas voulu. Nous sommes restées en contact. Je sais qu'elle a ses entrées un peu partout dans la techno.

Passé le vestibule, le couloir qui mène à la salle principale du *Baron* paraît minuscule. L'air déjà moite en ce début de soirée augure de la future étuve. Le vestiaire est sur le côté gauche. Marc et Katie y abandonnent leurs affaires et se dirigent vers la piste de danse où résonne un mélange de musique salsa et de funk électro. Un homme gracieux, aussi mince qu'un toréador, vêtu d'une chemise rouge cintrée, les accueille avec empressement et les guide vers une petite table restée libre.

— Jillian nous a prévenus que vous passeriez ce soir. Vous êtes de *Flash*, c'est ça ? Ravi de vous accueillir. Qu'est-ce que je peux vous offrir qui vous ferait plaisir ?

— Un gin tonic sans glaçons, demande Marc.

— Une vodka pomme pour moi, commande Katie.

Le serveur s'éloigne. Marc interroge :

— Jillian, c'est Lady J ?

— Exact. C'est son prénom. Elle ne m'a jamais donné son nom de famille. Si je me souviens bien, elle est à moitié écossaise ou irlandaise.

Sous leurs yeux se presse une faune hétéroclite. Des jeunes gens en majorité. Quelques quadragénaires tout en noir selon le code vestimentaire des branchés parisiens. Les verres circulent de main en main. Dans cet univers où l'oxygène semble se raréfier à mesure que la soirée avance, la musique électro couvre les conversations. Il faut quasi hurler pour se faire entendre de son voisin… Ou de sa voisine.

Marc désigne d'un signe de tête une blonde aux yeux vides, aux cheveux lisses, ultra court-vêtue qui danse sans conviction perchée sur des talons ultrafins. Il se penche vers Katie pour lui crier à l'oreille :

— Paris Hilton aurait donc une sœur jumelle ?

— C'est Paris Hilton, réplique Katie d'un ton dédaigneux.

Elle capte alors le demi-sourire moqueur du journaliste. Piégée, Katie éclate de rire.

Soudain, un frémissement d'excitation gagne les fêtards qui se pressent dans l'espace confiné. Les visages se tournent en direction de la minuscule cabine de DJ qui surplombe la piste. Une jeune femme à la crinière rousse, à la peau laiteuse vient de faire son apparition.

Lady J.

Il y a un minuscule silence. Une pause avant une explosion que tous savent imminente. Puis, comme un claquement de mitraillette qui crépite dans les baffles, le son enfle, se dilate, prend de l'ampleur. Il devient un roulement saccadé, saturé par les infra-basses. Le morceau démarre comme la déflagration d'une bombe. Cent cinquante privilégiés battent la mesure, dodelinent de la tête.

À l'unisson.

Pendant deux heures, la symphonie électro alterne ses va-et-vient furieux. Des séquences techno frénétiques entrecoupées de longues plages de calme deep-house, le tout sous la direction impavide de son chef d'orchestre aux cheveux rouges.

Marc, longtemps bouche bée, se retrouve sans trop savoir comment sur la piste de danse, manches de chemise retroussées, sueur dégoulinant dans le dos. Son grand corps abîmé suit maladroitement la cadence infernale imposée par les montées de basses acides. Après une heure et demie de gesticulations sauvages, il s'écroule sur un bout de banquette resté libre, un quatrième verre de gin tonic à la main. Un peu ivre, mais bien.

Quand le rythme et la texture de musique se modifient totalement, Marc jette un coup d'œil curieux à la cabine de DJ. Lady J vient de déserter l'habitacle. Un Black filiforme en T-shirt jaune fluo la remplace aux platines. Il propose un mix électro/rap complètement différent.

Marc ne saurait pas mettre de nom sur cette musique, ni même la décrire autrement que par des mots imparfaits, mais il sent ou plutôt ressent qu'elle est à la fois proche et totalement différente de celle qui l'a précédée. C'était peut-être aussi cela que Katie a voulu lui montrer. Il en prend conscience : il n'y a pas une, mais des multitudes de formes de musiques techno… électro, quelles que soient leurs dénominations. Un vrai labyrinthe de sons à explorer, qui semblent sans cesse se renouveler, se confondre puis se dissocier de nouveau.

Se faufilant parmi les danseurs, Katie le rejoint. Son beau visage luit d'une mince brume de sueur. Dans son sillage, la jeune et jolie DJette lui sourit aussi, curieuse. Ses yeux pétillent comme ceux d'un chat. Lady J glisse une main à la paume humide dans la sienne et la serre doucement. Quand Marc veut la retirer, elle insiste et le retient. Une seconde de trop.

— Viens, prends tes affaires ! On s'en va ! crie Katie pour couvrir la musique.

Dans le couloir, la photographe lui glisse à l'oreille :

— Jillian ne sait rien sur toi, mais je crois que tu

lui plais. Je lui ai simplement expliqué que l'on préparait un sujet de fond sur le milieu techno. Elle est curieuse. Ça l'intéresse. Elle nous propose de prendre un verre chez elle pour discuter au calme. Allons-y, c'est notre chance…

2.

Appartement de Lady J,
rue Caulaincourt à Montmartre (Paris XVIIIe).

Les deux jeunes femmes – la brune à la peau chocolat, la rousse à la peau ivoire – s'engouffrent dans un taxi, suivies de Marc. À 3 heures du matin, en plein été, la circulation est fluide dans la capitale endormie. Il leur faut une quinzaine de minutes en comptant les arrêts aux feux qui jalonnent le parcours, pour remonter de l'Arc de triomphe jusqu'aux hauteurs de Montmartre.

La voiture les dépose en face du 129 de la rue Caulaincourt, entre un restaurant japonais baptisé *Okinawa* et un magasin de produits bio. Marc règle la course. Katie a déjà traversé. Jillian, elle, attend. Elle désigne l'immeuble qui abrite au rez-de-chaussée une boucherie et une boutique *Le Garçon Coiffeur*, et déclare avec une emphase amusée :

— Bienvenue dans mon humble demeure…

L'appartement est au premier étage. Modeste, mais confortable. Il donne directement sur la rue. Les fenêtres à double vitrage n'arrivent pas à étouffer le bruit des voitures qui filent dans la nuit. Une grande pièce fait office de salon. Un pan de mur entier est occupé par de petites étagères remplies de CD, soigneusement serrés les uns contre les autres. Dans un coin, sur un bureau en kit, un espace a été dégagé pour installer un ordinateur. En dessous s'alignent plusieurs colonnes de disques durs. Il y a aussi ce qui ressemble à un clavier de synthétiseur, deux guitares avec leur ampli et différentes machines électroniques dont Marc ignore l'usage. Un fouillis dense de câbles relie les instruments les uns aux autres. Sur les murs couleur crème de l'appartement, des toiles barrées de motifs ethniques, bariolées de rouge, d'orange, de jaune, égayent la pièce plongée à cette heure dans la pénombre par l'éclairage tamisé.

Jillian les invite à s'asseoir dans un canapé vert bouteille défraîchi. Il est encombré de coussins. Sans ménagement, elle chasse d'un revers de main un gros chat au pelage blanc qui y somnolait à leur arrivée.

— Ouste, Eskimo, puis s'adressant à ses deux invités : installez-vous. Je vous sers quoi, un café ?

Sans attendre de réponse la jeune femme a déjà filé dans la cuisine. Marc l'entend farfouiller bruyamment dans la vaisselle. Elle revient en brandissant trois tasses dépareillées, dont deux décorées de tête de mort, qu'elle pose sur la table basse. Puis, avec une télécommande, elle met en marche une impressionnante chaîne avec son unique caisson fixé au mur.

— Après le boulot, j'ai besoin de décompresser, dit Jillian. Un peu de Rickie Lee Jones, ça vous ira ?

Le piano lent et triste de la ballade *For No One* résonne dans la pièce, suivi de la voix plaintive de l'interprète américaine chantant les amours consumées. Marc tend l'oreille. Il n'a jamais entendu cette version, mais reconnaît la mélodie des Beatles. Il trouve ce choix de musique curieux chez une femme aussi jeune. Comme si elle n'était pas tout que ce qu'elle montrait à voir. Qui est-elle vraiment ? se demande-t-il. Jillian s'éclipse à nouveau en cuisine. Katie s'allume une cigarette. Marc se lève pour examiner la bibliothèque remplie de livres. Quelques romans policiers (James Ellroy, Bret Easton Ellis, David S. Khara, John Burdett, Deon Meyer…) de la littérature américaine et française (Steinbeck, Houellebecq…) et de nombreux ouvrages de sciences politiques. Curieux. Après quelques minutes, Jillian revient avec une cafetière fumante. La jeune femme emplit les tasses avec application.

— Sucre ? propose-t-elle en les tendant à Marc et Katie.

À son habitude, Marc refuse le sucre. Katie, aussi. Jillian prend place face à eux sur un minitabouret indonésien. Elle glisse deux sucres dans sa tasse, remue rapidement avec son index pour ne pas se brûler et avale une gorgée. Elle plisse les yeux pour savourer la douce amertume du breuvage. Puis, d'un geste étudié, elle relève lentement une mèche rousse qui repique devant ses intenses billes bleues. Une lueur d'amusement mêlée de curiosité papillote dans son regard quand elle demande :

— Alors, qu'est-ce que vous voulez vraiment de moi ?

Sous le charme, Marc est pris de court. Le « vraiment » l'a étonné. Jillian est plus que jolie, une beauté exquise, vénéneuse, dangereuse qui l'a presque surpris. Par où commencer ? Que lui dire ? Jillian doit avoir quoi : vingt-trois, vingt-quatre ans ? C'est ça. Mais elle semble avoir déjà deviné qu'ils ne sont pas là pour un simple article sur la techno. Il le sait. Elle le sait. Marc avale une gorgée de café et se lance. À dessein, il la vouvoie :

— Nous enquêtons pour *Paris Flash* sur un faits-divers qui s'est déroulé voilà trois semaines en Bretagne, dit-il. La victime était une jeune femme que l'on a découverte en forêt de Brocéliande, mutilée et torturée. En avez-vous entendu parler ?

— J'aurai difficilement pu passer à côté, répond Jillian. C'était sur toutes les télés, et dans tous les magazines. Chez vous aussi, si je me souviens bien. Le poids des mots, le choc des photos, c'est toujours ça la formule… Le numéro traîne quelque part dans l'appartement.

Elle fait un cercle de la main droite pour englober tout l'espace.

— Mais en quoi cela concerne la musique techno ? insiste-t-elle. J'ai vu aux informations que le principal suspect s'était suicidé mardi dans les locaux de la gendarmerie.

Marc regarde Katie et lui fait signe de continuer.

— Jillian, reprend la photographe, fin juillet, j'étais en Bretagne pour monter un sujet sur le Teknival dont tu m'avais parlé l'année dernière pour documenter en images les raves-parties illégales. Je me suis retrouvé à couvrir ce faits-divers par hasard. J'ai fait des photos qui ont plu et que j'ai vendues à *Paris Flash*. Patrick Boudou, le rédacteur en chef, m'a proposé de rester sur place et de continuer à travailler pour le magazine. La première piste suivie par les gendarmes menait à un groupe de rock satanique. C'est l'hypothèse sur laquelle ont travaillé la plupart des rédactions. Moi, après le coup de chance qui m'a permis d'être seule sur la scène de crime, je n'ai pas déniché grand-chose. Comme tu le sais, je ne suis pas une spécialiste en faits-divers. Je fais plutôt de la photo posée pour des magazines féminins ou des reportages sur la musique. Une semaine plus tard, Marc qui est un…

Katie se tourne vers Marc cherchant les mots justes pour le qualifier. Elle hésite, puis :

— … Marc est un ancien grand reporter expérimenté. Il a été appelé en renfort sur l'affaire. Le rédacteur en chef m'a proposé de faire équipe avec lui pour une contre-enquête. En quelques jours, nous avons découvert certaines choses.

— Quoi ? Un complot à l'échelle mondiale ? Des petits hommes verts ? questionne Jillian, sarcastique.

Katie jette un nouveau coup d'œil à Marc, guettant son approbation. Il cligne les yeux, l'autorisant à en dévoiler plus sur l'affaire.

— Clara, la victime s'était rendue au Teknival, poursuit Katie. Elle a sans doute été droguée et enlevée sur place. Puis tuée ailleurs.

— Et vous pensez que c'est un fan de techno qui l'a massacrée ? interroge Jillian, maintenant intriguée.

— Nous pensons que c'est quelqu'un qui était présent au Teknival, intervient Marc.

— Et les flics ? Est-ce qu'ils arrivent aux mêmes conclusions ?

— C'est la gendarmerie qui est en charge de l'enquête, précise Marc. Mais je n'ai aucune idée de ce qu'ils savent. Pour l'instant, nos contacts sont très limités.

— Ouais. Et je suppose que c'est un euphémisme dans votre bouche, non ? lance Jillian avec ironie en cherchant son regard. Vous les avez énervés un max en publiant votre premier article. Et maintenant, ce sont eux qui vous font tourner en bourrique. Normal. Je reviens à ma question de départ : qu'est-ce que vous voulez vraiment de moi ?

— C'est vous qui aviez parlé du Teknival à Katie l'année dernière, explique Marc. Vous en connaissez sûrement les organisateurs ? Vous pourriez nous aider à entrer en contact avec eux.

— Si je fais ça, je perds toute crédibilité dans le milieu, réplique aussitôt Jillian.

— Je ne comprends pas, dit Marc, surpris.

— Chaque fois qu'un média grand public comme

le vôtre s'intéresse au mouvement techno, c'est pour le dénigrer, l'associer à la consommation de drogues ou à la violence, répond Jillian. Les personnes qui organisent le Teknival fuient ce genre de publicité. Ce sont des ultras. Ils ne cherchent ni à être connus ou reconnus de gens comme vous. S'ils organisent ce genre de fête illégale, c'est qu'ils ont été obligés de plonger dans la clandestinité par le système.

— Mais vous savez qui ils sont ? insiste Marc.

— Oui.

— Et vous ne pouvez pas, ou ne voulez pas nous aider.

— Si je vous donne leur contact sans leur autorisation, je risque de gros ennuis.

— Du genre ?

— Cramage intégral. Dans quelques mois, je ne pourrai plus mixer que dans des clubs de touristes à Ouarzazate ou à Mykonos. Cette fille est morte. Je n'ai rien à y gagner.

— Si je vous dis qu'il y a eu d'autres filles assassinées, tente Marc, et que vous seule peut-être pouvez nous aider à arrêter cela…

Chapitre 18

« ... She took my hand, this lovely creature
"Yes", she said, "Yes", she said
"Yes, I'll walk with you a while"
I was a joyful man, she led... »

« … Elle prit ma main, cette charmante créature
"Oui", dit-elle, "Oui", dit-elle
"Oui, je marcherai avec toi un moment"
J'étais un homme plein de joie, elle m'emmena… »

(*Lovely Creature* – Nick Cave & The Bad Seeds – *Murder Ballads* – 1996)

1.

Il y a ce premier cri qui fige le petit garçon. Il s'interrompt brusquement. Puis un deuxième, comme une plainte, un mugissement atroce qui dure plus longtemps.

L'enfant a peur. Il referme le roman d'aventures dans lequel il était plongé. Il se laisse glisser avec précaution du lit où il est resté allongé tout l'après-midi, un oreiller sous le ventre. C'est sa position préférée pour lire. Il a huit ans. La maison est maintenant redevenue silencieuse. Il fixe la porte entrouverte de sa chambre. Il se demande ce qu'il doit faire à cet instant précis. Il fait chaud et humide. C'est la saison des pluies. D'un geste furtif du poignet, l'enfant essuie la sueur huileuse qui perle sur son front. Il scrute la porte de sa chambre.

Il se demande s'il doit l'ouvrir en grand pour s'aventurer hors de cette pièce et tenter de découvrir d'où viennent ces cris. L'enfant a encore l'index glissé entre les pages à l'endroit où il a interrompu sa lecture. Dans le roman de Fenimore Cooper qu'il serre dans sa main droite, le héros, un Indien Mohican, est prêt à affronter tous les dangers pour protéger ceux qu'il aime.

Le petit homme se sent l'âme d'un héros.

À l'école, c'est vers lui que ses camarades se tournent pour rejouer dans la cour les terribles combats imaginaires opposant les sauvages zoulous aux tuniques rouges de la Couronne britannique.

L'enfant s'est décidé. Il saisit une raquette de tennis en métal, un modèle Jimmy Connors avec son double cordage et sa molette de réglage sous le manche, ouvre doucement la porte. Il s'avance avec précaution dans le couloir. Pas après pas. Il s'arrête. Écoute. Il n'y a pas un bruit dans la maison. Doucement, il trottine alors jusqu'au grand escalier qui descend au rez-de-chaussée. Un instant, il fait halte en haut des marches pour écouter de nouveau. Rien... Pourquoi « Père » et « Mère » ne sont-ils pas là ?

Quand le troisième hurlement déchire le silence, l'enfant est là-haut. Il se fige à nouveau. Terrifié. Il guette. Caché derrière la rambarde. En bas, les deux battants de la porte du salon explosent. Sa mère est là. Elle le fixe. Elle crie : « Chéri, va-t'en ! VA-T'EN ! »

Son père surgit comme un dément. Il ne l'a pas encore vu. Le garçon s'est blotti contre le mur. Dans son poing droit, son père tient un couteau. Dans un coin du cerveau, l'enfant enregistre à jamais l'image de la lame en acier trempée de sang. Elle goutte sur le sol de carreaux blancs. Sa mère trébuche, et s'effondre sur le sol. Elle est nue. Sa peau laiteuse est couverte d'une substance rouge et poisseuse. Du sang. Sur sa poitrine, une plaie démesurée laisse jaillir le liquide qui s'étale sur ses seins, son ventre, ses cuisses. Elle essaye à nouveau de fuir en rampant, mais ses pieds dérapent sur les carreaux humides. Son père aussi est nu. Il a le sexe dressé.

C'est la première fois que l'enfant voit ses parents dévêtus.

Son père s'approche de sa mère, la tire violemment par les cheveux. Faiblement, elle tente de le repousser. Une dernière fois, elle hurle, mais son cri se bloque net quand la lame du couteau a fini de lui déchirer la gorge et de trancher la carotide. Paniqué, le garçonnet lâche la raquette, se recule en s'aidant des mains, des pieds jusqu'au fond du couloir. Il se redresse. Instinctivement, il se met à courir en direction de sa chambre. Dans l'escalier, il entend maintenant les pas lourds et les grognements de l'homme qu'il appelle « Père ».

Comme dans un mauvais rêve, l'enfant claque la porte, la verrouille, ouvre la fenêtre, et se laisse glisser sur le toit de la véranda, puis jusqu'au sol. Il a peur. Il se sent lâche. Il veut vomir.

Pas maintenant.

S'il veut vivre, il doit courir. Courir sans se retourner.

2.

Jeudi 5 août, 10 heures, Paris.

« Je vais y réfléchir. Je vous appelle. »

Voilà tout ce que Marc et Katie ont pu tirer de Jillian. Ils quittent son appartement tard dans la nuit sur cette vague promesse.

Dans sa chambre, il a mal dormi. Encore un cauchemar. Une ombre qui plane à l'orée de sa conscience. À 8 h 30, la sonnerie lancinante du téléphone le tire de ce mauvais sommeil. Trop tôt. Après tout ce temps, Emmanuel Demaurr paraît ravi d'avoir de ses nouvelles, et même enthousiaste. Marc prend sur lui. Ensuqué, il met quelques secondes à réaliser où il se trouve. Emmanuel ne semble pas se rendre compte de son trouble. Le journaliste bredouille quelques mots, puis demande s'ils peuvent se voir rapidement. Le chroniqueur musical lui donne rendez-vous au *Café Wepler*, près de la place de Clichy. Dès qu'il a raccroché, Marc est tenté de se rendormir. Il doit se faire violence pour se lever et passer sous la douche. Si Jillian ne se décide pas à les aider, l'entregent d'Emmanuel et ses relations peuvent s'avérer déterminants.

10 heures.

Le chroniqueur l'attend déjà à une table d'angle au fond sur la gauche. Il agite un bras pour attirer l'attention de Marc. Le dandy a un peu forci, mais arbore la même barbe rousse que cinq ans auparavant. Elle lui mange toujours le bas du visage, lui donnant l'air d'un sympathique nounours vêtu d'un impeccable costume en lin blanc. Emmanuel se lève et spontanément lui fait l'accolade. Marc se crispe, mais ne le repousse pas.

— Je pensais ne jamais plus te revoir, constate Emmanuel, sentimental.

— Je sais. J'ai disparu comme un voleur sans donner de nouvelles, s'excuse l'ancien grand reporter de *Paris Flash*.

— J'ai appris ce qui vous était arrivé. J'aimais beaucoup Caroline. Le jour de l'enterrement, j'aurais voulu être là, tu sais ?

Le chroniqueur pose sa main sur celle du journaliste qui la retire aussitôt. Ils restent silencieux, debout, face à face, un long moment jusqu'à ce que la gêne s'installe. Il y a des choses sur lesquelles Marc ne veut pas s'étendre. Pas maintenant. Pas avec Emmanuel, ni avec personne d'ailleurs. Elles lui appartiennent. Il les ressasse depuis cinq ans. Et si nous avions été ailleurs ? Et si…

Embarrassé, Emmanuel se racle la gorge et l'invite à s'asseoir.

— Bon, qu'est-ce que je peux faire pour toi ? demande-t-il, attentif.

— J'ai repris le boulot, je suis sur une enquête, répond Marc, et je pense que tu pourrais m'aider.

— Super. Comment ?

— J'ai juste besoin d'entrer en contact avec des personnes évoluant dans le milieu de la musique.

— De quel milieu précisément parles-tu ? interroge le spécialiste. Celui du rock, du jazz, de la musique africaine ?

— Non, celui de la techno.

Emmanuel siffle. Étonné.

— Ah, la techno… Ce n'est pas si simple.

— Pourquoi ? demande Marc.

— C'est un univers complexe, et très fermé, répond

le chroniqueur. Qu'est-ce que tu peux me dire de plus afin que je ne perde pas de temps et que je t'aiguille sur les bonnes personnes ?

— Il s'agit de faits-divers dramatiques, au moins deux, lâche le journaliste, décidé cette fois à ne pas trop en dire. Ils se sont déroulés en marge de soirées électro.

— Cela concerne-t-il des affaires de viols ou des overdoses ?

— Désolé, je ne peux pas t'en dire plus pour le moment.

— OK, OK. Je comprends… Laisse-moi réfléchir… Tu veux interroger des DJ ?

— Pas forcément. Je veux rencontrer des gens qui comptent, qui sont au fait de tout ce qui se passe dans cet univers.

— Les DJ, cela sera de toute façon très compliqué en cette période de l'année. Les bons sont tous en train de mixer sur la Côte d'Azur ou à Ibiza, et les autres, je suppose que tu t'en fous, non ? Je peux tenter du côté des responsables de labels, de leurs managers ou des agences qui bookent les DJ. Mais c'est sans garantie. Ils détestent parler avec des journalistes dans ton genre. C'est de la mauvaise publicité surtout s'il s'agit de faits-divers. Ils ont beaucoup à y perdre.

— Je te fais confiance, dit Marc. Tu m'appelles quand tu as quelque chose ? Excuse-moi…

Un nouvel appel. Marc sort son portable. C'est Patrick. Il s'éloigne pour répondre.

— Allô ? As-tu du nouveau ?

— Oui. Je viens d'apprendre que le druide a été mis hors de cause. Ça va faire du bruit. Le type n'était pas en Bretagne quand Clara Riopelle a été assassinée. Il y a plusieurs témoins crédibles pour le certifier.

— Et les vêtements retrouvés dans son jardin ?

— Ce sont bien ceux de Clara. Le problème, c'est qu'ils ont pu être jetés là par n'importe qui. La route nationale bordait la maison. Il n'y a qu'un mur qui ne fait même pas un mètre de hauteur. Le tueur a pu s'en débarrasser au hasard. Ce qui est certain, c'est qu'un innocent est mort. Autant te dire que la section de recherches de la gendarmerie a merdé et qu'elle va maintenant entrer en mode silence radio. Toute la presse va se ruer sur cette affaire dans l'affaire pour les déchirer. Nous, les premiers.

— J'imagine que Dominique est déjà sur le coup.

— C'est lui qui vient de me prévenir. La dépêche AFP ne va pas tarder. De votre côté, avez-vous avancé ?

— Lentement, reconnaît Marc.

— Merde. Je peux faire quelque chose ?

— Prie pour que l'on ait de la chance.

— Dès que tu as du nouveau, tu me préviens ? Je compte vraiment sur toi, Marc.

— Oui, je te laisse Patrick. J'ai Katie en double appel. Elle cherche à me joindre. C'est peut-être important.

* * *

— Marc, on se retrouve chez Jillian vers 15 heures. Elle veut nous voir.

Sans attendre sa réponse, la photographe a déjà raccroché. Le journaliste n'a pas eu le temps d'en placer une. Cela le déconcerte une seconde, puis l'amuse. Katie est décidément un drôle de numéro. Marc salue rapidement Emmanuel et quitte le café. Excité. Si Jillian désire leur parler, c'est qu'a priori, elle a décidé de leur donner un coup de main. À moins qu'elle ne sache déjà quelque chose…

3.

Discothèque *The Klub*, 2 heures du matin (heure locale) Los Angeles (Californie).

Cela pourrait être elle. Ou elle ! Ou encore elle ! Son regard glisse d'une silhouette à une autre. La pulsion est là. La migraine aussi. Il doit se contrôler. Ce n'est ni le lieu, ni le moment. Le vol direct en première classe depuis Dubaï avait duré un peu plus de seize heures. Parti à 8 h 20, il avait atterri à l'aéroport de LAX à 13 h 55. Voilà deux jours, sa présence dans ce club n'était pas programmée. C'était aussi de cela qu'il s'agissait : gérer l'imprévu. En attendant, il pouvait jouer avec son désir.

Ici, chaque femme présente peut potentiellement devenir l'une de ses proies. Il suffit de verser quelques gouttes de liquide incolore et inodore dans une boisson, n'importe laquelle, de l'offrir et d'attendre. Attendre le moment où cette jolie dinde se mettra à glousser sans méfiance, attendre le moment où son corps viendra frôler le sien, attendre le moment où il pourra l'embarquer loin d'ici pour accomplir ce qui devait être accompli. Le désir de faire souffrir le tenaille.

Ici, chaque femme présente est susceptible de devenir sa récompense. Un regard qui pétille, une épaule qui se découvre, une paire de jambes interminables, le rouge d'une bouche maquillée, tout l'excite. Tout l'incite à réaliser son fantasme. Un instant, il s'imagine déambuler à travers les rayons d'un luxueux supermarché dont les étalages regorgeraient de splendides créatures qui l'appelleraient par son prénom. L'image déclenche un sourire sur son visage…

— Monsieur, voulez-vous quelque chose à boire ? Du champagne ?

La serveuse, une brune aux cheveux coupés à la garçonne, simili top-modèle aux bras bronzés et enrubannés de tatouages maoris, s'est approchée de la table réservée dans l'espace VIP pour prendre sa commande en anglais. Sur sa gauche, une foule compacte se masse devant la scène décorée d'une croix illuminée de néons en prévision du DJ-set de Justice. Quatre ans après leur premier coup d'éclat, le duo français reste toujours la sensation électro du moment. Leur remix de *We are your friends*, un morceau créé par un autre duo, les Anglais de Simian, les a propulsés à l'avant-scène en 2006. Après un Grammy Award et plusieurs millions d'albums vendus, l'agitation autour de Justice est devenue si puissante que, devant *The Klub*, les tickets d'entrée s'échangent autour des cent cinquante dollars. À quelques minutes du début prévu de leur prestation, la queue des fans s'étire sur plus d'une centaine de mètres le long du Hollywood Boulevard.

— Un Coca ! Un Coca light, s'il vous plaît ! répond-il en anglais.

Sa voix si rauque a surpris la serveuse. Elle le trouve séduisant. Enjôleuse, elle lui sourit, dents immaculées à la californienne, et s'éloigne pour ramener sa commande. Au bar, une serveuse copie conforme de la première, version blonde platine, demande, curieuse :

— C'est qui ce drôle de type avec une moustache ? Est-ce qu'il est connu ? Il a l'air bizarre mais plutôt mignon. Je me le ferais bien.

— Je pense qu'il est avec le groupe des Français. Je ne connais pas son nom. Mais ma chérie, je te préviens : n'essaie même pas d'approcher de sa table. Sinon, je te mords. Je te le promets. Celui-là, il est à moi…

— Alors, quoi de neuf, mec ?

Un grand blond filiforme aux cheveux longs et filasse se laisse couler dans le canapé de l'espace VIP. Il porte un simple jean troué aux genoux et un T-shirt blanc frappé d'un smiley rouge. Il tend son poing droit fermé à son voisin. Celui-ci se penche et répond au salut. À son tour, il ferme son poing droit et vient choquer brièvement les phalanges. Il achève son geste d'une petite rotation. Un rituel de connivence entre initiés.

— Bonsoir, Dimitri. Content de te voir, dit l'homme à la moustache.

— Merci à toi. Je voulais que tu sois présent. Je ne pouvais pas organiser une « Crazy French Party » à Los Angeles si le plus doué d'entre nous, notre mentor à tous, n'était pas de la fête. Je sais que vous êtes overbooké en ce moment avec le groupe. Je te remercie de t'être libéré pour être parmi nous ce soir. C'est important ! Je te revaudrai ça, mec.

Malgré son allure mi-étudiant attardé, mi-clochard magnifique, Dimitri s'est surtout imposé comme une figure incontournable du milieu électro. À l'origine, le jeune homme plus si jeune n'est pourtant ni vraiment DJ, ni vraiment producteur. Cet amateur d'échecs sur Internet, fan de groupes punk-rock anglais du début des eighties, a débuté en jouant les intermédiaires. De Paris à Ibiza, en passant par Miami et désormais Hollywood, il organise les soirées les plus « hype » de la planète. Ce qui fait la différence avec les autres « go-between » du milieu, c'est le buzz que ce champion de la manipulation médiatique sait à merveille susciter, puis entretenir. En quelques années, Dimitri a fait de la mouvance « French Touch » – un nom générique désignant une bande hétéroclite de musiciens et de DJ français – une sorte d'étendard mondial du bon goût.

Aux boucles électro, il a ajouté une certaine idée du chic à la française. Hier et avant-hier, c'était Daft Punk, Saint Germain, Laurent Garnier, Mister Oizo, Docteur L., Kiko. Aujourd'hui et demain, ce sera au tour de Justice, SebastiAn, (T)ékël, Faces, Para One et quelques heureux élus.

Au milieu de cette nébuleuse, l'homme à la moustache évolue dans une dimension à part. Rares sont ceux qui connaissent sa véritable identité. Dimitri en fait partie. Il désigne l'assemblée qui les entoure d'un large geste.

— Admire-moi ça. Les choses sont en train de changer par ici. Les Ricains ont fini par en avoir marre du gangsta rap. Ils ont envie de s'amuser, de danser. C'est la première fois que j'organise une soirée électro à Los Angeles dans ce genre d'endroit, et regarde le monde qu'il y a ! Tout ce qui compte à Hollywood est là !

Il désigne une jolie rouquine visiblement éméchée. En short lamé et bustier de dentelle, elle traverse la boîte, accompagnée de trois autres jeunes femmes court-vêtues. Elles se bousculent et s'interpellent bruyamment en accédant au coin VIP.

— C'est Miley Karashian et sa clique, son entourage. Si tu n'as pas ton lot de parasites et de faire-valoir à la moindre de tes sorties, tu n'es personne à Hollywood. Cette fille vient de sortir de taule pour ivresse au volant. Je me suis débrouillé pour la faire inviter. Demain, si elle se fait encore choper bourrée par un paparazzi à la sortie, on aura droit à toutes les télés et toute la presse. Ce serait de la balle ! Un bon coup de pub pour les « French Guys » !

Il se lève.

— Je te laisse. Je vais voir où en sont nos justiciers. Et toi, s'il te plaît : amuse-toi !

Les deux hommes entrechoquent les poings. Dimitri parti, l'étrange moustachu reporte son attention sur Miley Karashian. Aux États-Unis les frasques de cette starlette de vingt-quatre ans sont aussi médiatisées que celles de Britney Spears, Paris Hilton ou Lindsay Lohan.

La jeune femme l'a repéré. Elle le désigne déjà du doigt à ses trois copines en riant. Lentement, elle suçote son index, puis le majeur. Elle lui fait un clin d'œil. Puis, parodiant une strip-teaseuse, la baby-doll à qui l'on pardonne presque tout entame son numéro de garce.

5 heures du matin.

Il n'arrive pas à dormir. Le décalage horaire, l'excitation du set, et cette fille qu'il vient de baiser dans toutes les positions possibles. Non, il y a toujours cette pulsion sauvage au creux du ventre, ce désir inassouvi…

La fille frétille, se tortille, à moitié endormie, dans le lit *king size*. Elle lui présente ses fesses sous les draps. Aussitôt, il sent son sexe durcir.

Il se penche pour attraper son jean, en sort un préservatif dans son emballage plastique qu'il déchire. Il le déroule rapidement sur sa verge, colle son corps contre celui de la jeune femme. Elle est humide. D'une seule poussée, il la pénètre. Elle gémit faiblement. Il se met à aller et venir, en accélérant peu à peu le rythme. D'un coup, il la soulève en plaçant son bras sous son ventre. De l'autre, il envoie voler les draps au pied du lit. Il la fait basculer sur ses genoux et ses coudes pour être plus à son aise. Elle n'oppose aucune résistance. Les mains cramponnées à ses hanches, il ahane en allant et venant. Il jouit une nouvelle fois. La rouquine sommeille toujours, engourdie par les vapeurs tenaces d'alcool qui lui alourdissent l'haleine. Quand il se retire, la jeune femme se pelotonne contre un oreiller. Au bout de quelques secondes, Miley Karashian se met à ronfler. Celle-là, il ne la tuera pas. Trop de monde les avait vus quitter *The Klub*. Dommage.

Chapitre 19

« ... Over hills, this lovely creature
Over mountains, over ranges
By great pyramids and sphinxs
We met drifters and strangers... »

« … À travers les collines, avec cette adorable créature
Par-delà les montagnes, à travers les champs
En passant au pied des grandes pyramides et des sphinx
Nous rencontrons des vagabonds et des étrangers… »

(*Lovely Creature* – Nick Cave & The Bad Seeds – *Murder Ballads* – 1996)

1.

Samedi 7 août, 2 heures du matin, « Z » Festival de KaZantip, péninsule de Crimée (Ukraine).

Le coup de poing passe à quelques centimètres de son visage. Katie esquive habilement. Dans un même mouvement fluide, elle s'écarte sur le côté et éloigne son bras droit pour protéger son boîtier photo. Elle le tient fermement entre ses doigts, la courroie enlacée autour du poignet. Un truc qu'un confrère lui a enseigné en cas d'agression. Du plat de la main gauche, elle accompagne l'élan de son assaillant d'une brusque poussée dans le dos. L'homme part s'étaler sur le sol en ciment. Torse nu, les pectoraux bien dessinés, le crâne chauve et luisant, il a l'allure bodybuildée d'un forcené de la gonflette.

Le colosse humilié prend appui sur ses avant-bras, et s'ébroue bruyamment. Il se relève en jurant entre ses dents : *« Biksa*[1] *! »* Il s'est écorché la bouche en chutant. Un filet de sang lui goutte le long du menton. Il se met en garde, les avant-bras à demi levés devant le visage comme un combattant de boxe thaï. Les jambes semi-fléchies. Prêt à bondir. L'individu doit peser plus de cent kilos. Tout en muscles. Sur son ventre, ses abdominaux font saillie, formant de petites ondulations qui semblent se gonfler puis se rétracter au rythme de sa respiration.

Pendant qu'il était à terre, Katie a pris le temps de poser son appareil à l'écart. Toujours protéger son instrument de travail. La photographe fait face à son agresseur, le visage impassible, sans manifester aucune crainte. Elle a gardé ses bras ballants le long du corps et semble attendre. Sans un avertissement, l'homme se rue en avant. La réponse de Katie est instantanée. D'un pas de côté, elle évite le choc. Et sans même qu'elle paraisse l'effleurer, le corps de son assaillant se tord dans l'air un court moment avant qu'il ne s'écroule à nouveau lourdement au sol. Il y a un simple craquement, suivi d'un cri de douleur…

Marc écarquille les yeux. Stupéfait. La scène s'est

1. « Salope ! », en russe.

passée à une telle vitesse qu'il doute même qu'elle ait eu lieu.

* * *

C'est Jillian qui les a entraînés jusqu'ici. La veille, comme convenu, Marc a retrouvé Katie à l'appartement de la rue Caulaincourt. Là, Jillian leur a annoncé qu'elle avait décidé de les aider. Elle a pris contact avec les organisateurs du Teknival du mois de juillet, un collectif underground baptisé les IkonoKlastes. Ils sont en Crimée depuis quinze jours pour participer au Festival techno de KaZantip. Depuis 2001, celui-ci se déroule sur cinq semaines d'affilée entre juillet et août sur la péninsule de Crimée au bord de la mer Noire. L'événement rassemble sur moins de trois kilomètres carrés plus de cent cinquante mille fêtards venus d'Ukraine, de Russie et du reste de l'Europe. La musique ne s'y arrête quasiment jamais. L'amusant Nikita Marshunok, initiateur et président autoproclamé de la République Libre de KaZantip, a réussi à transformer le vague rassemblement de fans de glisse et de planches à voile du milieu des années 90 en une gigantesque parade de l'amour quasi perpétuelle dont les chiffres donnent le tournis. Sur quatorze pistes de danse, plus de trois cent DJ se relaient nuit et jour aux platines. Les plus connus comme Cari Cox, Josh Wink, Timo Haas ou The Hacker n'hésitent plus depuis plusieurs années à délaisser la très courue île d'Ibiza pour se produire en Crimée.

L'écroulement de l'Empire soviétique a permis l'éclosion d'un temple de l'hédonisme, qui attire dans une grand-messe œcuménique les enfants de la crise et les riches nababs du nouveau système.

Marc était étonné de la rapidité avec laquelle Jillian

avait retrouvé les IkonoKlastes, mais il n'y avait aucune raison de ne pas lui faire confiance. Quand il avait voulu en savoir un peu plus, Jillian lui avait répondu avec un sourire mutin : « Demain ! »

Il y avait une condition pour rencontrer les IkonoKlastes. Jillian devait les accompagner. Marc n'a pas le choix.

Il n'en a pas parlé à Patrick Boudou. Il a préféré payer de sa poche trois billets en ligne pour un vol direct Paris/ Kiev le vendredi matin, puis trois autres pour la navette du soir entre Kiev et Simferopol, la ville la plus proche de KaZantip. Là-bas, leur a expliqué Jillian, il suffisait de donner quelques billets à un taxi pour faire le reste de la route. Ils trouveraient à se loger sur place. Le soir, Marc a envoyé un court SMS à Patrick pour le rassurer :

« Du nouveau en Ukraine. Départ vendredi avec Katie. Je te tiens au courant. »

Dans la nuit de jeudi à vendredi, Marc se relève trois fois. Il soigne son insomnie en faisant quelques exercices, des pompes, des assouplissements et des étirements. Sans résultat. Il allume la télévision. Épuisé, il finit par s'assoupir sur le coup de 5 heures du matin. Sur le petit écran, MTV diffuse en boucle des clips d'un groupe allemand passé de mode depuis deux ans, Tokio Hotel. Pendant que les jeunes rockers grimés, maquillés comme des héros de manga japonais font mine de martyriser leurs guitares, un adolescent mince aux cheveux longs, les yeux surlignés de khôl, se laisse chuter du haut d'un immeuble…

Boum.

C'est ce qu'a ressenti Marc pendant longtemps. Se laisser couler. Oublier. Se faire oublier. Mais les choses changent. Il se surprend à se sentir excité par la traque menée depuis quelques jours. Comme si la vie l'avait réinvesti alors qu'il piste des mortes. Comme si l'action pouvait finalement servir de baume à une souffrance indicible. Et puis, il y a Jillian… Elle l'intrigue. Insaisissable. Rebelle.

2.

Vendredi 6 août.
Aéroport de Roissy-Charles-de-Gaulle (Paris),
11 heures.

Katie l'attend à quelques mètres du comptoir de Fly UIA. Son sac avec ses appareils photo est posé à ses pieds. Elle lui tend un gobelet.

— Je t'ai pris un café noir. Sans sucre.

Surpris par l'attention, Marc marmonne un merci. Le changement d'attitude de Katie depuis leur retour de Thaïlande l'étonne. La photographe a rentré ses griffes. Elle paraît moins sur le qui-vive. Mais est-ce que c'est elle qui a changé ? Ou lui ? Peut-être forment-ils une véritable équipe après tout ? Il se doute que sa personnalité l'intrigue, qu'elle doit se poser des questions sur son passé, mais Katie se tient à bonne distance, comme si elle éprouvait une certaine affection. Marc ne s'est jamais trouvé particulièrement séduisant, mais il sait que les femmes ont souvent apprécié chez lui quelque chose que peu d'hommes se donnaient la peine de faire. Quoi ? Sa femme Caroline disait qu'elle était tombée amoureuse, parce qu'il savait simplement écouter. Caroline…

Et Jillian ? Où est-elle ?

Un mouvement de foule précède son arrivée. À l'aéroport, les voyageurs tournent soudain la tête vers le hall de départ. Comme s'il s'y jouait une attraction… Lèvres peintes en noir, yeux cernés de khôl, Jillian avance d'un pas vif dans leur direction. Marc avale une gorgée de travers et manque de s'étouffer. La tenue de la jeune femme est incroyable. Elle a gainé ses fines jambes de bas résille noirs qui s'arrêtent en haut des cuisses. Aux pieds, elle porte de lourdes chaussures de chantier à bouts coqués en acier apparent.

Une minijupe en vinyle orange laisse entrevoir les jarretelles de ses bas et lui souligne la taille. Juste au-dessus de son nombril découvert brille un piercing en métal. Un top en stretch vert fluo lui moule les épaules et la poitrine. Sa longue chevelure rousse se balance au rythme de ses pas. Elle paraît prête à s'embraser. En bandoulière, une sacoche de DJ lui bat la hanche.

En les apercevant, la jeune femme affiche un large sourire et leur fait un signe joyeux.

— Je crois qu'on n'a pas fini de s'amuser, murmure Katie.

* * *

— Qu'est-ce qui vous a fait changer d'avis et risquer votre « crédibilité » ? demande Marc à Jillian en mimant des guillemets avec ses doigts quand l'avion a décollé. Est-ce quand je vous ai dit que d'autres filles risquaient leur vie ?

— Bien avant. Tu sais, tu peux me tutoyer. Ce serait plus facile, non ? Je t'avais repéré quand tu dansais au *Baron*. C'est la première fois que je voyais quelqu'un gesticuler de façon aussi ridicule.

Jillian a répondu du tac au tac. Le menton en appui

sur son poing droit, le bras posé sur l'accoudoir. À quelques centimètres de lui, elle le considère avec une moue ironique. Le journaliste peut sentir son parfum. Poivré.

— OK, 1-0. Balle au centre, admet-il.

Le vaincu se cale au fond de son siège et ouvre les mains, paumes vers le haut. En signe de capitulation. Assis à sa gauche, côté hublot, Katie sourit. La façon qu'a Jillian d'asticoter et de remettre Marc à sa place à la moindre occasion lui plaît beaucoup. Elle sent aussi l'attirance que Marc exerce sur la DJette sans même qu'il s'en rende compte. Comme si son désarroi le rendait plus touchant et plus digne d'être aimé. Elle a envie soudain de poser la question à Jillian. Qu'est-ce qui te séduit chez cet homme ? Sa bouche, ses yeux, sa maladresse… Mais, non. Pas maintenant.

— Pour entrer en contact avec le collectif des IkonoKlastes, je suis tout bêtement passée par le forum de NeXt, un webzine spécialisé de techno auquel je collabore de temps en temps, explique Jillian. Cela n'a pas mis beaucoup de temps. Je suis un peu connue. J'ai laissé quelques « post », des messages auprès de la communauté techno.

À son tour, elle mime des guillemets :

— Ma « crédibilité » a payé. J'ai fini par obtenir le mail d'un proche du groupe.

— Qui sont ces gens ? demande Marc, désireux d'en savoir plus sur les mystérieux organisateurs du Teknival.

— C'est un groupe underground d'une vingtaine de personnes, décrit Jillian. Des purs et durs de la techno. Ils sont très respectés dans le milieu. Il y a des DJ, des ingénieurs du son, des vidéastes, des artistes de rue, des cracheurs de feu, des danseurs… Leur truc, c'est d'organiser ce qu'on appelle des « free-parties » sans jamais demander d'autorisation aux autorités. Ils sont obsédés par le bon « son », la musique, les rythmes qui pourront shooter d'un coup les neurones de dix mille personnes.

— Depuis combien de temps sont-ils en action ?

— Ce sont un peu les garants de l'esprit libertaire des raves-party organisées au début des années 90. Les IkonoKlastes jouent à cache-cache avec les autorités depuis plus de quinze ans. Ils sillonnent l'Europe avec d'autres formations similaires comme Spiral Tribe, Bedlam, Vox Populi ou les Heretiks depuis plusieurs années. Ils sont pour quelques semaines à KaZantip en Ukraine pour préparer leur matériel pour la Love Parade et participer fin août et début septembre à des manifestations géantes en République tchèque et en Italie. Certains membres sont français, d'autres anglais ou allemands…

— Et ils savent pour quelle raison nous voulons les rencontrer ? demande Marc.

— Je ne suis pas entrée dans les détails, admet Jillian. Je me suis présentée comme DJ, et une sorte de journaliste spécialisée en techno. Ils peuvent le vérifier facilement sur le site. Pour me couvrir, j'ai proposé à la rédaction de NeXt de faire un sujet sur les IkonoKlastes pour un prochain numéro.

— Et ils savent que tu es accompagnée par des reporters de *Paris Flash* ?

— Pas vraiment, reconnaît Jillian. J'ai pris un petit risque. On improvisera quand on sera face à eux. Le principal, c'est de les rencontrer, non ?

Marc s'apprête à protester. Mais Katie détourne la conversation.

— Jillian, comment es-tu devenue DJ ?

— Pour faire chier mon ex-petit ami, répond la jeune femme. Ce connard m'avait larguée et se prétendait le roi du mix !

La réplique fait éclater de rire Katie. Elle arrache aussi un sourire à Marc. Encouragée par la photographe, Jillian revient sur son parcours et leur raconte comment elle s'est choisi le pseudo de Lady J. Elle s'est d'abord fait remarquer dans des fêtes d'appartements, puis dans des cercles de plus en plus larges. À l'époque, Jillian n'était déjà pas dupe. Elle secoue ses longs cheveux roux, les fait passer devant son visage avant de les ramener en arrière d'un rapide mouvement de la tête. Elle fait une moue sexy, imitant la flamboyante Rita Hayworth.

— Si ça marche pour moi, dit Jillian, c'est aussi grâce à l'effet : « Parce que je le vaux bien ! » Il y a de plus en plus de filles qui mixent. Pour faire la différence, il faut savoir utiliser son physique. Je ne suis pas trop mal, non ?

Puis se tournant vers Marc :

— Tu me trouves comment ?

— Ton look d'Alice aux pays des zombies n'est pas particulièrement discret, répond le journaliste en désignant de la main sa minijupe et ses jarretelles.

Jillian éclate de rire. Flattée que Marc lui fasse enfin un compliment, même détourné.

— Oh, ça ! Ce n'est pas grand-chose. Tu risques d'être autrement étonné par les spécimens locaux quand nous serons à KaZantip. L'usage est d'être très proche de la Nature, genre Adam et Ève…

3.

Vendredi 6 août.
Plage de KaZantip (Ukraine), 23 heures.

Le taxi les avait déposés à l'entrée de Popivka. Le minuscule village ukrainien bordait une langue de terre qui abritait le Z Festival. Ils avaient trouvé rapidement à louer pour la nuit deux chambres modestes mais propres chez l'habitant. Katie et Jillian partageaient une grande pièce avec deux lits à une place. Marc avait pris l'autre chambre, plus petite.

Une pulsation assourdie faisait vibrer la nuit tiède de cette fin d'été. Il n'était pas encore minuit, mais un millier de personnes s'agglutinaient calmement devant les guichets d'entrée. Des échafaudages métalliques recouverts de bâches orangées formaient une sorte d'enceinte. Au loin, une superstructure en forme de dôme, parsemée de luminescences bleutées, semblait flotter sur les eaux calmes de la mer Noire. En s'approchant, Marc écarquilla les yeux. Étonné. Une créature mince aux cheveux orangés coupés à la garçonne le dépassa. Juchée sur des escarpins interminables, moulée dans des leggins en latex noirs qui lui dessinaient des hanches de déesse, elle tenait un homme en laisse. Celui-ci était vêtu d'un T-shirt argenté à manches courtes laissant saillir ses biceps et d'un jean sombre stratégiquement découpé pour laisser apparaître les globes de ses fesses. En croisant le regard du journaliste de *Flash*, l'enchaîné lui décocha un sourire, accompagné d'une mimique explicite. Il prononça quelques mots. Marc ne comprenait pas le russe, mais cela ressemblait fort à une invitation amicale. La femme tira d'un coup sec sur la laisse, arrachant une grimace à l'esclave d'un soir qui écarta les bras en signe d'impuissance avant de la suivre. L'étrange duo rejoignit les files des fêtards qui patientaient.

Au bout de quelques secondes, le journaliste se retourna. La DJette l'examinait avec curiosité. Elle avait son habituelle lueur amusée au fond des yeux. Malgré sa carrure et son mètre quatre-vingts, Marc ressemblait à cet instant à un petit garçon étonné. Elle le trouva touchant. Comme lorsqu'elle l'avait vu danser la première fois.

— J'ai négligé de vous prévenir que ce soir, c'était une nuit « Décadance », dit-elle en s'adressant aux deux journalistes. Je me suis dit que vous trouveriez la situation amusante, non ?

Sans attendre de réponse, Jillian s'éloigna. Elle parla au téléphone quelques instants avec un interlocuteur, puis revint vers eux.

— C'est bon. On vient nous chercher.

Cinq minutes s'écoulèrent avant qu'à l'un des guichets un homme ne leur fasse signe de les suivre. Il portait de longues dreadlocks noires et plusieurs piercings au-dessus de la paupière gauche. Jillian sortit une caméra DV de son sac à dos et la tendit à Marc :

— Tiens ! Tu deviens officiellement mon cameraman.

— Et moi ? interrogea Katie.

— Ma productrice ou ma petite amie… Qu'est-ce que tu préfères ?

Surprise, Katie leva les sourcils. Mais Jillian s'éloignait déjà en trottinant et souffla quelques mots à leur guide. Il les dévisagea un instant, haussa les épaules et leur fit à nouveau signe de le rejoindre à la porte… Dès qu'ils eurent franchi le seuil, la pulsation sourde perçue à l'extérieur se transforma brutalement. C'était comme un bombardement de marteaux piqueurs. Un raid sonique qui écorchait les tympans, provoquant un afflux de sang au cerveau. Les baffles saturaient, crachant de la techno hardcore à cent quatre-vingts BPM tandis que l'espace rendu opaque par les jets de fumées était balayé à intervalles réguliers par les faisceaux surpuissants des stroboscopes. Rouges, bleues, violettes… Un kaléidoscope de couleurs intenses.

Marc monta sur une plate-forme métallique pour contempler l'endroit.

L'immense arène, délimitée par des simili-colonnes grecques, devait pouvoir contenir quatre à cinq mille personnes. Au fond, il distingua une estrade surélevée où officiait le DJ. Il n'était qu'une silhouette sombre, entourée de fumées, auréolée d'un néon qui clignotait en annonçant en grosses lettres de couleur rouge : « DEAD MEN CAN'T DANCE. » De chaque côté du podium, deux croix imposantes formées de plusieurs cubes de miroirs superposés scintillaient sous les sunlights. Elles se prolongeaient par des podiums sur lesquels deux splendides jeunes femmes au crâne rasé se contorsionnaient en rythme. En string, seins nus, elles tenaient entre leurs doigts un large ruban de velours rouge qui les reliait aux branches de ces ersatz de crucifix. À tour de rôle, elles mimaient un accouplement, se lovaient contre les croix en prenant des poses lascives et outrancières qu'un chrétien égaré dans ces lieux aurait jugées blasphématoires. Dans l'arène, la foule semblait déjà en transe. Au pied de la scène, plusieurs centaines de clones des créatures croisées devant l'entrée dansaient ou plutôt se démenaient sur des percussions aux cadences apocalyptiques. Ils levaient les bras, les jambes comme pris de folie. Les lumières stroboscopiques accentuaient l'effet d'étrangeté en figeant l'image perçue par le cerveau quelques centièmes de secondes. Comme si tout passait dans une gigantesque machine à morceler le temps. En posant son pied sur la première marche de l'escalier qui descendait vers l'arène du dancefloor, Marc eut la sensation désagréable de faire un premier pas en direction de l'enfer.

Jillian se retourna pour voir s'ils la suivaient. Elle leur cria quelque chose, mais sa phrase se perdit dans le fracas de la drum'n'bass. Elle leva alors sa main droite comme si elle tenait quelque chose, puis lui fit signe d'appuyer. La caméra ! Elle lui demandait de mettre en marche la caméra. Il leva la DV devant ses yeux et chercha le bouton de mise en marche. Là, ce devait être ce truc rouge. Il appuya dessus et dirigea l'objectif au hasard devant lui. Jillian dressa le pouce pour dire « OK » et fit un geste vague de la main pour désigner les danseurs.

— OK, je filme, s'époumona Marc sans savoir s'il serait entendu.

La DJette approuva de la tête.

De son côté, Katie avait aussi sorti son appareil photo et s'était mis à shooter au jugé les danseurs tout en suivant leur guide à travers la foule. Celui-ci les emmena au pied du podium. Une odeur de sueur aigre flottait dans l'air saturé de décibels. Il y avait autre chose, mais Marc ne savait pas identifier ce parfum chimique. Il renifla.

— Poppers, lui glissa Jillian à l'oreille.

Elle avait presque dû hurler pour se faire entendre. Marc opina sans vraiment comprendre. Quel était cet étrange endroit ? Allaient-ils trouver des réponses à leurs interrogations ?

Chapitre 20

« ... *Oh the sands, my lovely creature*
And the mad, moaning winds
At night the deserts writhed
With diabolical things... »

« … Oh les sables, mon adorable créature
Et les gémissements des vents fous
À la nuit, les déserts qui ondulent
Avec des choses diaboliques… »

(*Lovely Creature* – Nick Cave & The Bad Seeds – *Murder Ballads* – 1996)

1.

Vendredi 6 août, *Mondrian Hotel*,
Sunset Boulevard, Hollywood
(Los Angeles, Californie), 17 heures.

Les rideaux étaient tirés, mais laissaient filtrer un rai de lumière. La brise légère les faisait ondoyer. La chambre était plongée dans la pénombre. La sonnerie aigrelette du téléphone résonna dans la pièce. La forme couchée en chien de fusil sur le grand lit ne bougea pas. À la deuxième sonnerie, elle tressaillit. À la troisième, elle se retourna. À tâtons, l'homme décrocha le combiné.

— Monsieur, vous aviez demandé que l'on vous réveille, annonça le concierge de la réception. Il est cinq heures de l'après-midi.

— Merci.

L'homme raccrocha. Il se redressa lentement, s'assit sur le bord du grand lit et se massa les tempes. La migraine était encore là. Insidieuse. Douloureuse. Il tâtonna sur la table de nuit jusqu'à ce qu'il mette une main sur un tube en plastique. Il en retira deux comprimés. Il les avala avec une gorgée d'une canette de Coca light éventé.

Ensuite, l'homme alluma une veilleuse recouverte d'un T-shirt rouge qui en tamisait l'éclairage. Dans le demi-jour, il se dirigea vers la salle de bains. Il était nu. Mince, le buste en V, la taille étroite. Une silhouette androgyne. L'homme mesurait un peu moins d'un mètre quatre-vingts. Ses cheveux bruns étaient courts, à peine plus longs qu'une coupe militaire réglementaire. Une fine moustache lui barrait le visage et redescendait sur les commissures de sa bouche. Il s'installa dans la cabine de douche et fit couler de l'eau. D'abord froide, puis tiède, et enfin glacée. Il resta longtemps sous le jet à forte pression jusqu'à ce que l'étau qui comprimait son crâne se desserre. Il attrapa une large paire de lunettes noires. Il la mit. Elle lui dissimulait entièrement le haut de son visage. Il s'approcha de la baie vitrée. Il écarta les rideaux et sortit sur la terrasse pour contempler la vue en contrebas. Une piscine, des palmiers et le soleil brûlant de la Californie…

Il resta là quelques minutes. Songeur. Puis revint dans la chambre. Une petite console de mixage reposait sur une table basse. Il s'affala dans un canapé blanc installé devant, et ajusta autour de son crâne un casque audio aux écouteurs disproportionnés. Son visage était sans expression. Méthodiquement, il manipula différents boutons, faisant monter ou descendre ce qui ressemblait à des niveaux sonores sur de mini-écrans de contrôle. Après un temps infini, l'homme parut satisfait de ses réglages. Il débrancha la prise qui reliait le casque à la console et sortit d'un sac à dos noir posé à ses pieds un miniordinateur portable qu'il brancha avec un boîtier électronique à la table d'enregistrement. Il cliqua sur un fichier et monta le son. Un *beat* en 4/4[1] typique de la techno explosa dans ses tympans, accompagnée d'une mélopée synthétique. Une ligne de basse vrombissante structurait le morceau. Sur les écrans, celui-ci était visualisé sous forme de crêtes et de dépressions. Les voyants clignotaient alternativement en vert ou en rouge. Concentré, l'homme marquait le rythme en dodelinant de la tête. Puis il effectua de nouveaux réglages. Au fur et à mesure, la musique se dépouilla de ses multiples strates sonores. Jusqu'à ce que la mélodie s'évapore, puis que le *beat* s'évanouisse… Il n'y avait plus qu'une vibration sourde et étrange qui stridulait dans les écouteurs. Un son primai, envoûtant, indicible. Une sorte de long râle animal…

L'homme bascula lentement en arrière. Un rictus extatique lui barrait le visage. Il souriait, le regard invisible, dissimulé derrière les lunettes.

1. Quatre battements par mesure.

2.

Samedi 7 août, 1 h 30 du matin,
« Z » Festival de KaZantip,
péninsule de Crimée (Ukraine).

Leur guide les attendait près d'une sorte de bunker en ciment à demi enterré dans le sable. Quelques marches permettaient d'accéder à un sas. Il avait une porte, à peine dissimulée sous un rideau de velours pourpre. L'homme aux dreadlocks prit Jillian à part pour lui souffler des instructions. Elle vint ensuite les répéter à Marc.

— Il demande que l'on arrête de filmer et de photographier.

Marc obéit. Il éteignit la caméra, et la rangea dans le sac.

Jillian se tourna alors vers Katie. La photographe fit signe qu'elle avait compris, mais conserva son appareil à la main. Prête à déclencher.

Satisfait, le guide appuya sur un bouton de sonnette. Inaudible. Marc imagina qu'elle devait allumer un signal lumineux de l'autre côté. La porte s'ouvrit dans la seconde sur un géant au crâne rasé. Il s'effaça pour les laisser entrer. Il y avait maintenant un long couloir qui, dans la pénombre, semblait s'étendre à l'infini. De minuscules ampoules bleues clignotaient au plafond donnant un peu de consistance aux silhouettes qui se pressaient dans l'espace confiné. À peine le seuil passé, la même odeur chimique et acide détectée dans l'arène de KaZantip vint agacer les narines de Marc. Le parfum était beaucoup plus concentré. Il lui donna envie d'éternuer. Par contre, le volume sonore était redevenu quasi normal. Il permettait de parler sans hausser la voix.

— Qu'est-ce que c'est que ce truc, le poppers ? demanda Marc.

— Un vasodilatateur, une sorte d'excitant sexuel, répondit Jillian.

Marc cligna des yeux et examina avec plus d'attention ce qui l'entourait. Il y avait là des hommes et des femmes, des hommes avec des hommes, et des femmes avec des femmes. Certains se caressaient, d'autres s'embrassaient… La musique électro était redevenue une simple pulsation, mais continuait d'imprégner la scène. Elle donnait le tempo. À la suite de l'homme aux dreads, Jillian les entraîna toujours plus profond dans le couloir. Au fur et à mesure de leur avancée, il se subdivisait comme dans un labyrinthe. Marc était étonné de l'apparente décontraction de la DJette. Le journaliste croyait avoir tout vu au cours de ses reportages, mais là, il devait l'admettre… Il se sentait un peu dépassé par la tournure prise par les événements. Il était ici dans un monde dont il ne connaissait pas les codes. Comment devait-il se comporter ? Où les emmenait-on ? Il avait envie de poser des questions, mais saisit que ce n'était pas le bon moment.

En passant devant une grande alcôve, il remarqua un regroupement à côté d'un portique métallique. Marc continua quelques mètres. Puis s'arrêta. Katie n'était plus derrière lui. Intrigué, il retourna sur ses pas sans un mot. Katie fixait la scène.

Un instant, le journaliste resta déconcerté par ce qu'il voyait. Un homme entièrement nu était suspendu dans le vide, retenu par des sangles rattachées à des pylones comme sur une balançoire. Il était menotté par quatre épaisses chaînes en métal fixées par des bandes en cuir à ses poignets et à ses chevilles. Une jeune femme aux cheveux blonds, en combinaison de latex noire, lui caressait le visage presque tendrement tandis qu'un intervenant au dos musculeux, le crâne chauve et luisant de sueur, se tenait devant les poteaux métalliques. Tout autour, d'autres hommes et femmes plus ou moins déshabillés observaient attentivement l'étrange spectacle. Un léger mouvement, une main gantée de plastique… Soudain, Marc comprit ce que le colosse au torse nu s'apprêtait à faire subir à l'homme enchaîné.

— Viens, lui enjoignit Jillian en lui attrapant l'avant-bras. On n'est pas venu pour voir ça…

Un flash. Puis un deuxième. Posément, Katie prenait des clichés de la scène. Tous les regards se tournèrent vers le petit groupe formé par les deux journalistes et la DJette. Indignés. Le boydbuildeur au gant de plastique se dirigea le poing levé vers Katie…

… Quelques secondes plus tard, le colosse se tordait de douleur, le poignet cassé. La photographe lui jeta un regard dédaigneux et ramassa son appareil.

— Venez ! Faut pas rester là !

Furieux, l'homme aux dreads les avait apostrophés. Il les entraîna rapidement vers le fond du couloir, écartant violemment ceux qui faisaient mine de se mettre sur leur chemin.

— Putain, je vous avais dit de ne pas prendre de photos ! Vous êtes qui, bordel ?

Au bout de quelques mètres, leur guide ralentit. Il vérifia que personne ne les suivait. Il se remit à marcher normalement. Les adeptes du sadomasochisme se faisaient plus rares dans cette partie du labyrinthe. La musique était également devenue quasi inaudible. À peine un vague écho dans le lointain. Essoufflé, Marc s'arrêta pour reprendre de l'air. Katie le rejoignit, un sourire aux lèvres. Il en profita pour lui demander :

— Qu'est-ce que c'était ce truc ?
— Krav-maga, répondit la photographe. Quand tu auras deux secondes, je t'apprendrai...

Elle semblait s'amuser comme une folle.

Le couloir s'achevait sur un nouvel escalier en béton qui montait sur quatre étages. Ils s'arrêtèrent au troisième. L'homme aux dreads les regarda une dernière fois en secouant la tête. Puis il appuya à nouveau sur le bouton d'une sonnette inaudible.

3.

La porte s'ouvre sur une immense pièce dont les parois sont recouvertes d'épais graffitis badigeonnés de rouge, orange et jaune. Ils ne représentent rien de particulier, mais il se dégage de ces tourbillons de peinture une formidable énergie. Au fond, de grandes fenêtres hautes, étroites, et sans rideau permettent d'entrevoir l'étendue tranquille de la mer Noire. Elle miroite sous les éclats de lune.

L'homme aux dreads entrechoque furtivement les phalanges de son poing droit avec celui qui contrôle l'entrée, un Black au crâne rasé. Salut rituel. Sans dire un mot, il plante Jillian, Marc et Katie sur le seuil et se dirige vers un groupe d'une douzaine de personnes qui discutent dans le brouhaha en finissant de dîner. Sur une large table en bois, les gamelles fument encore. Une forte odeur de curry flotte dans la pièce. Leur guide se glisse à côté d'un homme mince, aux cheveux ras et blonds. Il porte un collier de barbe taillé très court et un T-shirt kaki, enfilé par-dessus un autre T-shirt sombre à manches longues. En aparté, les deux membres des IkonoKlastes entament une conversation animée. Marc, Katie et Jillian sont trop loin pour saisir la teneur des propos échangés. Leur guide semble toujours furieux. Où ont-ils mis les pieds ? se demande le journaliste. Qui sont ces gens ? Les IkonoKlastes ? Après quelques minutes, l'homme au T-shirt kaki qui paraît être le leader du groupe se tourne vers eux. Il leur fait signe de s'avancer

Jillian obéit. Marc et Katie suivent. Le Black qui leur a ouvert les dépasse en quelques enjambées et vient s'asseoir auprès des autres. Attentif, l'ancien grand reporter compte quatorze convives. Huit hommes, et six femmes. Quelques-uns arborent des coiffures en dreadlocks comme leur guide, d'autres ont les cheveux courts et teints en bleu, rouge ou vert. La plupart sont vêtus de frusques bon marché. Cela va du pantalon de treillis militaire au T-shirt coloré, en passant par des jupons d'inspiration hippy pour les filles. Les visages sont méfiants. Depuis leur arrivée, l'atmosphère s'est tendue.

— Toi, nous savons qui tu es, lance le chef, s'adressant à Jillian. La question que nous nous posons, c'est : qui sont ceux qui t'accompagnent ?

Fasciné, Marc examine ses avant-bras. De loin, il a cru qu'il portait un T-shirt sombre à manches longues en dessous du kaki. Ses bras sont en fait couverts de tatouages qui s'étirent jusqu'à ses poignets.

— Nous travaillons pour *Paris Flash*, répond Marc. Nous avions besoin de vous rencontrer. Jillian a accepté de servir d'intermédiaire.

Autour de la table, tous les visages sont tournés vers lui. Ils le scrutent. Attentifs.

— Vous enquêtez sur quoi encore, la prolifération des drogues dans les milieux clandestins de la techno ? demande l'homme aux bras tatoués.

— Pas vraiment, dit Marc. Mais c'est long à expliquer. Peut-on vous parler en privé ?

— Non, répond-il, cinglant. Nous n'apprécions pas vraiment les journalistes dans votre genre. Certains de vos collègues ont tout fait pour que nous soyons plus que méfiants. Vous avez fait tout ce chemin pour rien. Dégagez avant que ça dégénère ! Cela vaut mieux pour tout le monde.

Troublée, Jillian a déjà commencé à reculer. Marc échange un regard avec Katie. Elle hoche imperceptiblement la tête et modifie la position de son corps prête à parer une agression.

— Deux secondes, insiste Marc. Écoutez-moi deux secondes ! Le mois dernier, une jeune femme nommée Clara Riopelle a été torturée et assassinée en forêt de Brocéliande. Nous savons qu'elle était au Teknival. Nous avons des raisons de penser que son meurtre est lié d'une façon ou d'une autre au milieu de la techno.

— Qui pense cela ? Vous, ou les keufs ?

— Nous, admet Marc. Pour l'instant, c'est notre seule piste…

— Et pourquoi devrions-nous nous sentir concernés ? l'interrompt le tatoué.

— C'est vous qui avez organisé ce Teknival.

— Et alors ?

— Clara a été torturée, les seins découpés, sa langue arrachée, dit Marc. Elle a beaucoup souffert avant de mourir…

Il laisse sa phrase en suspens, espérant qu'elle suscite une réaction d'intérêt. Mais dans le groupe, personne ne moufte. Il sent l'hostilité devenue presque palpable. Quelqu'un doit bien savoir quelque chose. Comment les toucher ? Comment obtenir des réponses ? Marc décide de jouer son va-tout. Il jette un coup d'œil à Katie. Elle lui fait signe de continuer.

— Nous avons découvert un meurtre similaire en Thaïlande, à Kho Samui, lance-t-il. La victime était aussi une fan de techno. Elle a disparu en même temps que se déroulait une Full Moon Party. Le corps de Clara a été retrouvé le lendemain de la fin du Teknival organisé en juillet à Meucon. Est-ce que cela vous suffit comme coïncidence ?

— En Thaïlande ? Cela nous met donc complètement hors de cause, répond l'homme au T-shirt kaki. Nous n'avons pas quitté l'Europe depuis deux ans. Maintenant, dégagez !

Bordel ! Tout ce voyage pour quoi ? Rien ! Découragé, Marc s'en veut de ne pas avoir mieux préparé cette rencontre. Le collectif des IkonoKlastes les a éconduits sans ménagement. Leur seule piste s'est évanouie. Que faire maintenant ? Rentrer, profiter du moment ? Avec Katie et Jillian, ils décident de rester sur place. Jusqu'à l'aube, ils traînent au milieu des raveurs de KaZantip. En dehors du bunker, personne ne leur prête plus attention. Trop de monde.

Katie n'a pas d'état d'âme. Elle n'a de cesse de photographier les scènes dionysiaques de ces milliers de fêtards en transe. La bonne humeur des danseurs est contagieuse. Après quelques verres, Marc se laisse aller. Il se retrouve à danser côte à côte avec Jillian. La DJette se moque à nouveau de sa maladresse et de son incapacité à suivre le rythme imposé par la musique. Marc sourit. Tard dans la nuit, la jeune femme tente de l'enlacer. Il préfère garder ses distances et la repousse gentiment. Depuis le décès brutal de Caroline à Bali, il a couché avec quelques femmes, mais n'a jamais eu la force ni l'envie de recommencer à aimer vraiment. Comment expliquer d'ailleurs à quelqu'un qu'il se sent toujours amoureux d'une morte ? Au petit matin, comme le veut la tradition du festival, ils assistent sur la plage au lever du soleil au-dessus de la mer Noire avec les raveurs encore debout. Puis épuisés, ils rejoignent leurs chambres pour grappiller quelques heures de sommeil. Ils ont prévu de reprendre un avion pour Paris en fin d'après-midi. En vérifiant le cadran de son portable avant de s'assoupir, Marc s'aperçoit qu'Emmanuel Demaurr a tenté de le joindre plusieurs fois. Il n'a laissé aucun message. Il note qu'il est 8 heures du matin.

Six heures plus tard, en début d'après-midi, la voix douce de Jillian le tire de son sommeil. Que fait-elle dans sa chambre ? Il met quelques secondes à retrouver ses esprits.

— Marc, lève-toi. Quelqu'un désire nous parler.

Cette nuit, Marc n'a fait aucun rêve. Ou alors, c'est qu'il ne s'en souvient plus.

Cheveux courts teints en orange vif, un anneau enfilé sous la lèvre inférieure, une des jeunes femmes aperçues la veille parmi les IkonoKlastes se tient adossée contre le mur de la chambre des filles. Bras croisés. Katie est là aussi. Assise sur le lit. Silencieuse. Elle se lève à l'arrivée de Marc. Marc salue d'un hochement de tête le membre du collectif techno. La jeune femme se redresse et décroise les bras.

— Nous avons discuté après votre départ, lance-t-elle. Nous n'avons pas pour habitude de collaborer avec la presse, mais nous sommes prêts à faire une exception dans ce cas précis. Si vous avez commencé à faire un lien entre ce meurtre et un autre en Thaïlande, cela signifie que les flics vont faire la même chose…

— C'est possible, convint Marc. Vous savez quelque chose ?

— Non, dit-elle en se renfrognant. Le portrait de Clara Riopelle, nous l'avons récupéré sur Internet. Aucun de nous ne se souvient de cette fille. Le Teknival a duré trois jours. Plusieurs milliers de personnes y ont défilé. Et comme vous l'a expliqué Yohni hier soir, les IkonoKlastes ne se sont jamais produits en Thaïlande, même pas à titre individuel. Nous fonctionnons en tribu et nous ne tournons qu'en Europe. Nous sommes déjà suffisamment dans le collimateur, nous ne voulons pas avoir plus de problèmes avec les autorités en France. Pour vous aider, nous ne pouvons faire qu'une seule chose, c'est faire fonctionner notre réseau et passer le mot auprès de nos proches dans la communauté techno. Si nous apprenons quelque chose sur ces meurtres, nous vous le ferons savoir…

— Yohni, c'est le blond aux bras tatoués ? demande Marc.

— Oui, répond la jeune femme.

— Et vous ?

— Miss-Teeq.

— Très bien, Miss-Teeq, reprend Marc. Je n'ai jamais prétendu que les IkonoKlastes étaient soupçonnés. Nous cherchons juste des informations qui pourraient nous aider à comprendre pourquoi et comment deux jeunes femmes qui ont pour point commun de s'être rendues à des fêtes techno ont été assassinées.

— C'est bien de vous l'entendre dire. Je n'ai que ce marché ultra-simple à vous proposer. Notre aide et en échange, basta ! Vous n'écrirez aucune des saloperies habituelles sur les IkonoKlastes. Vous nous donnez la garantie de nous tenir complètement à l'écart de cette histoire. Vous nous oubliez.

— Je ne peux rien vous garantir. Cela dépendra de ce que nous découvrirons.

Agacée, l'IkonoKlaste hausse la voix.

— Je vous le répète, nous n'avons rien à voir avec ce meurtre. Personne n'a vu cette fille !

Elle dévisage Marc, puis Katie. Ils restent silencieux. Jillian qui les a rejoints, aussi.

— Je dois téléphoner, jette Miss-Teeq, excédée.

La jeune femme sort précipitamment de la maison. Elle s'absente quelques minutes. Quand elle revient, Miss-Teeq semble calmée. Elle affiche un air décidé.

— Les IkonoKlastes ont décidé de vous faire confiance. Nous ferons fonctionner notre réseau. Si nous apprenons quelque chose, nous alerterons Lady J. Nous ne voulons avoir affaire qu'à elle. OK ?

Jillian se tourne vers Marc, qui opine.

— OK, répond Jillian.

— Comment s'appelait la femme qui s'est fait tuer à Kho Samui ? demande Miss-Teeq.

— Nava Sheraïm, répond Katie. Elle était israélienne.

— C'est arrivé quand ?

— L'année dernière, au mois de septembre au moment de la Full Moon.

— Une chose encore : Yohni m'a demandé si vous aviez aussi contacté les organisateurs d'Astropolis.

— Qu'est-ce que c'est qu'Astropolis ? interroge Marc.

— Un festival de musiques électroniques, réplique Miss-Teeq. Il avait lieu à Brest en Bretagne quasiment à la même période. À une différence près, leur raves-party était légale… Elle s'est déroulée à moins de cent cinquante kilomètres de Brocéliande.

Chapitre 21

« ... All through the night, through the night
The wind lashed and it whipped me... »

« … À travers la nuit, à travers la nuit
Le vent me flagelle et me fouette… »

(*Lovely Creature* – Nick Cave & The Bad Seeds – *Murder Ballads* – 1996)

1.

Samedi 7 août, village de Popivka (Ukraine).

— Merde !

Impatient, Marc serre le poing. La dernière remarque de Miss-Teeq l'a troublé. Et s'ils faisaient fausse route ? Et si le Teknival n'avait rien à voir avec le meurtre de Clara ? Et si Sandra ne lui avait pas dit la vérité, et que sa sœur ait disparu pendant la raves-party de Brest ? Bien sûr, cela n'a aucun sens. S'il a retenu une leçon de toutes ses années sur le terrain à enquêter, c'est que tout le monde ment. Tout le temps. On a tous quelque chose à cacher. Marc veut vérifier quelque chose. Maintenant ! Mais l'écran du portable de Katie refuse d'afficher la page d'accueil du site Google. L'ordinateur ne détecte aucune connexion Wifi à l'intérieur de la maison. Atone. Muet. Vide.

Après quelques explications embarrassées mélangeant russe et anglais, leur hôtesse ukrainienne saisit enfin ce qu'ils cherchent. Empressée, la matriochka leur indique en souriant d'un geste la direction du camp de KaZantip à quelques kilomètres. Ils comprennent qu'il suffit de retourner à l'intérieur de l'enceinte pour dénicher un ordinateur avec une connexion en état de marche.

Jillian et Katie ont tiré des chaises en plastique. Elles se sont assises de chaque côté de Marc. Le journaliste s'est approprié un clavier laissé libre dans l'un des webcafés de KaZantip. Ils sont seuls. En fin d'après-midi, la plupart des festivaliers traînent sur la plage, et profitent du soleil brûlant entre deux baignades dans la mer Noire. Dans une cabine installée au bout d'une passerelle en bois s'avançant dans l'eau, un DJ inconnu enchaîne des morceaux vaporeux aux sonorités brésiliennes.

— Et si tu nous disais ce que tu cherches maintenant… demande Jillian.

L'irritation du journaliste et son besoin impérieux de dénicher une connexion Internet l'a déconcertée. Elle le découvre sous un autre jour. Passionné. Passionnant.

— Je cherche les dates de programmation d'Astropolis, répond Marc, soucieux.

Le journaliste fait défiler les rubriques de la page d'accueil du festival.

— Là, j'y suis, dit-il… Mais cela ne colle pas.

— Explique-nous. Qu'est-ce qui cloche ? insiste Jillian.

Marc se tourne vers la DJette.

— Je reprends la chronologie : Clara a disparu dans la nuit du 17 au 18 juillet. Son corps a été découvert le 19. Le festival Astropolis qui s'est déroulé à Brest a commencé le 28 juillet. Une semaine plus tard. Il s'est achevé le 1er août. Les dates ne correspondent pas.

— Je ne comprends toujours pas. Si les dates avaient coïncidé, qu'est-ce que tu pensais découvrir ? demande Katie, intriguée.

— Rien de bien précis. Juste une vague idée que j'ai en tête depuis quelques jours. Comme une intuition.

— Explique, insiste la photographe.

— Voilà… Mardi, quand je suis rentré à Paris, j'ai revu un vieil ami. Un médecin légiste à qui j'avais transmis le rapport d'autopsie de Clara. Il a mentionné quelque chose que je n'ai pas bien compris sur le moment. Il a insisté sur le fait que celui qui l'avait tuée n'était pas vraiment intéressé par l'idée de la voir souffrir. Cet ami m'a dit : « Il voulait l'entendre mourir. » J'ai trouvé cela curieux, mais je ne savais pas quoi en penser. Tout à l'heure en parlant avec Miss-Teeq, cela a fait tilt. J'ai repensé aux IkonoKlastes, à ce que tu m'as raconté à propos de leur obsession pour le son. A priori, ils sont hors de cause, mais ils ne sont pas les seuls à vivre dans cet état d'esprit, cette sorte de quête d'absolu. Voilà, je me suis dit qu'il y avait peut-être, quelque part, une personne suffisamment fêlée pour…

Il s'interrompt, cherchant ses mots. Ne les trouve pas. L'idée est là, mais elle paraît tellement insensée. Il n'arrive pas à la formuler. Attentive, Jillian vient à son secours.

— Tu penses à quelqu'un qui prendrait son pied en enregistrant les cris de ses victimes, c'est cela ? demande-t-elle.

— Exactement.

— Mais quel en serait le but ? objecte-t-elle.

Marc écarte les bras pour désigner KaZantip.

— Faire de la musique…

2.

— Pousse-toi, laisse-moi ta place, demande Jillian. Moi aussi, il y a quelque chose que je veux vérifier.

Marc se lève. La jeune femme s'installe devant l'ordinateur. Elle revient sur la page de garde du site web d'Astropolis et affiche la programmation 2010. Elle fait défiler rapidement les pseudonymes des DJ, certains connus, d'autres moins : Jeff Mills, Yuksek, Faces, Agoria, Atman, SebastiAn, Tiga, Kiss The Girl, Manu Le Malin… Elle s'arrête plus longuement sur trois noms. DJ Kentaro, I:Gor, Traffik. Ensuite, elle ouvre rapidement de nouvelles fenêtres web pour scruter en détail leurs sites Myspace, s'attardant sur les photos, les vidéos et les commentaires de présentations. Silencieux et attentifs, Marc et Katie l'observent. Au bout d'un quart d'heure de manipulations, Jillian clique sur un dernier nom : Az@zel. Elle lance une vidéo dénichée sur le Net.

Sur une scène de concert dans un lieu non précisé, la tête couverte d'une cagoule en latex rouge qui ne laisse entrevoir que la bouche et les yeux, un homme trapu, torse nu, psalmodie des hurlements gutturaux sur fond de percussions métalliques et de boucles électroniques. Il tient son micro à deux mains. La caméra suit ses déplacements de droite à gauche, comme le dandinement d'un ours dressé défiant un rival. Sur le devant de la scène, deux danseuses aux seins nus – globes parfaits (et refaits !) – déambulent sur la rythmique martiale, comme d'étranges oiseaux échassiers. Les visages sont maquillés de blanc. Les yeux cernés de khôl bleu. Elles sont chaussées d'interminables bottines qui les font paraître inhumaines. Derrière un large voile translucide, les musiciens apparaissent en ombres chinoises. Silhouettes de géants dantesques, déformées, étirées par les projecteurs. La musique s'interrompt brusquement. Il n'y a plus qu'un bourdonnement désagréable. Les danseuses se sont éclipsées. Puis, lentement, un gémissement, ou plutôt un mugissement comme la plainte d'une créature préhistorique à l'agonie s'élève des enceintes. Les femmes aux seins nus réapparaissent, transportant des seaux remplis de quartiers de viande rouge qu'elles lancent dans la foule hilare… La vidéo s'arrête là.

— Qu'est-ce que c'était que cette abomination ? demande Katie.

— Il s'appelle Az@zel, répond Jillian. Il est polonais. Sur son site, il se présente comme un performer électro gothique annonçant la fin des temps et l'avènement d'un nouveau messie. Joli programme, non ? Il pourrait correspondre au profil de celui que nous cherchons.

— C'est suffisamment malsain pour que l'on s'y intéresse, admet Marc, troublé par la vidéo. Vérifie sur son site ses dates de concerts ! Regarde où il s'est produit avec ses deux groupies à seins nus le weekend du 18 et 19 juillet !

Chapitre 22

« ... When I got home
My creature was no longer with me
Go, come on... »

« … Quand je rentre chez moi
Ma créature n'est plus à mes côtés
Viens, allez… »

(*Lovely Creature* – Nick Cave & The Bad Seeds – *Murder Ballads* – 1996)

1.

Samedi 7 août, village de Popivka (Ukraine).

Jillian s'est replongée dans l'écran. Quelques clics rapides sur l'ordinateur. Elle navigue à travers le site d'Az@zel.

— Je ne trouve rien. Mais cela ne signifie pas grand-chose. Il n'y a pas d'agenda indiqué à ces dates.

— Remonte plus loin jusqu'en septembre 2009 ! insiste Marc.

Autres clics.

— Non… Je n'ai rien d'indiqué entre le 2 août et le 15 septembre. En revanche, à cette date, Az@zel était prévu en concert en Allemagne à Leipzig pour un festival de rock gothique baptisé « Danses Macabres ». Le nom est bien mentionné en français dans le texte sur son site…

Une secousse dans sa poche avertit Marc que quelqu'un essaye de le joindre sur son téléphone. Il est tenté de ne pas répondre, mais cela pourrait être Emmanuel Demaurr. Si celui-ci n'a pas laissé de message hier soir et qu'il insiste maintenant pour lui parler en direct, c'est qu'il a probablement quelque chose d'important à lui dire. Marc se lève et s'éloigne pour prendre l'appel.

— Monsieur Marc Torkan ?

— Oui, répond-il, sur ses gardes.

Cette voix rocailleuse lui est inconnue.

— Bonjour, je suis le lieutenant de gendarmerie Pierre Rebotini. J'enquête sur le meurtre de Clara Riopelle. Je souhaite vous rencontrer.

— Me rencontrer ? s'étonne le journaliste. Dans quel but ?

— C'est délicat. Je préférerais que nous nous voyions face en face pour en discuter. Où êtes-vous en ce moment ?

— Loin.

— Monsieur Torkan, insiste Pierre Rebotini, je sais que vous n'êtes pas en France actuellement. Je sais aussi que vous vous êtes rendu en Thaïlande récemment…

D'abord surpris, puis énervé, Marc interrompt la communication. Il appelle aussitôt Patrick Boudou.

Le rédacteur en chef de *Paris Flash* répond dès la deuxième sonnerie.

— J'ai la gendarmerie sur le dos, enrage Marc. Comment m'ont-ils trouvé ? Quelqu'un a lâché mon nom au magazine ou quoi ? Dominique ?

Court silence. Le journaliste entend le son étouffé que fait Patrick en soufflant la fumée de sa cigarette.

— C'est impossible, répond Patrick. Il n'y a que des gens de confiance qui sont au courant de ton enquête sur Clara Riopelle. Et chez nous, personne ne parle aux flics. Tu le sais. Tu es peut-être sur écoute ?

— Non, je ne crois pas, dit le journaliste après une hésitation. L'homme qui m'a appelé ne savait pas où j'étais. Et pourquoi la gendarmerie m'aurait-elle mise sur écoute ? Il aurait d'abord fallu qu'ils sachent que je travaille sur l'affaire Clara Riopelle. Cela n'a pas de sens.

— Marc, je suis catégorique. Ton nom n'a jamais été mentionné à l'extérieur du journal.

— Oui, mais ce type savait que j'étais allé en Thaïlande…

Un bip vient signaler que l'on cherche à nouveau à le joindre. Marc vérifie son écran qui affiche la mention : « (aucun numéro) ». Sans doute Pierre Rebotini. Il ne veut pas lui parler. Moins il a affaire aux autorités, mieux il se porte. Un nouveau bip signale que l'enquêteur lui a laissé un message.

— Marc ! Tu m'entends ?

Patrick est toujours en ligne.

— Oui. Je t'écoute, répond Marc.

Mais le journaliste a déjà la tête ailleurs.

— Je vais faire ma petite enquête, mais à mon avis cherche plutôt du côté de ceux qui t'ont facilité ton voyage à Kho Samui. De toute façon, tu ne fais rien d'illégal. Qu'est-ce qu'il te voulait ?

— Me rencontrer.

— C'est vague, constate Patrick. Cela ne t'engage à rien. Tu sais comment ça marche. Si tu es obligé de le voir, vas-y ! Tu apprendras peut-être quelque chose. As-tu du nouveau en Ukraine ?

— Je n'ai aucune envie de rencontrer ce type, répond Marc sèchement. Je te rappelle quand je suis à Paris.

Qui a parlé ? Voilà ce qui occupe l'esprit de Marc. Le journaliste supporte difficilement la trahison, les faux-semblants, même si son métier l'a confronté pendant des années aux faiblesses de l'âme humaine, aux petits arrangements avec la réalité. Qui peut avoir renseigné les gendarmes sur son implication dans l'enquête ? Qui savait qu'il se rendait à Kho Samui ? Son ancien collègue Pierre de Montesquiou, celui qui l'a aidé à préparer le voyage en Thaïlande ? Kim, sa femme ? Mais dans quel but ? Patrick lui aurait-il menti, et l'aurait-il lâché dans la rédaction ? Et si Dominique Legrand, cette baudruche à l'ego de ballon dirigeable, l'avait balancé pour se débarrasser d'un rival encombrant ? Trop de questions. Pas la peine de perdre son temps à essayer de leur tirer les vers du nez au téléphone. « Dès que j'atterris à Paris, se promet Marc, j'enquête et je tire cela au clair. »

— Tu as l'air soucieux. Qui était-ce ? demanda Katie à son retour.

— Patrick, répond Marc, effaçant le pli qui lui barre le front. J'ai juste fait le point avec lui. Il s'inquiète de l'avancée de notre enquête. Il voudrait déjà pouvoir prévoir les gros titres sur la page de Une. Il nous attend à Paris. Je lui ai dit que nous n'avions pas grand-chose pour le moment. Et vous ? Avez-vous déniché quelque chose ?

Il fait un signe de tête dans la direction de Jillian, complètement concentrée sur l'écran de l'ordinateur. La jeune femme ne peut l'entendre, elle porte un casque avec des écouteurs sur les oreilles.

— Je n'en sais rien, répond Katie. Elle m'a demandé l'orthographe exacte du prénom de Nava, la victime en Thaïlande. Depuis que tu parles au téléphone, elle passe en revue les forums de fans de techno à la recherche d'une piste. Je ne comprends pas ce qu'elle cherche, mais elle a l'air de savoir ce qu'elle fait...

2.

L'adolescent fixe sans le voir l'homme qui demande son attention.

Dans sa tête, il y a ce cri qu'il entend toujours et encore. Ce hurlement qui devrait le terrifier. Il y a tout ce sang qui gicle, qui coule et qui se répand lentement sur le sol. Il y a enfin cette femme – sa mère – qui s'arrête brutalement de vivre. Elle s'écroule, nue, sur le carrelage en le dévorant une dernière fois du regard. Les pupilles dilatées, comme étonnées de le voir là et d'entrevoir ce qui se trouve au-delà...

Dans sa tête encore, l'adolescent a figé cette image comme un tableau, une œuvre d'art. Il y revient à volonté, l'examine sous tous les angles. C'est devenu un rituel chez lui. Son cerveau est une caméra et un magnétoscope. Et un peu plus que cela. Il zoome, change les points de vue, modifie les textures, remplace les couleurs, et même les individus impliqués ce jour-là. Il peut échanger les traits du visage de sa mère avec ceux de Pennegham, la prof d'anglais, ou... Se décider à se repasser la scène fatale avec dans le rôle de la morte cette fille qui l'excite : Tia. Une jolie brune à la peau mate à la bouche toujours entrouverte, aperçue dans un épisode d'une série télé américaine. À plusieurs reprises déjà, il s'est essayé à visualiser ce moment à travers les yeux de son père. Pour comprendre. Y prendre du plaisir. En jouir... Et apprendre. Chaque fois, aux images sont venus se superposer les sons, les cris, les bruits, les respirations, les souffles de ces vies qui s'éteignent.

Il ne saisit pas pourquoi tout cela devrait l'effrayer. Pourquoi « on » tente de l'entraîner loin de cet instant décisif. Irrésistiblement, il se sent attiré par cette séquence qu'il se repasse encore et encore dans sa tête. Rien que pour lui.

— Ulrich ! Vous m'entendez ?

— Oui.

L'adolescent cligne des yeux et feint un court mouvement d'assentiment de la tête, un signe qui rassure son interlocuteur. L'homme qui l'interroge n'a aucun droit de hausser la voix ni de déranger ses pensées, mais le garçon sait qu'il s'agit de faire illusion et jouer le jeu. Pour le moment. Le temps n'est pas encore venu...

— Ulrich, vous ne devez pas vous rendre responsable du geste de votre père. Comprenez-vous cela ? C'est sa responsabilité, sa culpabilité. Vous n'avez pas à vous charger de ce meurtre. Je vous l'ai dit et je vous le redirai. C'est important. C'est même primordial pour votre évolution et votre équilibre psychique...

« Évolution, piège à cons ! Si mon père est fou, comment peut-il être responsable et coupable ? »

L'adolescent se mord la lèvre pour ne pas éclater de rire. Il se contrôle et fait de nouveau un vague signe de la tête pour indiquer qu'il comprend et donner le change. En ce moment, il n'aime pas trop parler.

Les « autres » pourraient comprendre ce qui passe et repasse dans sa tête. Il se tait la plupart du temps et préfère écouter ce que cet homme lui serine à longueur de séances. Cela fait plus de trois ans qu'il vient dans son cabinet de Lausanne une fois par semaine Il avait onze ans la première fois. Il a refusé de s'allonger quand le docteur Stillman le lui a proposé. Le médecin a insisté. Mais il ne se sentait pas fatigué ce jour-là. Pourquoi aurait-il dû s'allonger ? Depuis, ils se parlent. Ou plutôt, le docteur Stillman parle. Ulrich l'écoute.

Dès le début, il a compris quelle était la mission du psy. Lui récurer l'intérieur du cerveau pour faire disparaître cette tache indigne, cette pollution qui le rend différent, à part, mais qui lui est pourtant indispensable pour vivre. L'assassinat de sa mère, la folie de son père, tout cela fait d'Ulrich un être distinct et singulier. Il sait qu'il est venu à la vie – une deuxième fois – dans ce court moment où se mêlaient le sang et ce hurlement primal. Cette minute, cette seconde entre la vie et la mort lui a permis de prendre conscience de son existence. Avant, il n'était pas. Pendant, il a pris conscience. Après…

— Ça ira pour aujourd'hui, Ulrich. On se revoit la semaine prochaine comme d'habitude. Il faudra que tu me parles un peu plus. OK ?

L'adolescent hoche la tête, se lève et quitte la pièce.

3.

Dimanche 8 août.
Aéroport de Roissy-Charles-de-Gaulle (Paris).

— Police des frontières, monsieur Torkan. Veuillez nous suivre, s'il vous plaît.

Cinq policiers en uniforme bleu nuit de la direction centrale de la police aux frontières entourent le journaliste. L'agent de la douane au guichet lui rend son passeport. Marc échange un bref regard avec Katie. Jillian a déjà passé le contrôle. À l'écart, elle les observe. Marc lui fait un signe discret pour qu'elle file. Jillian hoche la tête, et s'éclipse dans la foule des passagers.

— Dans quel cadre exact m'arrêtez-vous ? demande-t-il, haussant la voix en espérant intimider le policier.

— Nous agissons dans le cadre d'une commission rogatoire concernant le meurtre de Clara Riopelle, lui répond calmement mais fermement l'homme en uniforme. L'officier judiciaire en charge de l'affaire désire vous entendre comme témoin. Nous avons été prévenus ce matin de votre arrivée. Veuillez nous suivre sans faire d'histoire ! Cela ne durera pas longtemps…

Le policier s'interrompt comme s'il cherchait la formule, puis ajoute :

— … La commission rogatoire ne concerne que vous, mais ce serait plus judicieux si votre collègue photographe vous accompagnait. Mademoiselle Jeckson, voulez-vous nous suivre ?

« Putain ! Qui nous a balancés ? » se demande Marc, furieux.

Chapitre 23

« ... *Somewhere she lies, this lovely creature*
Beneath the slow drifting sands
With her hair full of ribbons
And green gloves on her hands... »

« … Quelque part elle repose, cette adorable créature
Sous les sables qui s'écoulent lentement
Ses cheveux couverts de rubans
Et les mains gantées de vert… »

(*Lovely Creature* – Nick Cave & The Bad Seeds – *Murder Ballads* – 1996)

1.

Dimanche 8 août.
Aéroport de Roissy-Charles-de-Gaulle (Paris),
15 h 45.

Le policier qui précède Marc lui ouvre la porte d'un bureau. D'un geste, il l'invite à y entrer. Le journaliste inspecte la pièce d'un regard.

Une table, deux chaises.

Marc contourne la table et s'assoit à dessein face à la porte. Puis il fouille dans son sac à dos, en sort une boîte de vingt cigarillos bon marché achetée à Kiev dans les boutiques de l'aéroport. Il en choisit un et gratte une allumette, l'inspire, et souffle longuement la fumée. Il attend.

Longtemps.

Il en allume un deuxième. Il le fume en entier. Le jeu a commencé. Il le connaît bien pour l'avoir pratiqué quand il était grand reporter. En France, en Serbie, en Algérie, en Somalie, dans tellement de pays. Quel que soit l'uniforme, c'est toujours la même routine, les mêmes techniques d'intimidation… Lorsqu'il achève son troisième, la porte s'ouvre enfin.

Cheveux grisonnants coupés très courts, silhouette et visage émacié d'un coureur de fond, un homme en uniforme bleu de la gendarmerie entre dans la pièce. Marc estime qu'il doit avoir une cinquantaine d'années. L'officier tient un mince dossier à la main. Et chose importante, il sourit. Ses yeux sont bleu laiteux. Comme chez certains chiens Husky.

— Qu'est-ce que c'est que ce cirque ? lance Marc rudement, soufflant la fumée de son cigarillo en direction de l'arrivant.

— Bonjour, monsieur Torkan, répond l'homme en s'avançant. Je suis le lieutenant Pierre Rebotini.

Tranquille, le lieutenant de gendarmerie occupe tout l'espace disponible. Avec courtoisie, il se penche au-dessus de la table pour tendre sa main droite au journaliste.

Qui ne la saisit pas. Le gendarme insiste, laisse sa main flotter en suspens quelques secondes de trop, jusqu'au malaise, puis l'abaisse.

Premier round pour le journaliste.

Le gendarme toussote et s'installe toujours souriant

face à Marc. Cette fois, celui-ci détourne la tête sur le côté pour souffler un nuage de fumée odorant tiré de son cigarillo.

— Il est interdit de fumer, constate Pierre Rebotini sans hausser la voix.

Il désigne du menton un autocollant collé sur l'un des murs.

— Et si vous en veniez au fait qu'on en finisse avec cette mascarade ? Est-ce que je suis en garde à vue ?

— Non, monsieur Torkan. Est-ce que vous voyez un procès-verbal ou quelque chose qui pourrait y ressembler figurer sur cette table ?

— Non. Je peux donc partir.

Marc écrase le cigarillo sur l'intérieur du couvercle de la boîte en métal, la referme et fait mine de se mettre debout.

— Monsieur Torkan, restez assis.

Le journaliste a déjà repoussé sa chaise. Il se lève.

— Nous sommes en France, répond-il. Je suis journaliste et j'ai des droits. Je travaille pour *Paris Flash*. Je suis sûr que vous comprenez ce que cela implique.

— Je sais très bien ce que vous faites et pour qui vous travaillez, monsieur Torkan. Bien sûr, vous avez des droits. Comme tout le monde… Je suis sûr que vous appréciez de savoir que mes collègues veillent sur votre maison dans le Morbihan, votre boutique d'antiquités, vous et ceux que vous aimez. Tant que nous le ferons, rien de fâcheux ne pourra vous arriver. Vous avez aussi des devoirs… Comme tout le monde.

— Qui sont ? réplique Marc.

— Monsieur Torkan, reprend Pierre Rebotini, j'enquête en tant qu'officier de police judiciaire sur le meurtre de Clara Riopelle. Son corps a été retrouvé au lieu-dit du Val-sans-Retour près de Tréhorenteuc dans le Morbihan dans la nuit du 18 au 19 juillet.

Nous savons que *Paris Flash* vous a missionné pour travailler sur cette affaire. J'avoue que cela nous a étonnés. À notre connaissance, vous aviez cessé toute activité de journaliste après le tragique décès de votre épouse Caroline dans l'attentat de Jimbaran à Bali en 2005.

— Vous vous prenez pour le KGB, l'interrompt Marc avec dégoût. Laissez ma femme en dehors de cela, et épargnez-moi ce petit jeu débile. Venez-en aux faits !

— Ces derniers jours, reprend Pierre Rebotini sans montrer trace d'émotion, vous vous êtes rendu en Thaïlande sur l'île de Kho Samui accompagné par Mlle Jeckson. Vous y avez recueilli des informations qui intéressent le service dont je fais partie.

— Si vous savez ce que je fais, vous savez aussi qu'un journaliste n'a pas pour habitude de partager ses informations avec des représentants de l'ordre. Et à moins que je ne me trompe, ni la section de recherches de Rennes, ni le service technique de recherches judiciaires et de documentation de Rosny-sous-Bois n'ont compétence pour enquêter à l'étranger. Puis-je partir maintenant ?

— Vous avez raison monsieur Torkan. Nous n'avons pas compétence pour enquêter en Thaïlande, mais nous pensons comme vous – j'insiste sur ce point – que le meurtre à Kho Samui de Mlle Nava Sheraïm est étroitement lié à l'affaire sur laquelle nous travaillons…

Il marque une pause. Courte.

— … Je suis officier de policier judiciaire, je peux vous mettre sur-le-champ en garde à vue vingt-quatre heures et la prolonger si nécessaire pour entrave à l'enquête sur Clara Riopelle. Ou… Vous entendre en « off » comme vous dites dans le milieu, à titre de témoin. Dans ce cas, il n'y aura pas de déposition. Aucune trace.

À son tour, le lieutenant Pierre Rebotini se lève, mettant un terme à l'entretien. Avant de passer la porte, il se tourne vers Marc resté debout.

— Je vous laisse réfléchir au calme.

Fin du deuxième round. Rebotini, vainqueur.

Le lieutenant fait poireauter Marc encore deux bonnes heures. Il faut qu'il sorte. Cette confrontation, c'est du temps perdu pour sa propre enquête. « Arrête de jouer au con », se dit-il.

Il est 18 heures passées quand le gendarme pénètre de nouveau dans la pièce enfumée. Marc s'est rassis, puis n'a plus bougé. L'air concentré, il est plongé dans un roman policier en poche de Robert Crais qui l'a fait rire plusieurs fois. Marc lève la tête à l'entrée de Pierre Rebotini et, cette fois, c'est lui qui sourit.

— Si on abrégeait ? lance-t-il, aimable. J'aimerais dormir dans un vrai lit à l'hôtel. Qu'est-ce que vous me proposez en échange de ma coopération ?

— Vous n'êtes pas en mesure de négocier, monsieur Torkan. Mais disons que si vous répondez à mes questions, je vous assure ma gratitude éternelle… Est-ce que cela vous ira ?

Marc éclate de rire.

— Je m'en contenterai. Que voulez-vous savoir que vos collègues thaïlandais si doués n'ont pas pu vous dire ?

Le gendarme sort un bloc-notes et un feutre noir. Fin du troisième round… Ou presque !

— Assurez-moi quand même une chose, reprend Marc. Vous me garantissez que les informations que je vous donnerai ne seront pas filées à d'autres journalistes.

— Rassurez-vous, monsieur Torkan, vous garderez votre scoop ! J'ai trois ou quatre questions de routine à vous poser. Ensuite, ce qui m'intéresse, c'est que vous demandiez à Mlle Jeckson qui vous attend sagement à côté depuis deux bonnes heures de nous confier une copie des Polaroïds pris sur la scène de crime. Je voudrais aussi que vous nous fournissiez le rapport de police rédigé en thaï que votre contact local vous a confié sur place.

— Pourquoi ne demandez-vous pas vous-même à Katie ses photos ?

— La commission rogatoire est nominative, répond Pierre Rebotini. Le meurtre de Nava Sheraïm s'est passé à l'étranger, et comme vous le savez, Mlle Jeckson est américaine. Cela fait beaucoup de pays en jeu. Tout cela est un peu compliqué légalement. Trop de paperasse. J'ai pensé que vous seriez l'homme de la situation.

— Si j'accepte, je veux savoir une chose.

— Laquelle ?

— Comment avez-vous appris tout cela ?

L'officier sourit.

— Je veux bien vous le dire. Cela sera notre petit secret. À Kho Samui, le policier thaï que vous avez payé a un chef à qui il rend des comptes. Nous n'avons pas compétence pour enquêter en Thaïlande, mais nous n'hésitons pas à demander des petits services à qui de droit lorsque cela se révèle nécessaire. La coopération policière marche bien sûr dans les deux sens.

Il est 19 heures quand Marc et Katie s'engouffrent enfin dans un taxi. Il a fallu vingt bonnes minutes au journaliste pour convaincre l'Américaine de transférer ses photos sur une clé USB, puis qu'elle les confie aux policiers. Pierre Rebotini les a laissés seuls pour discuter. Au départ, la photographe ne voulait pas céder. Un scoop est un scoop s'il reste exclusif. Katie y a pris goût. Marc lui a alors rappelé qu'elle n'était qu'une simple étrangère sur le territoire français : « Ton prochain renouvellement de visa risque de t'être refusé sans raison. » La jeune femme comprend qu'elle n'a pas le choix. Marc fait revenir le lieutenant. Avec l'assurance expresse que ses images ne filtreraient pas dans la presse, Katie consent enfin à s'exécuter.

Depuis, sa comparse lui fait la gueule. Elle s'est murée dans un silence réprobateur. Marc ne va pas s'excuser. Il sait que cela n'est qu'une péripétie, un aléa du métier. Combien de fois a-t-il laissé échapper une info en échange d'une autre ? C'est le jeu. Il consulte les messages qui se sont accumulés sur son portable. Il y en quatre qu'il n'écoute pas. Mais Jillian a envoyé un texto qu'il découvre : « Je suis chez moi. Appelez si besoin… »

Ils sont sur le périphérique à la hauteur de la porte de la Chapelle. Marc s'est abîmé dans ses pensées quand la sonnerie de son téléphone le ramène à la réalité.

— Allô.

— Monsieur Torkan, c'est à nouveau le lieutenant Pierre Rebotini.

— Que voulez-vous de plus ? demande Marc, sur ses gardes.

— Vous remercier de votre coopération. Je vous avais promis ma gratitude éternelle, n'est-ce pas ?

Dans le portable, la voix du lieutenant de gendarmerie lui paraît légèrement moqueuse. Mais Marc n'en est pas sûr.

— Vous n'avez pas autre chose à faire que vous foutre de ma gueule ?

— Écoutez-moi deux minutes, répond Pierre Rebotini. Vous vouliez du « off », en voilà : je sais qu'en Bretagne vous avez vu Sandra Riopelle, la sœur de Clara. Nous voulions vous remercier de nous avoir fait gagner du temps en lui conseillant de passer nous voir pour changer sa déposition. Je sais aussi que vous êtes passé au Val-sans-Retour. Vous êtes un pro. Vous n'avez pas pu ne pas remarquer l'absence de traces de sang au sol sur la scène supposée du crime…

— Et ? interroge Marc, intrigué.

— Ce que je vous dis doit rester entre nous bien sûr, mais nos investigations nous ont menés à un studio d'enregistrement isolé, l'A-Capella près de Loudéac, explique Pierre Rebotini. Il est situé à une cinquantaine de kilomètres de Tréhorenteuc. Il sert à des musiciens qui souhaitent se mettre au vert. Il a presque entièrement brûlé dans la nuit du 19 juillet. L'endroit avait été nettoyé, mais par chance nous avons trouvé des traces de sang, et d'ADN. Elles correspondent à celui de Clara Riopelle. Nous n'avons pas pu identifier la ou les personnes qui ont loué les lieux. Faute de témoin. Le studio avait été réservé pour une semaine *via* email. L'adresse ne mène évidemment plus à rien aujourd'hui. La réservation a été payée par un virement venu d'un compte étranger que nous n'avons pas encore pu retracer.

— Et les clés ? Quelqu'un a bien dû confier les clés ?

— La somme d'argent était suffisamment importante, ainsi que le dépôt de garantie, pour que les propriétaires du studio ne posent pas trop de questions. Ce n'est pas la première fois que cela arrive.

— Pourquoi me confiez-vous ces informations ?

— La Thaïlande la semaine dernière, l'Ukraine aujourd'hui...Vous avez de l'avance sur nous, trop peut-être, et je ne voudrais pas que vous fassiez une connerie. N'attendez pas d'avoir trop chaud pour nous appeler ! Celui ou ceux que nous cherchons sont des tueurs.

— Merci.

— À charge de revanche, monsieur Torkan.

Fin du troisième round. *Ex aequo*.

2.

Un lit deux places, un bureau, une chaise... La chambre d'hôtel est impersonnelle, mais Marc a juste besoin d'un endroit pour dormir. Dans le taxi, il a partagé les informations données par Rebotini avec Katie. La jeune femme a enfin daigné lui sourire quand il l'a déposée au pied de chez elle à Montreuil. Ils sont convenus de se téléphoner dans la matinée pour faire le point et décider de la façon d'orienter leur enquête.

Cette fois, Marc écoute tous les messages laissés sur le portable. Il passe rapidement sur ceux de Patrick. Il le rappellera demain. Emmanuel Demaurr a tenté de le joindre à deux reprises pendant qu'il était à l'aéroport. Il a laissé plusieurs messages. Le journaliste musical lui confie qu'il a du nouveau depuis leur rendez-vous de jeudi dernier. Marc compose son numéro.

— Emmanuel, c'est Marc.

— Enfin, je n'ai pas arrêté d'essayer de te parler en direct depuis trois jours. T'étais où ?

— Trop long à t'expliquer. Tu as quelque chose pour moi ?

— Oui. Cela n'a pas été facile, mais j'ai eu du bol. Je t'ai obtenu un rendez-vous avec Dimitri.

— Qui ? demande Marc.

— Dimitri Summer. C'est un DJ qui se produit sous le nom de DEflect. Il dirige Khemistry, un label de musique électro très à la mode depuis cinq ou six ans. C'est aussi une figure de la nuit qui organise des soirées dans le monde entier. Aujourd'hui, il est revenu des États-Unis avant de s'envoler pour Ibiza pour son business. Il reste à Paris pour deux jours. On se connaît un peu. Il a accepté de te rencontrer demain vers 11 heures à l'hôtel *Murano*, près de la place de la République. J'y serai pour faire les présentations. Ensuite je vous laisse discuter. Est-ce que cela te va ?

— Nickel. Merci, Emmanuel… Une chose encore ! Peux-tu te renseigner sur un musicien nommé Az@zel ?

— Je n'en ai jamais entendu parler. Comment écris-tu son nom ?

— A-Z-@-Z-E-L, épelle-t-il avec soin.

— C'est noté.

« C'est avec les petits ruisseaux que se font les grandes rivières », se dit Marc. L'accumulation d'indices, même ténus, peut finir par produire de grands effets. Principe de base d'un journaliste enquêteur. Fatigué, mais excité, il se couche et tourne et retourne dans sa tête les informations collectées depuis les dernières vingt-quatre heures. Quelle est la clé de tout cela ? Qu'est-ce qui a un sens ? Est-ce qu'en suivant la filière techno, ils aboutiront à quelque chose ou tout cela – ce voyage en Ukraine, celui en Thaïlande – n'est qu'un leurre qui masque une réalité qui leur échappe ? Marc repère un moucheron minuscule, obstiné et suicidaire, qui se cogne encore et encore à l'ampoule brûlante de sa lampe de chevet. À défaut d'une araignée, mouche du soir égale… Espoir. Marc s'endort en souriant, ravi de sa mauvaise blague.

Il se réveille en sursaut. La sonnerie de son téléphone l'a tiré brusquement du sommeil. Il vérifie l'heure au cadran : il est déjà 23 h 40. Qui peut appeler maintenant ? Pierre Rebotini ? Katia ? Il repousse son drap, s'assoit sur le bord du lit. L'écran signale un appel avec un numéro caché. Il décroche.

— Marc, c'est Jillian. Tu ne m'as pas rappelé, souffle la jeune femme, enjôleuse. Tout va bien ?

— Oui, répond Marc.

Le journaliste est surpris par ce coup de fil tardif. Il devine que Jillian n'est pas dans son état normal. Sa diction est lente, sa voix pâteuse.

— Tu dors où ? insiste Jillian.

— À mon hôtel.

— Je croyais que tu restais chez Katie. Tu aurais pu venir coucher chez moi, tu sais ?

— Merci, répond Marc. Mais ça ira.

Il est fatigué, mais ne veut pas froisser la jeune femme. Il aime son grain de folie et a encore besoin d'elle. Attentionné, il demande :

— Tu m'appelais pour quelle raison ?

— Juste pour te souhaiter une bonne nuit. J'ai dû boire un verre de trop. Je t'aime bien. Je m'inquiétais, tu sais ?

— Jillian, je suis crevé. Il faut que je dorme. D'accord ?

Marc s'apprête à raccrocher, mais Jillian le retient :

— Marc, attends ! Juste une dernière chose. OK, je suis un peu bourrée… Mais je voulais savoir : est-ce que les flics qui t'ont arrêté cet après-midi t'ont lâché d'autres noms que Nava Sheraïm et Clara Riopelle ?

— Jillian, j'ai eu affaire à la gendarmerie. Pas aux flics.

— C'est la même chose, non ? s'étonne Jillian.

— Si tu veux, soupire Marc. Mais non, les gendarmes ne m'ont rien dit de ce genre. Celui que j'ai vu avait surtout des questions à me poser. Pourquoi me demandes-tu cela ?

— Rien… Juste une idée. Un projet sur lequel je travaille. Je te tiens au courant demain. Si tu recroises la gendarmerie, tu pourras le leur demander ?

— Nous ne sommes pas spécialement en bons termes. Quoique… Il semble que je me sois fait un ami cet après-midi. Je lui demanderai, promis.

— Bonne nuit, Marc… Mon invitation tient toujours, relance-t-elle.

— J'y penserai. Bonne nuit, Jillian.

La jeune femme a déjà raccroché. Marc repose son téléphone. Ne sachant trop quoi penser. Il s'endort en songeant que Jillian va peut-être devenir un problème. Son problème.

Chapitre 24

« ... Get down, get down little Henry Lee
And stay all night with me... »

« ... Descends, descends mon petit Henry Lee
Et reste toute la nuit à mes côtés... »

(*Henry Lee* – Nick Cave & The Bad Seeds – *Murder Ballads* – 1996)

1.

Lundi 9 août. Près de la place de la République, Paris, 10 h 45.

Marc repère Emmanuel. Il est en train de griller une cigarette devant la façade blanche de l'hôtel *Murano*. Il demande au taxi de l'arrêter là. Il est réveillé depuis 8 heures. Téléphone... Patrick a déjà tenté de le joindre trois fois. Marc a jeté un coup d'œil sur son écran, mais n'a pas décroché. Patrick s'inquiète. Tant mieux. Le journaliste n'a pas répondu, mais il n'a pas pu se rendormir. A-t-il rêvé de Caroline ? Il n'en est pas sûr. Cela l'étonne. Comme le fait d'avoir pensé à Jillian dès son réveil. Il met son portable en mode silencieux et le glisse dans une poche de la vieille veste informe qu'il porte ce matin.

— Salut Marc…

Emmanuel s'apprête à lui claquer la bise, mais se ravise. Mal à l'aise, il esquisse un geste maladroit en guise de salut. Sa main droite ne rencontre pas celle de Marc. Il finit par effleurer l'épaule du journaliste et l'entraîne rapidement à l'intérieur de l'hôtel.

— Je ne sais toujours pas très bien sur quoi tu travailles, bougonne-t-il, mais si tu veux en savoir un maximum sur le monde de la techno, Dimitri devrait être l'homme que tu cherches. Il a des connexions dans le monde entier.

— Dimitri Summer, c'est son vrai nom ? demande Marc, curieux.

— Non, bien sûr que non, répond Emmanuel. Il a changé de nom et de prénom. En réalité, il s'appelle Christophe Vergeade.

— Et toi, comment l'as-tu connu ?

— J'ai assisté à ses vrais débuts au milieu des années 90 quand je travaillais pour *Coda*, un magazine spécialisé dans la musique techno. J'y tenais une chronique régulière sur le monde de la nuit. Dimitri mixait dans des soirées branchées dans un club, le *Folie's Pigalle*. Il était plutôt bon, et j'ai écrit plusieurs papiers sur lui. Mais son vrai talent s'est révélé plus tard quand il a réussi à fédérer autour de lui une partie de ce que l'on a appelé par la suite le mouvement French Touch. Il rassemblait une demi-douzaine de groupes et de DJ français qui ont cartonné dans le monde entier avec un nouveau son électro, assez proche du disco. Plus que moi encore, Dimitri connaît tout le monde. Il a ses entrées un peu partout.

— Merci, Emmanuel. C'est exactement le genre de personnage que je souhaitais rencontrer.

Le T-shirt orné d'une tête de mort stylisée et sertie de brillants laisse apercevoir les avant-bras tatoués de Dimitri Summer. À cette heure, il est l'unique client présent dans la salle du restaurant du *Murano*. L'ex-DJ grignote un croissant trempé dans son café crème. En les apercevant, l'homme les salue mollement. « Un Flanby, se dit Marc, un petit con qui se prend pour le roi du monde. » Le personnage l'énerve avant même qu'il ait ouvert la bouche. « Calme-toi ! Joue le jeu, et tire ce que tu peux en tirer », voilà ce qu'il se répète dans sa tête.

— Messieurs, que me vaut le plaisir ? Café, jus d'orange, un verre de vin ?

— Merci, Dimitri, je ne peux pas rester, s'excuse Emmanuel. Je te présente Marc Torkan. Il est grand reporter à *Paris Flash*. Il enquête sur une série de faits-divers liés à l'univers de la techno. Je n'en sais pas plus. Mais c'est un ami. Tu peux lui faire confiance.

Marc attend qu'Emmanuel ait disparu et demande :

— Avez-vous déjà entendu parler de jeunes femmes qui auraient été torturées puis tuées en marge de soirées techno ?

Il a décidé de privilégier l'approche directe. Dimitri écarquille les yeux. De surprise, il a lâché son croissant dans la tasse. Le café éclabousse son T-Shirt.

— Putain, et c'est reparti ! s'emporte-t-il, furieux. C'est toujours la même chose ! La grande presse qui prépare une nouvelle enquête bidon sur les DJ tarés et leurs fans drogués. Vous n'en avez pas marre de ce genre de papier à la con ! Des jeunes femmes torturées : qu'est-ce que c'est que cette histoire encore ?

— Vous avez entendu parler de Clara Riopelle ? insiste le journaliste.

Dimitri hésite, puis marmonne à contrecœur :

— Oui. J'étais en Italie quand elle a été assassinée. Je l'ai appris en regardant la télévision. En quoi ce meurtre est-il lié à la techno ?

En quelques phrases, Marc résume l'affaire pour son interlocuteur. À dessein, il passe sous silence le meurtre de Nava Sheraïm. Sceptique, l'organisateur de soirées l'écoute avec réticence. Marc achève son explication en mentionnant sa folle théorie : faire de la musique avec le cri de jeunes femmes. Visiblement surpris mais intrigué, Dimitri demande alors :

— Vous avez parlé de jeunes femmes au pluriel. Vous avez découvert d'autres meurtres que celui de Clara Riopelle ?

— Oui, admet Marc.

— À quel endroit ?

— Je ne peux pas vous répondre. Cette information est encore confidentielle.

— Quoi, un scoop ? s'esclaffe Dimitri. Franchement, vous êtes un clown ou quoi ? J'ai du mal à vous croire, et même à vous prendre au sérieux.

— Vous devriez, réplique le journaliste qui se retient de lui flanquer son poing dans la figure. Il y a une enquête de la gendarmerie en cours. Êtes-vous sûr de n'avoir jamais entendu quelque chose, ne serait-ce qu'une simple rumeur ?

— C'est n'importe quoi, se défend Dimitri.

— Réfléchissez, c'est important, le presse Marc en se rapprochant.

— Le seul truc auquel je penserais là, maintenant, c'est…

Dimitri hésite. Il déchiquette un croissant, se fourre un morceau dans la bouche et se met à le mastiquer.

— Non, mais c'est n'importe quoi…

— Allez-y, dites-moi, insiste Marc, qui décide de passer en mode flatterie. Cela pourrait m'aider. À ce stade, même la plus petite information peut m'aider. Emmanuel m'a dit que vous étiez incontournable dans le milieu techno, que rien ne vous échappait…

— Rangez la pommade, mec. Là où je vis, je suis immunisé. Si j'ai quelque chose à vous dire, je vous le dis…

Dimitri s'interrompt à nouveau, regarde Marc comme s'il voulait sonder ses intentions. Puis lâche avec réticence :

— Le truc auquel je pense maintenant, c'est ce qu'on appelle dans mon milieu la musique Tek-Life.

— Comment cela ? demande Marc, intéressé.

— Tek-Life comme « Take Life » : prendre la vie, en anglais. J'y ai pensé à cause de ce que vous m'avez dit : un meurtrier qui prendrait la vie à des fans de techno. Take lives, Take Life… Vous voyez ?

— Excusez-moi, mais je ne vois toujours pas de quoi vous voulez parler, dit Marc.

— Si vous voulez écrire sur la techno, il faut vous mettre un peu à la page, répond Dimitri avec arrogance. Dans mon univers, il faut sans cesse innover, trouver de nouveaux sons. Chaque genre, chaque sous-genre porte un nom. Il y a eu la Jungle, le Break-Beat, le Gabber, la French Touch, l'Electro-Clash, l'Electronic Body Music… Je ne vais pas vous faire un cours, mais en gros, chaque fois ce qui change, c'est le rythme, le nombre de pieds dans un morceau, les extraits utilisés, etc.

— Et la Tek-Life est l'un de ces genres ? questionne Marc.

— Oui, mais c'est une musique festive, un genre de techno super efficace pour faire bouger du monde sur le dancefloor. La Tek-Life n'a rien de morbide. En ce moment, c'est ce que les gens adorent. Moi-même, je gère les intérêts d'un duo français, Atman. Ils cartonnent dans le monde entier. Ils ont déjà vendu trois cent mille copies de leur premier album aux États-Unis. Derrière eux, il y a toute une nouvelle génération de DJ qui commence à faire parler d'elle : Faces, Rainbow Men, El Cielo… Je peux vous garantir que les DJ qui font de la Tek-Life ne vont pas commencer à charcuter leurs fans. Il y a trop de pognon à se faire dans ce business. Bon Dieu, en une soirée, un bon DJ peut se faire jusqu'à cinquante mille euros. Regardez où je vis, vous comprendrez !

2.

En sortant de l'hôtel *Murano*, Marc est mal à l'aise. Les pensées se bousculent dans sa tête. Est-ce que ce que lui a lâché Dimitri fait sens ? Quelque chose lui dit que oui. Un signal ténu dans son cerveau. Une intuition. Minuscule. Comme une alerte qui palpite sous son crâne. Il connaît cet état. Il l'a déjà ressenti par le passé lorsqu'il s'approchait de la vérité. Mais quoi ? Par où commencer à tirer ce fil fragile ? Tek-Life… L'expression, et ce à quoi elle renvoie le trouble. Machinalement, Marc sort son portable de sa veste et vérifie les appels. Katie a tenté de le joindre, et Patrick Boudou a laissé un message. Il ne l'écoute même pas. Le rédacteur en chef doit l'attendre au journal et s'impatienter. Il lui envoie un simple texto : « J'arrive. »

Tout en cherchant à attirer l'attention d'un taxi, Marc pense à un détail qui vient de lui revenir. Une information qui lui manque. Quelque chose qu'Emmanuel doit savoir. Ou peut savoir.

Marc ressort son portable, mais il n'a pas le temps de l'appeler. L'écran de son téléphone clignote et affiche la même mention que la veille : « aucun numéro ». Jillian ?

— Oui ?

— Marc… dit la jeune femme.

La DJette a dessaoulé. Sa voix est plus assurée. Elle y a gommé toute trace de séduction de la veille.

— … As-tu eu ton « ami » de la gendarmerie ? demande-t-elle.

— Non, répond le journaliste. Je vais m'en occuper, je te le promets. Je voudrais savoir une chose : as-tu déjà entendu parler d'un truc qui s'appelle la Tek-Life ?

— Bien sûr. C'est le genre de musique techno que j'adore. Je passe régulièrement des morceaux quand je suis en club. Pourquoi cette question ?

— Je sors d'un rendez-vous avec un DJ responsable d'un label, un certain Dimitri Summer. Le connais-tu ?

— Dimitri Summer ? Évidemment ! Je vois que monsieur fréquente du beau monde. Ce type, c'est le top de la techno.

— Si tu le dis ! Je ne savais pas que ce crétin était connu à ce point. Quand j'ai évoqué les meurtres, il m'a ri au nez. J'ai cru que j'allais le claquer tellement il m'a exaspéré. Mais il a quand même tilté sur quelque chose. Il a pointé la ressemblance entre l'expression Tek-Life et son équivalent en anglais, « Take Life » … Prendre la vie.

— J'avais compris. Je crois que je vois où tu veux en venir, mais cela me paraît tiré par les cheveux. Mais pourquoi pas ? Tu veux que j'aille fouiner sur les forums spécialisés autour de la Tek-Life ?

— Oui, je veux bien.
— Que veux-tu que je cherche ?
— Je ne sais pas… Tout ce qui pourrait suggérer un lien entre les meurtres et la Tek-Life.
— OK. Et Katie ?
— Quoi, Katie ?
— Elle n'est pas avec toi ? Je croyais pourtant que vous faisiez équipe…

3.

Lundi 9 août. Levallois-Perret, proche banlieue de Paris, 12 h 15.

— En 2005, je ne travaillais pas encore pour *Flash*. Marc Torkan, c'était une sorte de légende. Je lisais ses articles quand j'étais encore en école de journalisme. D'après ce qu'on m'a raconté après mon arrivée, la femme de Marc Torkan s'appelait Caroline. On m'a dit qu'elle était morte dans ses bras à Bali pendant leur voyage de noces. Elle faisait partie des vingt-six victimes d'un attentat revendiqué par la Jemaah Islamiyah, une organisation islamiste proche d'Al-Qaïda…

Attentive, Katie écoute Romain.

Le matin, un peu après 10 h 30, Patrick Boudou lui avait demandé de passer le voir. Elle avait posé la question pour savoir si Marc était au courant. Le rédacteur en chef lui avait assuré qu'il l'avait prévenu. Méfiante, elle avait tenté de joindre Marc. Sans succès. Quand elle s'était présentée autour de midi à l'accueil, Patrick était encore retenu dans une réunion de rédaction. C'était ce jeune homme mal rasé, à l'allure débraillée, qui est venu la chercher. Il s'était présenté comme un des proches collaborateurs du rédacteur en chef.

Le reporter l'avait invitée à patienter à la cafétéria en attendant le retour de son chef. Rapidement, Katie avait compris la fascination exercée par Marc Torkan sur le journaliste. Habilement, elle l'avait laissé parler avant d'orienter la conversation sur les rumeurs qui circulaient sur son compte. Désireux de lui plaire et ravi d'avoir une interlocutrice attentive, Romain ne s'était pas fait prier.

— Qu'est-ce que l'on raconte encore sur Marc ? insiste-t-elle, plongeant son regard dans les yeux du jeune homme.

— On dit qu'en Indonésie les sauveteurs ont dû littéralement l'arracher au cadavre de sa femme, poursuit Romain. Malgré ses propres blessures, il ne voulait pas la lâcher. Il a été grièvement touché dans l'explosion de la bombe. Je crois qu'il a passé plus de six mois à être soigné dans un hôpital à Denpasar à Bali. Puis, quand il est revenu en France, il a donné sa démission du journal. Comme ça !

— Sans explication ? s'étonne Katie.

— D'après ce que l'on m'a dit, personne n'a osé lui en demander.

— Et il n'a plus jamais remis les pieds au journal ?

— Une seule fois, je crois, réfléchit Romain. Tout le monde voulait le réconforter, lui serrer la main. On m'a raconté qu'il ne supportait plus les contacts physiques. Je ne sais pas ce qui s'est passé, mais il a pété les plombs et failli casser la gueule à un journaliste.

— Qui ?

— Dominique Legrand.

— Je vois, dit Katie. Et Patrick Boudou, dans tout cela ?

— Vous n'êtes pas au courant ? C'était le père de Caroline, sa femme.

Chapitre 25

« ... *You haven't find a girl in this damn world*
That will compare with me... »

« … Tu n'as pas trouvé de fille dans ce monde pourri
Qui puisse se comparer à moi… »

(*Henry Lee* – Nick Cave & The Bad Seeds – *Murder Ballads* – 1996)

1.

Lundi 9 août. Levallois-Perret, proche banlieue de Paris, 12 h 30.

Romain s'interrompt et sort son portable. Il écoute son interlocuteur invisible, hoche la tête et fait signe à Katie de se lever.

— Patrick nous attend dans son bureau. Marc Torkan est déjà avec lui.

* * *

— Je te dis que tu vas faire une connerie.

Au troisième étage, les éclats de voix se font entendre avant même que l'ascenseur n'ait ouvert ses portes. Quelques personnes sont sorties dans le long couloir moquetté de blanc. Curieuses.

Baoom ! Un grand bruit. Dans le bureau de Patrick Boudou, Marc vient de frapper du plat de la main sur une armoire.

— Bordel ! Mercredi dernier, tu voulais des preuves ! Qu'est-ce qui te prend ?

— J'ai besoin de ton article. Je ne peux pas laisser la concurrence continuer à traiter cette histoire pendant que l'on est à poil.

— Et Legrand ? La piste satanique ne te suffit plus ?

— Elle ne mène à rien. Tu le sais mieux que personne.

— Patrick, je n'écrirai rien. Point !

— Mais la Thaïlande, l'Ukraine ? Tu as forcément de quoi faire un article !

— Patrick, je te rappelle une chose. Depuis que tu m'as demandé de prendre du recul, et *de facto* éjecté, cette enquête, c'est moi qui la finance. J'ai payé mes frais et ceux de Katie pour Kho Samui. J'ai fait la même chose pour KaZantip. Cette histoire m'appartient.

Marc se tourne vers Katie, qui se tient maintenant sur le seuil du bureau au côté de Romain. Les deux hésitent à entrer.

— Tu es là aussi ? s'exclame le journaliste. Je suppose que Patrick t'a demandé de rappliquer de toute urgence. Est-ce que *Flash* t'a signé un bon de commande pour les photos de Kho Samui ?

— Non, répond la photographe.

— Marc, intervient Patrick, s'il te plaît, ne joue pas au con !

— Katie, es-tu prête à vendre maintenant tes photos pour faire passer un sujet merdique, ou est-ce que tu me fais confiance pour aller au fond des choses et faire une vraie enquête ? Tu as le choix.

La photographe est surprise d'être prise à partie. Elle regarde tour à tour Patrick, puis Marc. Elle capte son clin d'œil complice. Katie masque un sourire et répond fermement :

— Je ne vends pas.

— Voilà Patrick, c'est réglé, dit Marc. Tu as devant toi deux journalistes indépendants, totalement free-lance. Nous reviendrons te voir quand nous aurons vraiment quelque chose de tangible. Si tu payes le prix juste, ton journal aura ses photos… Et mon article !

Marc quitte le bureau. Katie le suit. Elle sourit. Ravie. Dans le couloir, les gens s'écartent. Prudents.

2.

Appartement de Lady J. Rue Caulaincourt à Montmartre (Paris XVIIIe)

— **Lady J//** « Qq1 spécialiste musik Tek-Life ? Cherche infos. »

Jillian a activé ses réseaux sur le Web et fouine sur tous les forums spécialisés en techno. Sans grand succès. La quête de renseignements autour de la Tek-Life ressemble à la poursuite d'une chimère. Sur le site de Wikipedia, la DJette a trouvé deux articles sommaires, l'un rédigé en anglais, l'autre en français. Une liste de liens figure en bas de la page Internet. Jillian clique au hasard sur la référence renvoyant à www.tsugi.com, l'adresse d'un webzine franco-japonais spécialisé dans les nouvelles tendances. La jeune femme fait défiler rapidement les différentes fenêtres, puis tape « Tek-Life » dans la case de recherches. Pas d'occurrence.

Il lui reste à visiter le forum de discussion où des *nerds* et leurs équivalents japonais, les *otakus*, tchatent en permanence pour s'échanger des fichiers et des infos sur d'obscures formations électro encore inconnues du grand public. Jillian se connecte en utilisant Lady J, son pseudo de DJette. Elle découvre qu'il y a une trentaine de personnes déjà en discussion en direct sur le forum. Les noms de leurs avatars s'affichent sur son écran aussi vite que les messages qui se télescopent. Un instant, Jillian se demande comment faire son entrée dans cet univers codé. « Autant faire simple… » Elle rédige rapidement sur son clavier.

— **Lady J**// « Qq1 spécialiste musik Tek-Life ? Cherche infos. »

Pendant quelques secondes, l'affolant déroulé des conversations en direct continue à défiler à la même vitesse. Personne ne semble prêter attention à la nouvelle arrivante. Puis une fenêtre clignote sur son écran et un message, précédé de son *alias*, apparaît…

— **ScanX**// « Tek-Life = What for ? You like ? »

Jillian lui répond.

— **Lady J**// « I like. Tu connais bien ? »
— **ScanX**// « No. Pas mon truc. »
— **Ya004**// « Pourquoi tu demandes ? »

Devant son écran, Jillian s'interrompt se demandant quoi répondre. « Faire simple ». Elle se remet à taper.

— **Lady J//** « Cherche connexions possibles entre musik Tek-Life et meurtres de jeunes femmes pendant tekno-parties. »
— **Ya004//** « Genre Tekno-Killer ? »

La réponse a été quasi immédiate.

L'expression « Tekno-Killer » frappe Jillian comme une évidence. Jusque-là, le ou les tueurs qu'ils pistent n'avaient pas de nom. Elle rédige un nouveau message.

— **Lady J//** « Exact. Cherche infos. »
— **Ya004//** « T'es flic ? »
— **Lady J//** « Non, DJ. »

* * *

Son coup d'éclat d'ancien grand reporter devant Patrick Boudou lui a donné un regain d'énergie. Il sait pouvoir compter sur Katie désormais. La jeune femme a clairement choisi son camp. Il leur faut maintenant avancer. Rapidement, il a mis au courant la photographe de son rendez-vous du matin. Le courant Tek-Life ne lui est pas non plus inconnu. Quand Marc lui en a parlé, comme Jillian, Katie a aussi immédiatement fait le lien avec les meurtres. Elle s'en veut de ne pas y avoir pensé et fait le rapprochement plus tôt. Marc n'a pas triomphé. Pour l'instant, il sait qu'ils n'ont pas grand-chose. Juste ces deux syllabes qui claquent : Tek, Life. Take, Life. Prendre des vies. Prendre la vie.

— Et maintenant, que fait-on ? demande Katie.

— J'ai un coup de fil à passer.

* * *

— Emmanuel, c'est Marc. À l'hôtel, j'ai oublié de te demander quelque chose. As-tu pu te renseigner sur Az@zel ?

— Putain, Marc ! Qu'est-ce que tu as bien pu raconter à Dimitri ? Il y a deux heures, il m'a appelé. Il était furieux.

— Désolé, Emmanuel, mais je pense que c'est un con.

— Peut-être, mais c'était *mon* con !

— Emmanuel, je te le répète : je suis désolé. Juste une chose : Az@zel ?

— OK, OK.., Je me suis renseigné. Mais tu ne vas pas aller très loin avec ce que j'ai appris sur ce type.

— Pourquoi ? demande Marc.

— Il est mort.

Chapitre 26

« ... A little bird lit down on Henry Lee
I can't get down and I won't get down
And stay all night with thee
For the girl I have in that merry green land
I love for better than thee
And the wind did how land the wind did blow
La la la la la
La la la la Lee... »

« … Un petit oiseau s'est posé sur Henry Lee
Je ne peux pas descendre et je ne veux pas descendre
Et je reste toute la nuit avec lui
Car cette fille que j'ai dans mon pays vert et magique
Je l'aime beaucoup plus que lui… »

(*Henry Lee* – Nick Cave & The Bad Seeds – *Murder Ballads* – 1996)

1.

Le premier déclic avait eu lieu au cours d'un concert en Allemagne, un festival réputé qui proposait chaque début décembre les dernières tendances musicales à un public d'avertis. Rock, rap, punk, électro... Il s'y était rendu par curiosité, avide de sensations nouvelles, de sons inédits. La perfection des sonates de Mozart, des symphonies de Beethoven et Brahms, la beauté cachée des Variations Goldberg *de Bach le laissaient de marbre. Il cherchait dans la musique autre chose, cette pulsation violente de la vie, ou de la mort, qui lui donnait l'impression d'exister, d'embrasser le Grand Tout.*

En Suisse, un élève plus âgé de l'institution lui avait revendu le disque trente-trois tours Pornography *de The Cure, lui assurant que c'était un chef-d'œuvre inégalé. Il l'avait écouté jusqu'à en user les sillons. Le spleen, la vie qui s'échappe, les guitares douloureuses, les incantations désespérées du chanteur Robert Smith, la basse hargneuse... Tout cela lui parlait, lui soufflait qu'il était sur la Voie... Il était passé ensuite aux albums de Joy Division, New Order, Sisters of Mercy, décryptant de manière frénétique les mélodies et les sons. Collectionnant les disques. La rage lancinante de Husker Dü, la colère rentrée de DAF, l'énergie body-buildée de Front 242 agissaient comme des « fixes », lui procurant un plaisir malheureusement trop court, limité dans le temps, incomplet.*

Le premier déclic, ce fut donc l'Allemagne. Berlin. Un concert des Young Gods, un groupe de rock industriel encore peu connu. Il se souvenait de tout. Minute par minute avant la stupéfaction.

Le passage du trio avait été précédé d'une prestation impressionnante d'une autre formation, Einturzeinde Neubaten. Les musiciens allemands se servaient sur scène d'une tronçonneuse, d'une scie égoïne, de caddies trafiqués, et de matériaux récupérés sur des chantiers pour produire de cette cacophonie des objets métalliques une sorte de symphonie hybride. Il avait apprécié. Mais la performance des Young Gods l'avait subjugué.

Plutôt, les invocations telluriques de Franz Treichler, le « chanteur », l'avaient transporté dans une nouvelle dimension. Il avait senti un frisson le parcourir tout entier, ses poils se hérisser comme un animal pris au piège, lorsque la voix, ou plutôt le râle du « jeune dieu » avait submergé la salle de concert. Comme une vibration imparfaite issue des temps anciens, un son primal mais encore inachevé, qui annihilait toutes formes de conscience et figeait la vie... Autour de lui, les rares spectateurs encore présents étaient restés comme aimantés par cet appel fascinant. Les synthés et la batterie ne servaient que de simples motifs d'ornementation à cette voix venue du fond des âges.

Depuis l'Événement, c'était cela qu'il cherchait. Ce cri, ce hurlement, cette pulsation de vie. Sa mère l'avait lancé en agonisant dans son sang. Cet homme sur scène s'en approchait.

Il s'était passionné pour ce groupe. Il avait fini par apprendre que Franz s'inspirait des techniques enseignées dans des tribus d'Amazonie dites primitives pour produire ce son, une voix de gorge, un chant « diphonique » dont les chamans se servaient pour créer les conditions d'une transe au cours de cérémonies religieuses. Un phénomène vocal hérité des temps anciens, quand les hommes du Paléolithique peignaient dans les grottes, utilisant l'acoustique des excavations pour entrer en résonance avec les esprits sauvages. Il s'était documenté. Il avait découvert les travaux de Iégor Reznikoff, un spécialiste de la musique antique. Passionnant. Le chercheur avait théorisé autour de la voix « diphonique », de ses effets thérapeutiques, et des rares populations humaines qui en perpétuaient encore la tradition. Le « AAAAum », la syllabe sacrée qui ponctuait le début et la fin des prières lamaïques tibétaines, en était une résurgence. Il restait aussi des traces de ces harmoniques dans le chant « xoomeï » des nomades mongols, dans le style « kargyraa » des Touvas de Russie, dans le « nmngqokolo ngomqangi » des Xhosas d'Afrique du Sud, ou encore chez les Bunun de Taïwan.

Dans l'un de ses textes[1]*, Trân Quang Hai, un de ses émules, écrivait : « L'utilisation du chant diphonique favorise la concentration. La connaissance des harmoniques engage l'être et le sens vers le polissage thérapeutique des certitudes les plus profondes... Quand l'harmonie émerge puis s'épanouit, le nettoyage de l'inconscient peut commencer. Pour les uns, le chant diphonique vous "envoie au septième ciel". Pour les autres, il vous plonge au cœur du mystère musical, là où les ondes sonores pénètrent le secret de la naissance de l'univers... C'est un chant magique, un secret des anciens chamans mongols, un yoga sonore pratiqué par des moines tibétains pour atteindre l'illumination, un chant à pouvoirs, une vibration qui pénètre jusqu'aux cellules. C'est le fameux chant qui guérit. »*

Cela ne lui suffisait pas. Il voulait aller plus loin. Il pouvait aller plus loin. À Paris, dans le studio d'enregistrement qu'il s'était aménagé, il s'était lancé de façon obsessionnelle dans des expérimentations sur les voix. Les sons. Enregistrant, déformant, retravaillant jusqu'à l'épuisement ces ondes sonores. Il y avait là quelque chose d'indicible à découvrir. Un mystère qui l'émerveillait.

Stéphanie, rencontrée à Sciences-Po, lui avait servi de cobaye volontaire. Il avait commencé par enregistrer ses gémissements quand ils faisaient l'amour, ses cris d'orgasmes qu'il retravaillait ensuite sur ordinateur pour les hybrider à des samples de morceaux électro.

1. Recherches introspectives sur le chant diphonique et leurs applications par Trân Quang Hai (CNRS-Paris) www.buddhaline.net.

Encouragé, il les avait fait écouter pour tester les effets de cette « musique » sur son entourage immédiat. Très vite, il était devenu un DJ apprécié dans ce milieu underground, presque clandestin, qui n'était encore que les prémices du mouvement techno en France. Derrière les platines, il s'était rapidement aperçu qu'il avait un don. Celui d'insuffler l'énergie au milieu d'une foule. À côté des Laurent Garnier, Pills, et autres précurseurs de la French Touch, il s'était imposé comme un outsider avec des mixes originaux, qui balayaient les dancefloors, transformaient les raveurs en pantins heureux.

Chaque fois, il injectait de façon subliminale les fameux harmoniques. En tant que DJ, il avait une vision, il pouvait lire l'âme des danseurs, de manière quasi mystique. Il disposait d'un pouvoir. De simple hobby, le Djing était devenu son métier. Un métier qui payait de façon indécente au fur et à mesure que la techno s'imposait comme une contre-culture de masse. Il pouvait toucher pour sa présence deux heures durant jusqu'à cinquante mille euros de cachet. L'argent lui coulait entre les doigts. La vie était facile. Au fil des ans, il s'était acheté plusieurs résidences autour de la planète. Le reste, il l'investissait…

Il avait mis trois ans à passer à l'étape suivante. Tuer un être humain et enregistrer son agonie. Fixer cette seconde où la vie abandonnait un corps. Il cherchait à capter dans le dernier cri cet instant où l'âme d'un être quittait définitivement l'enveloppe charnelle. Un pur moment de jouissance. Il avait convaincu Stéphanie de se laisser attacher au studio. Elle avait accepté, croyant à un jeu érotique. Il avait commencé par la pincer, la piquer. Elle avait protesté. Il l'avait giflée. Stéphanie s'était mise à pleurer, terrifiée, à le supplier quand il avait entrepris de la brûler sur les bras, les cuisses, la poitrine... Le supplice avait duré plusieurs heures. Il avait découvert qu'il n'éprouvait aucune compassion. Il était face à un corps dont il pouvait disposer. Il avait le pouvoir définitif, celui de vie et de mort. Stéphanie avait fini par expirer après qu'il l'eut étranglée plusieurs fois, repoussant à dessein les limites, cherchant à capter la perfection de ce dernier son, son dernier râle. L'essence de la vie dans la mort.

Son premier meurtre était presque parfait. Presque. Il avait été convoqué par la police pour un interrogatoire serré. Forcément soupçonné quand son père a égorgé sa mère et pourrit dans un institut spécialisé. Il avait fait l'erreur de supprimer sa petite amie, quelqu'un de proche – trop –, une personne à qui l'on pouvait le relier aisément. Il s'en était tiré sans dommage car le corps n'avait jamais été retrouvé. Pour le reste du monde, ses proches, elle avait simplement disparu. Depuis, il avait appris. À choisir. Des jeunes femmes au hasard. Il avait pris son temps, et il avait recommencé, torturé, tué... Encore et encore.

2.

Lundi 9 août.
Levallois-Perret, proche banlieue de Paris, 14 h 30.

— Az@zel est mort ? répète Marc, étonné.

— Oui, mort. Kaput. Décédé, répond Emmanuel.

— Mais comment ? insiste encore Marc.

— D'après ma source, il a été retrouvé chez lui à Cracovie par les flics. Les voisins s'étaient plaints d'une odeur pestilentielle.

— Meurtre ?

— Je n'en sais pas plus et surtout, je ne veux pas en savoir plus. Si cela t'intéresse tant que cela, il faudra que tu ailles poser tes questions en Pologne.

Emmanuel a déjà raccroché. Marc ravale une dernière question, et rengaine son téléphone. Pensif. Il réfléchit. Emmanuel a raison : il va devoir se rendre sur place pour en découvrir plus. Cette mort semble trop opportune, comme si quelqu'un voulait effacer ses traces. Az@zel avait-il connaissance de quelque chose qu'il n'aurait pas dû savoir ? Ou était-il impliqué dans le meurtre de Clara Riopelle ? Est-ce qu'un complice avait décidé de l'éliminer ? Beaucoup de questions sans réponse.

Katie a saisi le regard de Marc. Tourné vers l'intérieur. Concentré. Il l'inquiète par son intensité. Elle n'ose pas l'interroger.

3.

Mardi 10 août, *Arrecife Gran Hotel*
(Île de Lanzarote, archipel des Canaries), 21 h 15.

— **Lady J//** « Cherche connexions possibles entre musik Tek-Life et meurtres de jeunes femmes pendant tekno-parties. »

— **Ya004//** « Genre Tekno-Killer ? »

Se pouvait-il qu'après toutes ces années sans un signe, quelqu'un – enfin – ait compris ce qui se trame ? Ce pouvoir qu'il détient et comment il en fait usage ? L'homme frémit d'excitation.

L'écran de l'ordinateur portable scintille dans la pénombre. Une mince source de lumière qui enveloppe les ombres de la pièce d'un halo bleuâtre. Il se lève lentement. L'homme fait claquer les articulations de ses doigts entrecroisés, puis tire d'un coup sec sur celles de ses pouces. Une par une. Ensuite, il joue avec les muscles de son cou en faisant rouler sa tête d'un côté, et puis de l'autre. Il répète ce geste une dizaine de fois jusqu'à ce que les cartilages s'assouplissent et cessent de craquer. Le rituel l'a apaisé.

Une tasse de café fume encore sur la tablette du bureau. Il en avale une gorgée, puis s'allume une cigarette tirée d'un paquet entamé. L'homme se dirige vers une grande baie vitrée restée entrouverte. Il se glisse dehors en silence. Chargé de sel, saturé d'humidité, l'air est resté lourd et moite malgré les vents chauds venus du Sahara. L'individu s'accoude au parapet de la vaste terrasse panoramique qui court autour de la suite Deluxe située au seizième étage. La vue porte loin devant sur l'océan, les plages de Puerto Del Carmen à droite, et les cheminées de l'usine de déssalinisation de Costa Teguise à gauche. Quelques navires – un ferry, un porte-conteneur, une demi-douzaine de voiliers – croisent encore au large à cette heure. Un ballet bien réglé. Dans le ciel, il distingue les feux clignotants, verts et rouges, des avions charters effectuant leur dernière approche avant d'atterrir sur l'aéroport international tout proche. Entre les immeubles, des dizaines d'hirondelles et de chauves-souris virevoltent, s'entrecroisent, traquant les insectes sortis au crépuscule. Le combat incessant pour la vie. Tuer… Ou être tué.

Il reste là, un long moment à contempler la nuit qui s'installe. Quand sa cigarette s'éteint, il laisse filer le mégot dans le vide. Il reprend sa place devant l'ordinateur dont l'écran s'est obscurci. L'homme appuie sur une touche au hasard. Il y a un petit bruit, celui du processeur qui se remet en route. Puis la page de garde s'affiche et s'illumine à nouveau. Il fait glisser le curseur du trackpad et tape le mot « Tek-Life » dans l'espace « recherche ». Il clique. Une nouvelle fenêtre s'intercale, laissant apparaître une copie du forum de discussion du site www.tsugi.com, accompagné de l'échange de messages entre Lady J et Ya004.

« Comment a-t-elle fait le lien ? » se demande l'homme, intrigué. Il sourit.

Depuis des années qu'il pratique le « Grand Jeu », il a fini par se lasser de la facilité avec laquelle tout cela se déroule. Séduire, droguer, enlever, torturer, enregistrer, tuer, disparaître… Toujours dans cet ordre. Pays par pays. Selon ses déplacements. Une routine bien installée. Trop. Il y a bien l'excitation de la chasse, mais cela ne suffit plus… Un jour, il a décidé de corser les choses en ne dissimulant plus les corps de ses victimes. Il les abandonne maintenant dans des lieux symboliques et spectaculaires. Mais depuis trois ans qu'il a changé les règles du jeu, personne, ni les autorités, ni les médias, ne semble avoir pris conscience de sa présence. La planète est trop vaste. Son champ d'action trop étendu. Les meurtres trop espacés. Prédateur invisible. Et là, enfin, quelqu'un se manifeste.

« Teknokiller ? »

Ce nom l'amuse. Il claque comme une menace certaine. Implacable. Il s'étonne presque de ne pas y avoir pensé. Trop évident ! Le pseudo d'AÛM ou DJ AÛM lui suffit dans les milieux où il travaille. Ailleurs, là où il chasse, même s'il prend de plus en plus de risques calculés, la discrétion reste de mise.

« Teknokiller ? »

Décidément, ce pseudonyme a du punch. Peut-être que… Plus tard.

Ce qui l'intéresse maintenant, c'est de découvrir comment cette Lady J a réussi à faire le lien entre la Tek-Life et les meurtres. En même temps qu'il a pris la décision de ne plus cacher les corps de ses victimes, de changer son *modus operandi*, il s'est amusé à disperser d'autres indices sur le Web. Comme un jeu de piste à l'échelle de la planète. « L'invention » de la Tek-Life date de cette période. Depuis trois ans, il essaime le Net de ses compositions fantômes, testant leur impact sur différents DJ sélectionnés avec soin. Il utilise des sites éphémères pour faire entendre ses compositions. Ceux-ci s'évaporent en laissant un minimum de traces dès qu'ils ont touché leur cible. L'écoute d'un morceau entraîne la destruction immédiate du lien cybernétique. Il crée ainsi un halo de mystère, un parfum d'interdit, autour de sa musique. Il maîtrise suffisamment d'informatique pour s'assurer avec des mini-programmes espions une veille régulière autour des webzines et des blogs spécialisés en techno et électro. Il surveille par mots clés les échanges concernant la Tek-Life. Comme celui qu'il vient d'intercepter.

En un clic, il copie le pseudo de Lady J, puis démarre une recherche simple sur Google.com. Sa page d'accueil sur le site Myspace.com apparaît en tête de liste. Le site personnel de Lady J se télécharge instantanément, tandis que la boucle d'un morceau de musique électro entame son « tatapoum » en mode 2/2 à travers les haut-parleurs. Une composition aux nappes de synthé envoûtantes, et aux basses hypnotiques. La page d'accueil affiche plus de soixante-cinq mille visites depuis sa création, un bon millier de « friends », plusieurs photos de la jeune femme en plein set, une biographie succincte, un numéro de téléphone pour la joindre, une adresse mail et la date de ses prochains passages prévus au *Baron*.

Lady J n'est guère prudente.

Il fait défiler lentement la page, puis revient au début. Il examine longuement les photos de la jeune femme, puis clique en haut sur la droite pour écouter le mix et les compositions proposées en mode streaming. Il passe quelques minutes à zapper d'un morceau à l'autre, s'attardant sur les enchaînements. Satisfait, il referme le portable et se lève pour prendre l'air sur la terrasse. La nuit est maintenant complètement tombée. Il devine au large la masse sans cesse mouvante de l'océan Atlantique et distingue les lumières d'un paquebot naviguant en direction de Gran Canaria. Il allume une nouvelle cigarette. Il aspire le tabac à grandes bouffées avant de laisser filer la fumée. Un moment passe. Il réfléchit. Prend une décision, revient s'installer devant l'écran. Il ouvre sa messagerie mail et débute la rédaction d'un message.

Chapitre 27

« ... A little bird lit down on Henry Lee
She leaned herself against a fence
Just for a kiss or two
And with a little pen-knife, held in her hand
She plugged him through and through
And the wind did roar and the wind did moan
La la la la la
La la la la Lee... »

« … Un petit oiseau s'est posé sur Henry Lee
Elle s'est penchée par-dessus la barrière
Pour un baiser ou deux
Et avec un stylo effilé, caché dans sa main
Elle l'a transpercé encore et encore
Et le vent gémissait et le vent mugissait
La la la la la
La la la la Lee… »

(*Henry Lee* – Nick Cave & The Bad Seeds – *Murder Ballads* – 1996)

1.

Vendredi 13 août, Caleta de Famara (Île de Lanzarote, archipel des Canaries), 18 h 30.

Six mètres de long. La sinistre silhouette du requin-tigre jaillit en plein soleil, mâchoires ensanglantées…

Au bord de la route qui traverse la meseta aride et mène à la plage de Famara, le dessin stylisé s'étale sur le mur en crépi d'une bicoque à toit plat, comme un cube. Visible de tous.

Comme un avertissement.

Ces quatre derniers jours avaient défilé à toute vitesse pour le journaliste, la photographe et la DJette. Leur enquête pourtant n'avançait guère. Depuis mercredi, Marc se trouvait en Pologne. Seul. Il s'était rendu sur place aussi vite que possible. L'annonce de la mort d'Az@zel l'avait surpris. Il avait besoin de plus de détails, mais Emmanuel, fâché, avait déclaré forfait sur ce coup et refusé de l'aider. Il fallait donc se débrouiller autrement. Le lundi dans l'après-midi, Marc et Katie avaient retrouvé Jillian chez elle. La DJette avait sélectionné une demi-douzaine de clips vidéo de groupes liés à la Tek-Life. Elle avait choisi des extraits récupérés sur YouTube.

La violence rentrée des images de *Stress*, un morceau du duo français Justice lui avait laissé une impression désagréable. Portant des blousons de cuir frappés sur le dos d'un symbole en forme de croix, une bande d'adolescents – tous noirs – faisaient irruption dans le métro puis dans Paris. Ils agressaient des passants, cassaient des voitures. Apparemment gratuitement.

Malaise. Est-ce que c'était la musique qui induisait des comportements brutaux, ou le réalisateur du film voulait-il faire passer un autre message ?

Marc avait annoncé aux deux jeunes femmes la mort d'Az@zel. Jillian avait aussitôt sondé Internet, mais la toile ne livrait aucune information digne d'intérêt. Le performeur gothique ne semblait avoir aucun lien avec la Tek-Life. Sa disparition soudaine était pourtant troublante. Que signifiait-elle ? Se pouvait-il qu'il ait été éliminé ? Et par qui ? Pourquoi ? Son suicide était-il d'une façon ou d'une autre lié au meurtre de Clara Riopelle ?

La Bretagne, la Thaïlande, l'Ukraine, et maintenant la Pologne... Cette enquête commençait à ressembler à un jeu de piste à l'échelle de la planète. Chaque fois qu'il pensait avoir découvert un début d'indice, il se heurtait à la réalité, et celle-ci avait tout l'air d'un cul-de-sac. Katie voulait l'accompagner à Cracovie. Il avait préféré lui demander de rester à Paris avec Jillian pour tenter d'en savoir plus sur la Tek-Life. Il pensait ainsi que les deux femmes veilleraient l'une sur l'autre.

Comme Jillian le lui avait suggéré, Marc avait essayé de joindre Pierre Rebotini, mais l'officier de gendarmerie ne lui avait retourné aucun de ses appels. Cette absence de communication plongeait le journaliste dans une frustration grandissante. Il redoutait de perdre du temps pour rien en Pologne. Alors que peut-être d'autres jeunes femmes comme Clara ou Nava avaient été victimes ailleurs d'un tueur implacable.

Dans sa dernière édition, le magazine *Paris Flash* avait sorti un article signé Dominique Legrand, avec une accroche en couverture sur les suites de l'affaire Clara Riopelle. Le journaliste y dressait un long portrait détaillé de Patrick Le Dimlin. Suicidé et présumé innocent. Le papier avait pour titre : « Un mort pour rien ? » La bonne nouvelle, c'est que Patrick Boudou avait respecté son engagement. Rien n'avait filtré sur Kho Samui. Depuis la mise au point de lundi, le rédacteur en chef ne l'avait d'ailleurs jamais rappelé.

2.

Le paysage aride qui s'offre à leur vue semble tout droit sorti d'un mélange de scènes d'*Il était une fois dans l'Ouest* de Sergio Leone et du *Grand Bleu* de Luc Besson. Devant Katie et Jillian, la route file comme un long ruban droit vers le bleu ardoise de l'océan Atlantique.

À gauche, la plaine sableuse, piquée çà et là de taches de vert pâle, de rouille et de marron, s'étire jusqu'au cratère écroulé d'un volcan éteint. À droite, au loin, une immense falaise bloque le panorama. Quelques nuages s'effilochent en bandes filandreuses, s'accrochant à ses sommets aigus. Au-dessus, profitant des vents chauds, une douzaine d'ailes volantes et de parapentes planent lentement dans le ciel.

Au bout de l'asphalte, à l'endroit où pointe comme un phare une antique éolienne en bois, commence une large étendue de sable blanc. Elle s'étend en demi-lune sur plusieurs kilomètres.

Plus loin encore devant, une petite île couverte de dunes, la Graciosa. Et là-bas, à l'horizon, une autre en forme de cube, la caldeira d'Alegranza, brûlée par les vents et le soleil. Elle se distingue à peine dans les dernières brumes de chaleur de la journée.

La DJ et la photographe restent silencieuses quelques secondes, penchées en avant sur leur siège.

— C'est beau, hein ? souffle Jillian.

— Pas mieux, confirme Katie, heureuse d'être là.

* * *

Le mercredi soir, Jillian lui avait demandé de passer à l'appartement. Elle voulait lui parler de quelque chose. Katie avait senti l'excitation de la jeune femme au téléphone. À son arrivée, Jillian lui avait annoncé la nouvelle. C'était une invitation de dernière minute, mais la DJette avait été conviée dans l'après-midi par un coup de fil des organisateurs à venir se produire lors d'une rave-party réputée, la « Caliente Tekno ». La fête était organisée sur l'île espagnole de Lanzarote, la plus septentrionale de l'archipel des Canaries dans l'Atlantique. Plusieurs DJ et groupes importants étaient programmés dont les Italiens de Bloody Beetroots, le Néerlandais Speedy J et les duos français du moment, Justice, The Shoes et Atman.

— Tu te rends compte ? s'était écriée Jillian, excitée. C'est la première fois que l'on me demande de jouer dans une raves-party de cette importance. Si j'assure…

— C'est génial, Jillian. Vas-y, fonce !

— Tu crois ?

— Mais bien sûr, qu'est-ce qui t'empêche de dire non ?

— Mais l'enquête. Je ne veux pas vous laisser en plan comme ça.

— Jillian, rien ne t'oblige à rester à Paris.

— Mais Marc…

— Marc est en Pologne. Il n'a pas besoin de nous.

— Tu veux dire que tu serais prête à m'accompagner ?

— Mais bien sûr, ma chérie. J'espère bien que c'est ce que tu voulais me demander, non ?

— Oui, avait admis Jillian.

— Quand est-ce que l'on part ? avait demandé Katie.

— Vendredi.

— OK. On prévient simplement Marc.

— Merci.

Katie s'était dit que c'était le moment d'aborder le sujet du journaliste avec la DJette.

— Il te plaît, avait remarqué la photographe.

— Qui ?

— Marc.

Jillian avait hésité avant de répondre.

— Il n'est pas vraiment beau, mais il a quelque chose de mystérieux, d'insaisissable, de triste. J'ai envie de le voir sourire. Je sais que je lui plais, mais c'est comme s'il ne s'autorisait rien. C'est la première fois que je craque pour ce genre de mec. Mais c'est comme s'il ne voulait pas me voir.

Katie avait failli lui parler de Bali. Elle aurait peut-être dû. Elle avait hésité. Et le moment était passé. Elle ne savait pas… Elle ne savait plus. Marc l'horripilait et l'attirait tout autant. Mais pas comme Jillian. Comme un frère. C'est ça, comme un grand frère que l'on sent abîmé par la vie. Prêt à sombrer.

* * *

Aux abords de l'océan, le bitume se divise en deux bandes égales. Une route qui file à gauche vers le petit village de Caleta de Famara avec ses maisons blanches blotties les unes contre les autres. Une autre à droite longe la plage sur quelques centaines de mètres avant de se transformer brutalement en chemin de terre et de pierres. Il remonte brusquement en direction de la falaise, contourne un lotissement de villas dissimulées dans le paysage. Des murets en blocs de laves noires les encerclent pour les protéger des assauts du vent et du sable.

José, leur chauffeur, engage la voiture sur la voie de droite. Il indique la baie :

— Regardez… Vous les voyez là-bas ? Les vagues et les surfeurs dessus !

De longs rubans d'écume se déroulent à intervalles réguliers dans la baie. Entre deux trains de houle, des dizaines de silhouettes allongées sur leurs planches remontent le courant en s'aidant des bras pour se replacer au *peak*, à l'endroit où l'océan recommence à moutonner. Quand une vague lève, juste avant qu'elle ne blanchisse, une demi-douzaine de surfeurs s'agitent, pagayant au coude à coude, et s'élancent pour chevaucher l'onde. Les plus doués tracent des S éphémères. Les autres s'écroulent en bas de la vague, rattrapés par l'écume qui déferle.

Le spectacle, au milieu de ce paysage digne d'un des premiers matins du monde, captive les deux jeunes femmes. Un coup de klaxon d'une camionnette qui patiente derrière la voiture les tire de leur rêverie. Leur chauffeur accélère et contourne le lotissement dans un nuage de poussière. Il s'arrête près d'une petite guérite en bois qui marque le début du territoire où va se dérouler la raves-party.

Vêtu d'un short jaune et rouge, un Espagnol attend. Une paire de lunettes noires sur le nez. Il a l'allure d'un surfeur, peau brunie par le soleil, et arbore une impressionnante série de tatouages ethniques qui courent des épaules jusqu'aux avant-bras. Nonchalamment, il lève une main pour qu'ils ralentissent.

— Holà, José, comment ça va ? Qui amènes-tu ?

— C'est Lady J, une DJ française. Elle joue ce soir. Et il y a son amie, une photographe.

Le surfeur consulte une liste, repère les deux noms. Il les coche et fait signe de traverser.

— C'est bon, c'est bon… Allez-y.

Le chemin de terre grimpe jusqu'à une petite butte. La voiture bringuebale entre les nids-de-poule. José s'arrête un instant au sommet. Un autre panorama magique s'offre aux deux jeunes femmes.

Au pied de la falaise, entre la plage et les premiers contreforts rocheux, s'étend une pampa rocailleuse traversée par une mauvaise route poussiéreuse. En bord de l'océan, les organisateurs ont planté en contrebas de la montagne une demi-douzaine de tentes. Un vaste terre-plein a été dégagé. Plusieurs murs de baffles et une estrade réservée aux DJ ont été installés. Déjà, un bon millier de personnes se presse sur place. Des centaines d'autres encore arrivent en marchant par la plage. L'endroit paraît idéal pour programmer une raves-party géante… Pas de voisin, une nature sauvage et belle.

3.

Vendredi 13 août, Caleta de Famara
(Île de Lanzarote, archipel des Canaries), 21 heures.

La foule se met à rugir de plaisir. Une vocifération immense couvre presque le bruit des vagues pourtant toutes proches qui se lèvent sur les bancs de sable et se fracassent en contrebas des dunes. Le staccato de la séquence électro que Jillian a programmée en introduction, commence à crépiter comme les balles d'une rafale de mitrailleuse lourde jaillissant du mur d'enceinte. Elle couvre la clameur des hommes.

Le son prend peu à peu de l'ampleur, de l'épaisseur, imposant son tempo synthétique, ses nappes hypnotiques à l'assemblée des raveurs euphoriques. Un écouteur sur l'oreille pour anticiper les accélérations du *beat*, la jeune femme lance un coup d'œil en direction de la plage. Un instant, elle en a le souffle presque coupé. Il doit y avoir maintenant cinq mille personnes qui trépignent, tournant le dos à l'océan, martelant le sable de leurs pieds nus… Tétanisée par l'enjeu, elle revoit une partie de la playlist qu'elle a préparée sur une feuille volante scotchée à son ordinateur. Sa présence symbolique la rassure. Elle y a inscrit les titres qu'elle compte programmer au cours de son passage. Un savant mélange de morceaux connus, voire ultra connus comme ceux de KLF et New Order, et de nouveautés qu'elle a minutieusement sélectionnées une journée durant à Paris dans son appartement, toutes déjà testées en situation au *Baron* pour leur impact et leur efficacité sur les pistes de danse. Mais jamais dans une fête de cette ampleur.

Love the machine – MARTINI BROS
Grand Ideas – LINDSTROM
Droplets – DUBSHAPE
Thirteen – GENOME
Blue Monday – NEW ORDER
I want I want – DIGITALISM
What time is love ? – The KLF
Sleep deprivation – SIMIAN DISCO MOBILE
Believe in me – UTAH SAINTS

Les fichiers de son ordinateur contiennent plus de trois gigaoctets de mémoire, soit au bas mot près de huit cents titres. Plus de deux jours de musique sans discontinuer si nécessaire. Mais la quantité n'a pas d'importance. Ce qui compte, c'est son talent à raconter une histoire avec des sons, à embarquer les danseurs dans son propre voyage intérieur. Jillian a une idée de la direction musicale qu'elle veut emprunter, mais la jeune femme sait qu'il lui faut sans cesse surveiller les réactions de la foule pour réussir sa session. Il ne suffit pas d'enchaîner un morceau après l'autre. Il s'agit d'autre chose. Un moment d'inattention, et l'enthousiasme retombera…

Les organisateurs l'ont programmée alors qu'il fait encore jour. Ce n'est pas la situation idéale, mais le soleil qui disparaît derrière les volcans millénaires de Lanzarote jette ses derniers feux et illumine l'horizon de rose, de jaune et de pourpre. Si Dieu lui-même s'était amusé à ripoliner le ciel, il n'aurait pas pu faire mieux. C'est un atout à prendre à son compte. Comme les images en Technicolor d'un film dont elle composerait en direct la bande originale.

Jillian joue sa partition.

D'une pression, elle ralentit le rythme, puis programme la montée magnétique et solennelle d'un remix disco de *Grand Ideas* signé Lindstrom. Suivant les réactions des danseurs d'un œil, elle l'hybride en douceur avec le thème de *Chase*, la bande originale du film *Midnight Express* composée par Giorgio Moroder. L'équivalent d'une madeleine de Proust musicale pour les raveurs avec son gimmick de synthés guimauve. Imité au moins un bon millier de fois depuis 1978 par tous les groupes pop à l'affût d'un tube formaté. Jillian adore surprendre, déranger, puis ravir son audience avec l'irruption dans un mix à l'humeur sombre de morceaux plus joyeux, destinés au grand public. La DJette capte le geste de Katie.

La photographe lève la main gauche, formant un « O » avec le pouce et l'annulaire.

OK.

OK. Jillian a deux heures devant elle. Le soleil a maintenant totalement disparu derrière les caldeiras de San Juan. Et la nuit s'avance avec ses belles promesses…

Jillian n'a jamais joué devant autant de monde. Il suffit d'une pichenette sur son ordinateur pour modifier subtilement la composition du morceau qui fait vibrer les baffles. Et infléchir l'humeur et la façon de bouger de cinq mille personnes. Une petite altération, une variation, un ajout ou un retrait qu'elle peut programmer directement sur le laptop connecté aux platines. Quelques nanosecondes plus tard, sa décision se répercute sur l'équilibre de chacun des danseurs, transforme le balancement de leurs corps, de leurs membres. Les mouvements des bras, des jambes, les hanches se dissocient.

Elle influence la façon dont chacun ressent le chant des machines.

Pendant un bref instant, Jillian se sent investie du pouvoir d'une vestale, une Pythie moderne décidant du cours des destins de ses sujets, un pouvoir qui lui permet, à son bon plaisir, d'accélérer ou de ralentir entre quatre-vingts et cent quarante BPM la vie des danseurs rassemblés à Playa de Famara.

À l'écart, en lisière du cercle de lumière délimité par les spots, l'homme se tient immobile, une cigarette à la main. Il a éloigné la migraine avec les cachets habituels. Il aspire une longue bouffée, puis expire lentement la fumée. Dans le fracas des baffles, son attitude tranquille le distingue de la foule rendue hystérique par les déflagrations électro. Personne ne lui prête attention. Il se sait invisible, comme si la cadence imposée par Jillian aux danseurs anesthésiait une partie de leur conscience.

Une interruption soudaine dans le rythme, puis une nouvelle montée d'ultra-basses se met à secouer le mur d'enceinte. Quasi instantanément, la masse compacte formée par les cinq mille raveurs modifie son organisation. Avec les bras, ils miment sans se concerter un mouvement de houle rapide, l'onde sonore se propageant d'individu à individu…

L'homme apprécie et sourit. Il reporte son regard sur la jeune femme concentrée derrière sa table de mixage. Jérôme la distingue à peine depuis son point d'observation. De temps en temps, l'éclat d'un spot tournoie dans ses cheveux roux et l'enveloppe quelques secondes d'une aura écarlate… Lady J est prête. Presque. Il est temps de lui envoyer un message. Il sait pourtant qu'elle ne le comprendra pas. Pas tout de suite.

Chapitre 28

« ... A little bird lit down on Henry Lee
Came take him by his lilly-white hands
Came take him by his feet
And throw him in this deep deep well
Which is more than one hundred feet
And the wind did howl and the wind did blow
La la la la la
La la la la Lee... »

« …Un petit oiseau s'est posé sur Henry Lee
Est venu l'entraîner avec ses mains aussi blanches que des lis
Est venu l'entraîner par les pieds
Et l'a jeté là-bas si profond
À plus de trente mètres de fond
Et le vent hululait et le vent soufflait
La la la la la
La la la la Lee… »

(*Henry Lee* – Nick Cave & The Bad Seeds – *Murder Ballads* – 1996)

1.

Vendredi 13 août, Caleta de Famara (Île de Lanzarote, archipel des Canaries), 23 h 10.

Jillian vient de laisser sa place derrière la console à un nouveau DJ. Un local ayant pour nom de scène Odizeus. Il l'a chaudement félicitée en prenant les commandes. Une ovation salue son départ. Elle trébuche et manque de s'écrouler, épuisée par la tension nerveuse accumulée.

Les dernières notes stridentes d'une guitare acide tirées d'un morceau techno-punk de Digitalism s'évanouissent, remplacées par les nappes cotonneuses et réconfortantes d'un air de disco baléarique. Les stars de la soirée, Atman, ne sont pas attendues avant 1 heure du matin. Jillian a aperçu brièvement le duo en coulisses, silhouettes vêtues de noir.

Katie l'appelle, mais Jillian n'a pas le temps de lui répondre, happée par un cercle d'admirateurs la pressant de signer des autographes au nom de « Lady J ». La séance se prolonge jusqu'à ce que Pedro, un des organisateurs, lui propose d'aller manger un morceau dans la grande tente militaire plantée un peu à l'écart de la plage, au pied de la falaise de Famara.

Le son de la rave lui parvient maintenant de manière étouffée, comme un bruissement synthétique. Une palpitation sur laquelle vient se superposer le fracas des vagues déferlant sur le sable. Suivant son guide, Jillian s'écroule sur un banc. On lui sert une assiette d'une salade de pâtes, un peu de charcuterie locale et un verre de sangria. Les gens se pressent de toute part, et s'apostrophent en anglais et en espagnol. Des mains inconnues la frôlent, la touchent, se posent sur ses épaules pour saluer sa prestation. Dans le brouhaha, elle distingue des bribes de compliments qui reviennent, et qui lui sont adressés.

Elle se retourne, un morceau de papier plié en deux est là sur la table. Placé en évidence sous son verre. Elle le déplie, lit le message rédigé en lettres Times New Roman Italique sans comprendre.

« Attends. Regarde. Écoute, et... Rejoue. »

Qu'est-ce que c'est que ce truc ?
Jillian froisse la feuille et l'abandonne dans le sable.

2.

Samedi 14 août, *Arrecife Gran Hotel*
(Île de Lanzarote, archipel des Canaries). 16 h 15.

— Je te le dis, c'est le jackpot, mec ! s'enthousiasme Dimitri au téléphone. L'album a déjà dépassé les trois cent mille ventes aux États-Unis. Depuis hier, il est classé officiellement numéro un des ventes sur I-Tunes. Je reçois des coups de fil de partout. C'est la folie ! Tout le monde veut la présence d'Atman. J'ai déjà des propositions pour deux festivals dont le Lolapolooza. Et c'est la même chose en Grande-Bretagne ! Si vous êtes d'accord, je commence à vous préparer une tournée des clubs de la côte Ouest dès septembre. Vous allez cartonner !

AÛM a peu dormi. Beaucoup de choses à faire dans la nuit. Il a pris ce qu'il fallait pour tenir le coup. Une petite pilule. L'appel de Dimitri ne le surprend même pas – il a tout fait pour que cela arrive – mais il voudrait l'abréger avant que la migraine ne le reprenne.

— Merci, Dimitri, répond-il. As-tu prévenu les autres ?

— Bien sûr que non ! Je voulais que tu sois le premier à le savoir.

— Occupe-t'en. Quelle est la suite du programme ? Ibiza, je suppose ?

— Oui, vous avez un set de prévu dimanche soir au Pacha. Vous avez un avion demain dans l'après-midi. Au fait, hier, cette fille… Lady J ? Comment s'en est-elle tirée ?

— Elle a du potentiel.

— Est-ce que tu veux que je la fasse programmer de nouveau pour une soirée Tek-Life sur Ibiza ?

— Je veux prendre un peu de temps avant de lui faire signer quoi que ce soit. Merci d'avoir fait ce qu'il fallait.

— Attends, il y a encore une chose ! dit Dimitri.

— Quoi ?

— Je n'ai pas eu le temps de t'en parler…

— Quoi donc ?

— C'est arrivé en début de semaine. Lundi. Un reporter de *Paris Flash* a demandé à me rencontrer. J'ai accepté. Il voulait me poser des questions sur la techno.

— Et alors ?

— Tu sais, ce n'était pas le genre de journaliste habituel. Plutôt le type grand reporter, un spécialiste de faits-divers. Un drôle de mec.

— Que voulait-il ?

— C'était étrange. Il voulait savoir si j'avais déjà entendu parler d'histoires de mutilations et de meurtres de jeunes femmes liées à des soirées techno. Genre snuff-movie. Tu le crois ça ?

DJ AÛM sent son estomac se nouer. Le sang affluer

plus vite dans ses artères, pulser plus vite dans ses veines. Enfin…

— Et que lui as-tu répondu ? demande-t-il.

— Que je n'en savais rien. Que c'était du pipeau.

* * *

— Allô, Katie ?

— Oui, répond la photographe.

La sonnerie du portable l'a réveillée brusquement. Elle regarde autour d'elle, se demande où elle est, avant de réaliser qu'elle a dormi dans une chambre d'hôtel. Elle jette un coup d'œil au réveil sur sa table de chevet. Il est 17 heures.

— C'est Marc. Je suis à Paris, je viens de rentrer de Pologne. Tout va bien à Lanzarote ?

— Oui, répond la photographe. Nous nous sommes couchées tard. Jillian a assuré. Tout le monde ne parlait que de Lady J après son passage. As-tu trouvé quelque chose sur Az@zel ?

— Si on veut.

— Pardon ?

— C'est une impasse. J'ai eu accès au rapport de la police de Cracovie. Il est mort d'une overdose.

— Suicide ?

— Mort accidentelle plutôt. Il a un peu trop forcé sur les paradis artificiels. Dommage pour un type qui prédisait la fin du monde, il ne sera pas là pour y assister, ironise Marc.

— Dans quelle direction comptes-tu chercher maintenant ? demande Katie.

— Actuellement, je n'en sais trop rien. J'ai l'impression d'errer dans un labyrinthe. J'ai perdu quatre jours à Cracovie pour faire chou blanc. Ce matin, j'ai relancé Robert notre fixeur à Kho Samui au cas où il aurait du nouveau. Mais je n'y crois pas trop. Il reste toujours la Tek-Life. Sais-tu si Jillian a eu des nouvelles des IkonoKlastes ?

— Elle ne m'en a rien dit.

— C'est peut-être notre seule chance d'avancer, lâche Marc.

Katie a senti l'abattement de Marc.

— Veux-tu que l'on rentre plus tôt ? propose-t-elle.

— Non, ça ira. Votre avion de retour est prévu pour quand ?

— Demain en début d'après-midi. Nous arrivons en fin de journée.

— Je vous attendrai à l'aéroport.

3.

Dimanche 15 août, Parc National de Timanfaya (Île de Lanzarote, archipel des Canaries), 8 h 30.

Il est encore trop tôt. À cette heure, à part lui, personne sur la route. Juan apprécie ce moment de solitude. Les premiers touristes n'arriveront pas avant une bonne heure. En voiture de location ou en autobus… Comme d'habitude, ils défileront toute la journée en procession, pour poser entre deux blocs de laves avec le cratère d'un volcan éteint en fond d'écran. Juan vient tôt. Toujours. Cela lui laisse le temps de se préparer une tasse de café avant de prendre son service à l'entrée du parc. Il se demande ce que pourraient bien visiter les touristes à Lanzarote si les « Montanas del Fuego » n'avaient pas entièrement ravagé cette partie de l'île au dix-huitième siècle, remodelant le paysage comme aux premières heures du monde. Nu, sombre et menaçant. Si, il y a toujours les plages…

Le ruban de bitume serpente entre les champs cendrés de lave. Quelques taches de vert signalent les vignes plantées sur ce terreau à l'air aride mais si fertile, protégées du vent par des murets de pierre. Un panneau en bois avec l'effigie d'un diablotin grimaçant – cornes et queue fourchue – imaginé par César Manrique, une célébrité locale, indique l'entrée du petit parking au mitan du parc national. C'est là que Juan travaille. Il gare sa voiture.

Sur un affleurement de roches noires distant d'une centaine de mètres, celui qui émerge comme des crocs de la lave et qu'il se plaît à comparer au dos d'un dragon, une tache claire a attiré son regard. Une bâche plastique amenée par le vent ? Il claque la portière et s'approche.

Chapitre 29

« ... A little bird lit down on Henry Lee
Lie there, lie there, little Henry Lee
Till the flesh drops from your bones... »

« … Un petit oiseau s'est posé sur Henry Lee
Reste allongé, reste allongé, petit Henry Lee
Jusqu'à ce que la chair se détache de tes os… »

(*Henry Lee* – Nick Cave & The Bad Seeds – *Murder Ballads* – 1996)

1.

Dimanche 15 août, aéroport d'Orly, 18 heures.

Katie rallume son portable. Il y a deux messages. Elle se lève pour prendre son sac dans le coffre au-dessus d'elle et laisse passer quelques passagers pressés de quitter l'avion après quatre heures de vol. Jillian est déjà devant. Elle se hâte aussi vers la sortie. Katie la suit, tenant son téléphone contre son oreille…

— Katie, c'est Marc. Il y a eu un nouveau meurtre…

La photographe n'a pas le temps d'écouter la suite.

Dans le couloir, deux policiers l'attendent et lui font signe de raccrocher. Jillian est tenue à l'écart, entourée par deux autres malabars en uniforme.

— Qu'est-ce qui se passe ? demande Jillian.

Le lieutenant Rebotini lui fait face. Il la dévisage intensément.

— Ce matin, l'informe-t-il, aux alentours de 8 h 30, le cadavre d'une jeune touriste allemande nommée Eve Lindermann a été découvert en Espagne. Son assassin a utilisé le même mode opératoire que pour Nava Sheraïm et Clara Riopelle. Avant de mourir, cette jeune femme a été torturée et mutilée pendant des heures.

— Où en Espagne ? souffle Jillian, glacée.

— À Lanzarote.

Jillian se tétanise, choquée.

— C'est impossible !

— Je sais. Cela paraît difficile à croire. Vous étiez tout près du tueur, et vous n'en auriez rien su s'il n'avait pas frappé. Katie Jeckson, votre amie, a eu la même réaction quand je l'ai interrogée tout à l'heure. Elle n'y croyait pas.

— Pourquoi cet interrogatoire ? Sommes-nous suspectes ?

— Non, répond le gendarme. Pour le moment, non.

— Je ne comprends pas. Qu'est-ce que j'ai à voir là-dedans ?

— Mademoiselle, il y a un problème.

— Lequel ?

— Vous.

Pierre Rebotini examine Jillian. À première vue, la jeune femme DJette a toutes les réactions d'une biche effarouchée, mais il sent aussi sa volonté farouche derrière l'apparente fragilité. Ne pas se fier à la première impression. Les faits. Toujours les faits. Que sait-elle ? Jillian ne cille pas lorsqu'il l'interroge. Il est conscient qu'il n'a pas grand-chose pour la retenir, mais sa présence sur l'île de Lanzarote alors qu'un nouveau meurtre a été commis ne peut pas être qu'une simple coïncidence. Que faisait-elle sur place ?

Quand en fin de matinée, son unité a été mise en alerte, avertie de la similitude des blessures entre Clara Riopelle et Eve Lindermann, il a immédiatement pensé à Marc Torkan. Cela faisait six jours que le journaliste lui laissait des messages. Chaque fois, il lui demandait s'il avait les noms d'autres victimes. Le lieutenant s'en veut de ne pas y avoir prêté plus d'attention. Il s'était tenu à la ligne officielle définie par ses supérieurs. Éviter tout contact avec les médias après les deux fiascos précédents autour de l'affaire de Brocéliande. Il aurait su plus tôt pour cette piste techno que suivait le reporter de *Paris Flash* et la photographe. La découverte du studio d'enregistrement en Bretagne aurait pourtant dû lui mettre la puce à l'oreille. Quand il a rappelé Marc Torkan pour lui annoncer ce troisième meurtre, et ses similitudes avec les deux autres, le journaliste a accusé le coup. Pas longtemps.

Marc a vite réagi. C'est lui qui l'a prévenu de la présence à Lanzarote de Jillian et Katie. Il s'inquiétait d'abord pour leur sécurité. C'est encore Marc qui a fait part de la piste qu'il tentait de corroborer jusque-là sans succès d'un tueur lié au milieu de la techno. Il a débité rapidement ce qu'il avait : la Full Moon Party en Thaïlande, le festival Astropolis avec Az@zel, la Tek-Life, et maintenant cette raves-party mortelle à Lanzarote… Une rapide vérification auprès de la police polonaise a confirmé à Pierre Rebotini que le nouveau messie était bien décédé d'une overdose.

Le lien entre Brocéliande et Lanzarote, c'est un informaticien de la gendarmerie qui l'a fait en comparant les programmations d'Astropolis et de Caliente Tekno. Deux fêtes techno. Chaque fois, un même groupe de Tek-Life, Atman, était dans les parages. Curieuse coïncidence, mais il le savait, rien de déterminant.

Il y a une heure, la police espagnole lui a confirmé l'interpellation du duo pour être entendu lors de leur descente d'avion à Ibiza. Pierre n'est pas sur place. Il ne peut pas agir sur le cours des choses. À part interroger cette Lady J.

— Pourquoi avez-vous été invitée à vous produire à Lanzarote ? demande-t-il à la jeune femme

Elle le dévisage. Interdite. Elle reste muette quelques secondes. Puis lui répond avec fierté :

— Je suis DJ. Et je n'ai rien à voir avec ces meurtres.

* * *

— Lieutenant ?

— Je ne veux pas être dérangé, répond Pierre Rebotini, agacé.

— Lieutenant, insiste le policier qui a entrouvert la porte de la salle d'interrogatoire. J'ai un journaliste qui insiste pour vous voir. Il menace de faire un scandale. Il dit que nous n'avons pas de commission rogatoire pour interroger les deux jeunes femmes.

— Il a raison. Son nom ?

— Il prétend qu'il vous connaît. Il s'appelle Marc Torkan.

En l'entendant, le visage de Jillian s'éclaire. Comme si l'annonce que Marc était dans les locaux suffisait à la rassurer. Pierre Rebotini le note dans un coin de sa tête. Il se lève et dit :

— Mademoiselle, nous reprendrons à mon retour.

Dans le couloir, un second policier les rejoint.

— Lieutenant, l'Espagne vient d'appeler. Ils ont bien arrêté les deux membres d'Atman, mais ils semblent apparemment hors de cause. Ils ont passé la nuit sur place jusqu'à l'aube avec les organisateurs qui l'ont confirmé. Nous avons fait les vérifications d'usage. Mais il manquait un homme. Il y avait une troisième personne qui les accompagnait à Lanzarote, leur producteur, un DJ dont le nom de scène est AÛM. Cet homme n'était pas présent à l'embarquement à l'aéroport Arrecife de Lanzarote. Il les avait prévenus qu'il préférait voyager de son côté. Cela lui arrive souvent, semble-t-il. Nous avons vérifié. Personne portant son nom n'a embarqué à l'aéroport d'Arrecife. Il pourrait être encore sur l'île. La police espagnole est prévenue, et cherche à l'entendre.

— Quel est son nom ?

— Je vous l'ai dit DJ AÛM.

— Je vous ai demandé son nom.

— Pardon lieutenant. Il s'appelle Ulrich Ladik.

— OK. Libérez la DJette et la photographe et concentrez vos efforts sur ce type ! C'est peut-être notre homme !

2.

Dimanche 15 août,
Aéroport de Madrid (Espagne), 18 h 45.

Enfin, le Grand Jeu commence.

Il est temps d'y aller. Ulrich Ladik se présente à l'embarquement du vol Madrid-Berlin prévu pour 19 h 15.

L'hôtesse jette un coup d'œil à son ticket et au passeport. Il indique sous sa photo le nom de Nicola Paar, nationalité britannique. Elle lui sourit et fait signe de suivre les autres passagers. Ulrich/Nicola rempoche le document d'identité. Il en possède trois, sous trois identités différentes dans le sac à dos qu'il porte à l'épaule. L'argent n'a pas de frontières. Les tueurs encore moins.

Ce matin, il a fait le tour de l'île de Lanzarote dans sa voiture de location. Un œil sur l'océan, il a longé la côte en prenant par Jameos del Agua, Punta de Las Mujeres, Arrieta, Mala, Guatiza… Il a contourné Costa Teguise, ne s'est pas arrêté à Arrecife. Il est passé devant l'aéroport et a continué en direction du sud de l'île à une trentaine de kilomètres. Il a – bien sûr – évité le parc naturel de Timanfaya. À cette heure, la route devait de toute façon être encore bloquée par la police. À Playa Blanca, le ferry pour l'île voisine de Fuerteventura était programmé pour 2 heures de l'après-midi. En attendant, silhouette anonyme parmi les touristes en shorts, Ulrich/Nicola a commandé un café – pas terrible – à la terrasse d'un des nombreux restaurants qui bordent le front de mer. À l'heure prévue, il a embarqué avec son véhicule. La traversée a duré trois quarts d'heure. Ennuyeuse. Il en a profité pour jeter par-dessus bord son téléphone portable et le passeport au nom de Ladik. L'océan les a engloutis aussitôt. À Corralejo, il a repris la route et filé à travers Fuerteventura jusqu'à l'aéroport de Puerto de Rosario. À 16 heures, il a laissé les clés de sa voiture au loueur. Il a embarqué deux heures plus tard pour le vol UX 1025 à destination de Madrid. Sur le trajet, Ulrich/Ian est resté branché sur la radio pop/électro Buzz FM. La station commerciale a passé deux morceaux d'Atman. En chemin, il ne se souvient pas d'avoir rencontré le moindre policier.

Chapitre 30

« ... For the girl you have in that merry green land
Can wait forever for you to come home
And the wind did howl and the wind did moan
La la la la la
La la la la Lee... »

« … Car la fille que tu as dans ton pays vert et merveilleux
Peut attendre ton retour à la maison pour l'éternité
Et le vent hululait et le vent mugissait
La la la la la
La la la la Lee… »

(*Henry Lee* – Nick Cave & The Bad Seeds – *Murder Ballads* – 1996)

1.

Vendredi 20 août.
Playa de Famara (Lanzarote), 12 heures.

Trois jours. Trois jours qu'ils sont sur cette saloperie d'île, et… rien ! La piste techno semble à nouveau ne mener nulle part. Une jeune femme a pourtant perdu la vie. Marc enrage.

Putain d'Anglais ! Chaque année, ils étaient plusieurs centaines de milliers à venir rougir sur les plages des Canaries. Deux d'entre eux avaient décidé de s'offrir leur quart d'heure de célébrité après s'être présentés comme des témoins clés du meurtre de la touriste allemande. Ils s'étaient répandus avec force détails dans les tabloïds britanniques. Marc s'était aussitôt envolé avec Katie pour Lanzarote. Ils venaient de retrouver le mari et la femme dans une résidence de vacances bon marché du côté sud de l'île, à Puerto del Carmen. Les deux Anglais, un supporter de Manchester United au crâne rasé et sa compagne aux allures de bouledogue, avaient commencé par demander de l'argent. Beaucoup d'argent. Comme c'était l'usage en Grande-Bretagne. Marc avait fait mine de sortir son chéquier, mais il s'était vite rendu compte qu'ils ne savaient rien. En rentrant de discothèque après le lever du jour, le couple avait pris la route des volcans pour revenir à son hôtel. Ils n'avaient rien vu sinon la camionnette des pompiers et la civière sur laquelle le corps de la victime avait été déposé. Encore un cul-de-sac. Marc s'était retenu de gifler ce double concentré de connerie. Les deux Anglais rêvaient sans doute déjà de participer à une émission de télé-réalité en tant que « témoins d'un meurtre abominable ».

Marc observe au large le gracieux ballet des surfeurs sur les vagues de Famara. Il aimerait les rejoindre. Une autre fois. Le contact avec l'océan lui manque. Il reporte son regard sous la gigantesque falaise de basalte qui domine la plage, à l'endroit où la rave-party s'est déroulée une semaine plus tôt. Les tentes, les baffles et la scène ont disparu. Vendredi dernier, il y avait là cinq milles danseurs, une jeune femme nommée Eve Lindermann et un tueur. Ulrich Ladik ? L'homme s'est évaporé. Et à part sa disparition inexpliquée, rien ne prouve qu'il est connecté au meurtre. La piste techno paraît une chimère, un leurre comme ces lamparos que les pêcheurs accrochent au bout de leur barque la nuit pour attirer les poissons. À peine se dessine-t-elle qu'elle se dissipe. Atman, le duo de Tek-Life, a été relâché sans être inquiété par la police espagnole. Le groupe s'est déjà envolé vers les États-Unis pour profiter de son succès. En France, la gendarmerie n'a toujours aucun élément concret pour lancer une inculpation. C'est la seule chose que le lieutenant Rebotini a bien voulu lui confier. Pas de quoi faire un papier. Que pourrait-il écrire d'ailleurs ? Amis lecteurs, moi le grand reporter intrépide, blessé par la vie, je croyais avoir une piste. Elle se révèle aussi vaporeuse et fugace que la fumée de mon cigarillo. Patrick Boudou ne l'a même pas rappelé. Il se demande pourquoi il est venu sur cette île. À quoi bon enquêter lorsqu'il n'y a plus d'enquête !

— Marc, on y va ?

Katie l'attend au volant de la voiture de location. Depuis leur arrivée sur l'île mercredi, ils tournent en rond. La police de Lanzarote refuse de collaborer avec deux journalistes français inconnus pour un meurtre concernant une Allemande. Elle commence même à s'étonner de leur venue sur l'île. La seule chose concrète qu'ils ont obtenue, c'est la confirmation de la présence d'Ulrich Ladik au *Gran Hotel* d'Arrecife. Il y était en même temps que les membres d'Atman.

Qui est Ulrich Ladik ? L'homme semble être une

énigme vivante, une sorte de légende underground de la techno. Au téléphone, Emmanuel Demaurr le lui a confirmé. Son vieil ami, encore fâché, n'a pas répondu tout de suite. Mais il a fini par rappeler, et lui a donné son pedigree. Il tient en quelques lignes. Canadien ou Suisse, ayant vécu en Asie, parlant plusieurs langues, Ulrich Ladik est connu comme un loup blanc dans le milieu sous le nom de DJ AÛM. Au milieu des années 90, il a participé à l'émergence de la French Touch aux côtés de figures devenues célèbres comme le duo Daft Punk, Pills, Cassius, Motorbass, David Guetta, Laurent Garnier et quelques autres. Contrairement aux susmentionnés, ce n'est pas sur scène ou en mixant qu'il s'est fait connaître et reconnaître mais dans l'univers confiné des studios comme producteur. Un génie fantasque qui pouvait travailler des jours et des jours sur un son unique, un riff de guitare, une séquence rythmique ou un vrombissement de basse. D'après Emmanuel, l'homme a disparu des écrans radars au début des années 2000 pour mieux réapparaître dix ans plus tard comme le *deux ex machina* de la Tek-Life, notamment en produisant *Divinity*, le premier album d'Atman. Sa nouvelle disparition soudaine n'étonne guère ses « amis » de la scène techno. Tout cela, Emmanuel le lui a confirmé en début de semaine.

— S'il a produit l'album d'Atman, a demandé Marc, il est forcément lié à Dimitri Summer ?

— Bien sûr, lui a assuré Emmanuel.

— J'ai besoin de lui parler à nouveau. Donne-moi ses coordonnées !

Pour la forme, Emmanuel a refusé. Puis a fini par céder. Mais soit Dimitri a décidé de faire le mort, soit il a changé de numéro de téléphone. Le manager d'Atman reste injoignable. Emmanuel a fait parvenir à Marc par mail des photos d'Ulrich Ladik. Il les a récupérées dans ses archives personnelles, quelques-unes anciennes, d'autres récentes. Sur les dernières, celles datées de 2010, le DJ semble avoir perdu du poids. Émacié, le regard pénétrant, une fine moustache lui barre le bas du visage encadré par d'étroites pattes de rocker sur les tempes.

— Où es-tu ? murmure Marc pour lui-même en examinant la photo imprimée.

Katie prend la route pour Arrecife, la capitale de l'île. Elle a mis de la musique, l'Adagio pour cordes de Samuel Barber. En l'entendant, Marc repense aux scènes de combat dans le film *Full Metal Jacket*. Bon choix. À deux kilomètres de Famara, elle ralentit, se gare sur le bas-côté et sort pour shooter le mur d'une bicoque isolée orné d'un graffiti représentant un requin. Sinistre. Le reporter ne dit rien. Perdu dans ses pensées, son esprit divague. Il songe que Michel Houellebecq, écrivain érotomane, a décrit Lanzarote comme un paradis du sexe dans l'un de ses textes. Sur cette île aux paysages brûlés par le soleil et le vent, Marc se demande où peuvent se dissimuler les boîtes échangistes décrites. La sonnerie de son téléphone le tire de sa rêverie.

— Jillian ? s'inquiète Marc. Est-ce que tu vas bien ?

— Marc, il faut que je te voie. Vite ! l'interrompt la jeune femme.

— Qu'est-ce qui se passe ? Un problème ? demande Marc, inquiet.

— Non, non, je vais bien, répond-elle pour le rassurer. Je ne peux pas t'expliquer au téléphone. Il faut que je te montre, ou plutôt que je te fasse écouter. Où es-tu là ?

— Lanzarote.

— Prends le premier avion pour Paris et rejoins-moi à l'appartement. Fais au plus vite !

Elle raccroche aussitôt, laissant Marc dans l'expectative. Qu'a-t-elle découvert ? Après l'assassinat d'une troisième jeune femme à Lanzarote, Marc a sciemment tenté de la tenir à l'écart de leur enquête. Il ne veut pas l'impliquer plus que nécessaire. Jillian ne le laisse pas indifférent. Il a surpris son regard lorsqu'elle l'a aperçu alors qu'elle sortait de la salle d'interrogatoire. Ce genre de regard que même un homme descendu jusqu'aux rives de l'enfer ne saurait ignorer.

2.

Jeudi 19 août, appartement de Jillian, rue Caulaincourt (Paris), 8 h 30

L'image était arrivée la veille au matin. Un mail anodin sur son compte personnel : LadyJ@hotmail.com.

Cloîtrée dans son appartement depuis dimanche soir, la jeune femme tourne en rond dans ses quarante-cinq mètres carrés. Elle ose à peine sortir pour prendre un café dans le bar d'en face ou faire ses courses à la supérette, et passe son temps à regarder la télévision ou à surfer sur Internet. Le meurtre d'Eve Lindermann l'a secouée. Plus qu'elle ne le croyait.

Elle a tenté d'en savoir plus sur l'arrestation du duo Atman. Sans grand succès. Très peu d'informations ont filtré sur le Net. Et dans la presse, seul le quotidien *Le Parisien* s'est fendu d'un long écho pour signaler que le groupe est numéro un des ventes aux États-Unis depuis quelques jours.

Sur le meurtre de Lanzarote, c'est le calme plat. Il n'y a que les sites des deux quotidiens locaux canariens, *La Voz* et *Diaro* qui s'y sont intéressés.

Et encore ! De brefs comptes rendus, sans saveur. La police de Lanzarote a verrouillé l'affaire. Trop de risques de mauvaise publicité pour une île qui ne vit que de tourisme. Deux millions de visiteurs annuels contre un meurtre ? Dans le brouhaha des news quotidiennes, le décès, même spectaculaire, d'une raveuse allemande sur une île aux marges de l'Europe, passe quasi inaperçu.

Quand Jillian consulte sa messagerie, il y a ce mail. Il figure parmi une dizaine d'autres arrivés dans la nuit. Dans l'en-tête indiquant l'objet du message, apparaissent simplement en caractères majuscules : « TEKNO-KILLER ».

Intriguée, Jillian l'ouvre. Lentement, une photo ensanglantée de Clara s'affiche en mode plein écran, occultant toutes les fonctions de son ordinateur.

Une horloge numérique calée sur les chiffres « 24/00/00 » s'affiche en simultanée dans une fenêtre. Quand l'ordinateur achève de télécharger l'image, celle-ci démarre son sinistre compte à rebours. Jillian reste paralysée devant l'abominable photo. Elle réagit enfin lorsqu'un message en anglais se met à défiler de façon ininterrompue en bas de l'écran.

« Là où tout commence… Là où tout finit… »

Jillian tente d'appeler Marc. Il lui a demandé d'être prudente et l'a prévenue qu'il est retourné à Lanzarote avec Katie. Le journaliste est sur répondeur. Elle hésite à laisser un message. Elle préfère raccrocher. Que pourrait-il faire ?

Elle jette un coup d'œil à l'écran. L'horloge continue son affolant décompte. Le temps file. Jillian examine son téléphone, cherche frénétiquement un numéro dans la liste de ses contacts. Elle finit par trouver celui qu'elle désire… Elle appelle. Le répondeur de son interlocuteur s'enclenche avant même la première sonnerie. Elle crie presque :

— Yann ? Décroche ! C'est Jillian. J'ai besoin de toi. Rappelle-moi de toute urgence.

Elle raccroche. Elle retente de le joindre dans la minute. Nouvel échec. Elle jure. Agacée. Agitée.

Elle prend une longue inspiration, relâche lentement l'air. Jillian revient s'installer devant l'ordinateur. Le visage supplicié de Clara figé dans un rictus macabre semble crier au secours par-delà l'écran. La jeune femme se découvre totalement impuissante... Que faire ?

3.

Jeudi 19 août, appartement de Jillian, rue Caulaincourt (Paris), 11 h 30.

— C'est quoi ton problème ? demande Yann, souriant, en même temps qu'il se débarrasse de son blouson.

Il l'abandonne négligemment sur le canapé et vient rejoindre Jillian, accroupie devant l'ordinateur portable posé sur la table du salon.

Trois heures se sont évaporées au compteur de l'horloge.

— Ceci !

Jillian désigne la photo qui occupe tout l'écran de son ordinateur.

— Il faut que tu m'aides. C'est une question de vie ou de mort !

— Beurk !

Yann fait une moue qui se veut comique. Concentrée, Jillian ne la remarque même pas.

— Cela fait un bail que je ne t'ai pas vu, reprend Yann, ironique. Je ne savais pas que tu collectionnais les photos dégueu. Dans quoi t'es-tu embarquée ma jolie ? Un snuff-movie ?

— Yann, ce serait vraiment trop long à t'expliquer. Mais, je te promets que c'est du sérieux. Je te parle du monde réel. Cette photo cache quelque chose de vital que je dois découvrir. J'ai besoin de tes compétences en informatique.

— Si tu le dis… As-tu touché à quelque chose ?

— Non. Rien. Je t'attends depuis que j'ai ouvert mon mail et que cette horrible photo est apparue.

Yann joint les mains, fait craquer ses articulations. Le bruit est affreux. Jillian n'y prête même pas attention. Yann lui fait signe de laisser sa place, s'empare d'un tabouret indonésien et s'assoit face à l'ordinateur. Il l'observe quelques instants. Jillian lui fait une entière confiance. Ils se connaissent depuis l'adolescence. Yann est tout simplement un petit génie qui sait parler la langue des machines, un enfant des années 90. Un vrai de vrai. Dix ans plus tôt, ils ont sympathisé sur les bancs du lycée pendant une heure de colle. Deux marginaux que les circonstances ont réunis. Ils sont devenus amis.

Fou d'informatique, passionné de programmation, Yann s'est imposé comme son indispensable alter ego. Jamais de sexe. Il a appris à la jolie rouquine comment exploiter toutes les possibilités des ordinateurs pour composer ses morceaux techno. Il a fourni les logiciels de programmation nécessaires, craquant si besoin leurs défenses et les remodelant de façon à sur-amplifier leurs fonctions. Parfois, il l'accompagne sur des sets pour la voir mixer, mais le jeune homme hirsute et maigrelet ne s'intéresse pas vraiment à la musique. Il préfère passer la plupart de son temps dans son antre.

Un studio minuscule de dix-sept mètres carrés situé dans le cinquième arrondissement, à une centaine de mètres de la station de métro Maubert-Mutualité. Là, il affronte dans des parties qui n'en finissent jamais les plus grands *gamers* de la planète sur des jeux de rôles en ligne comme *World of Warcraft*, *Everquest* ou *Anarchy Online*. Le reste du temps, il s'amuse à *cracker* les défenses cybernétiques de sites protégés de banques ou d'institutions réputées inviolables. Jillian ne sait pas de quoi il vit, et n'a jamais osé le lui demander…

Quand elle en a besoin, Yann est là. C'est comme ça.

Au bout de dix minutes, Yann passe une main dans ses cheveux bouclés et mal peignés. Il se tourne vers son amie. Ravi.

— Stéganographie !

— Pardon ? demande Jillian.

— Je t'informe que cette photo cache un procédé de stéganographie de première génération. C'est une technique de base qui permet de dissimuler des informations dans des images, en modifiant la teinte des pixels. Les Anglo-Saxons appellent cela aussi LSB pour « Least Significant Bit. »

Devant la mine interloquée de Jillian, Yann s'arrête. Puis reprend :

— Pour faire simple, les images et les sons numériques sont composés de bits, des éléments fondamentaux du langage binaire de l'informatique. D'habitude, les photos que tu télécharges sur ton écran sont généralement créées à partir de pixels codés sur huit bits. La combinaison des trois points de couleur, rouge, vert et bleu qui composent chaque pixel peut prendre deux cent cinquante-six valeurs différentes. Si pour coder une photo, tu veux « l'upgrader », tu passes à seize ou vingt-quatre bits et tu peux générer plus de seize millions de combinaisons de couleurs...

— Attends ! Ralentis ! coupe Jillian. Je ne comprends toujours rien à ce que tu racontes...

À contrecœur, Yann ralentit son débit.

— Les images brutes sont disponibles dans un format dit bitmap. Elles contiennent une masse d'informations phénoménales, ce qui explique la taille des fichiers sur les disques durs. Sur le nombre, la modification ou l'altération de quelques bits est imperceptible à l'œil humain. Elles permettent de camoufler des informations secrètes. Et celui qui t'a envoyé la photo voulait que tu le saches. Il t'a laissé un indice avec ce message qui défile. Il t'explique d'une façon ou d'une autre où chercher.

— Désolé, je ne comprends toujours pas. Simplifie mais ne me parle pas comme si j'avais quatre ans !

— Imagine ! C'est un peu comme de l'encre invisible. La stéganographie, c'est l'art de cacher des informations sur un support dit « innocent ». Ce procédé remonte à l'Antiquité, et sans doute bien avant. L'exemple le plus connu, c'est celui que donne Hérodote dans le prologue de son *Enquête*. Pour faire passer le signal de la révolte contre les Perses dans le Péloponnèse, les insurgés grecs avaient tatoué un message sur le crâne rasé d'un esclave. Ils avaient attendu que ses cheveux repoussent, avant de l'envoyer de ville en ville. Avec la consigne de se faire raser de nouveau les cheveux.

— Tu lis Hérodote, toi ? s'étonne Jillian.

— Eh oui, ma chérie ! Je sais lire. Et cela m'arrive de feuilleter les classiques en cachette entre deux mangas porno.

— Et tu dis qu'il y a des informations cachées sur cette photo ?

— A priori, oui. Il faut simplement savoir où chercher… Regarde ce message qui défile. Il dit : *« Là où tout commence... Là où tout finit... »* On nous a donné une indication qui doit renvoyer à un endroit bien particulier de l'image qui s'est affichée…

Yann tapote sur le clavier une formule qui débloque l'ordinateur, fait glisser le curseur vers le haut de l'écran et ouvre une fenêtre de recherches Internet.

— Ce ne peut pas être gratuit. Quelqu'un veut te dire quelque chose. Tiens, si je fais une recherche sur Google : *« Là où tout commence... Là où tout finit... »*, je tombe, je tombe sur… Une chanson des Allman Brothers ? Bizarre comme référence… Ça te dit quelque chose ?

— Non, répond Jillian. Cela ne m'évoque rien.

Elle réfléchit, et se ravise.

— Attends, une chanson… C'est peut-être une allusion à la voix tout simplement.

— Oui, tu as peut-être raison. Regarde ! La façon dont est cadrée la photo met sa bouche en valeur, pile au centre de l'écran. On va tenter un truc…

Yann fait coulisser le curseur sur la photo et le fige sur la bouche ouverte de Clara. Il délimite avec le curseur une large zone autour de la bouche. Il enregistre l'image, ouvre une nouvelle fenêtre où il recopie, puis agrandit la photo. Yann retourne sur Internet et se connecte sur un serveur où il télécharge un programme de décryptage. Il lui soumet ensuite la photo de la bouche de Clara. Un premier passage altère l'image et fait apparaître la trame colorée des pixels. Yann reproduit l'opération. Un deuxième passage, puis un troisième. Chaque fois, l'image se modifie… Là où il y avait la gorge de Clara, une adresse Internet se dessine en caractères d'imprimerie : http://tek-life.aaa.xxx.

— Merde, siffle Yann entre ses dents. C'est un serveur proxy anonyme.

— Ce qui signifie ? demande Jillian, inquiète.

— Que l'adresse IP de ce site est intraçable. Je ne pourrai pas remonter à la source, et donc identifier son créateur.

— Bon, qu'est-ce qu'on fait, maintenant ?

— Quand l'horloge aura fini son décompte, l'accès aura disparu. Donc, on se connecte.

Chapitre 31

« ... When you're sad and when you're lonely
And you haven't got a friend
Just remember that death is not the end... »

« ... Lorsque tu es triste, et quand tu te sens seul
Et que tu n'as pas un seul ami
Souviens-toi que la mort n'est pas la fin... »

(*Death is not the end* – Nick Cave & The Bad Seeds – *Murder Ballads* – 1996)

1.

Vendredi 20 août, appartement de Jillian, rue Caulaincourt (Paris), 21 h 30.

Le taxi le laisse au pied de l'appartement de Jillian. Marc lui tend un billet de cinquante euros et sort sans attendre le retour de sa monnaie. Il a réussi à trouver une place de dernière minute sur un vol Arrecife/Madrid, puis à prendre in extremis un Madrid/Paris. Katie est restée à Lanzarote. Au cas où... Il sonne à l'interphone. Jillian lui demande de s'identifier, puis lui donne le code. Il monte les marches, et déboule essoufflé chez la jeune femme. Imprudente, elle lui a laissé la porte entrouverte. Il entre, referme l'appartement. Et s'apprête à l'engueuler. Mais Jillian lui fait signe de s'asseoir dans le canapé, derrière elle. À côté d'Eskimo, le chat blanc qui ronronne en l'apercevant.

— Écoute ! intime Jillian à Marc.

Au milieu de la table du salon, relié par des câbles à différentes machines repérées lors de sa précédente visite, trône son ordinateur. Elle clique sur une touche. Aussitôt, le morceau électro qu'elle a programmé fait tressaillir le caisson de baffle de sa chaîne. Les nappes sinueuses d'une mélodie syncopée envahissent la pièce, les infra-basses ronflent, imprimant un *beat* minimal et répétitif.

Le « *TOOM-TOOM-TOOM* » hypnotique surprend Marc. Il reprend son souffle, et marque la mesure en tapotant de la main en rythme sur sa cuisse.

— Je reconnais que c'est vraiment bon, observe-t-il au bout d'un moment. (Il hausse la voix pour couvrir la musique.) Il y a quelque chose de particulier là-dedans. C'est toi qui as composé ce truc ? C'est pour cela que tu m'as fait revenir de Lanzarote ?

— Non, je ne l'ai pas écrit. Je n'en suis pas l'auteure. J'ai bossé comme une folle cette nuit et une partie de la matinée pour le reconstituer à partir de sons que j'ai enregistrés.

— Je ne comprends pas.

— Cela n'a pas vraiment d'importance. Ce qui compte, c'est que j'ai reçu un message du Teknokiller.

— De qui ?

— Du type qui a tué Clara, Nava et sans doute Eve Lindermann.

Marc se lève. Surpris, alarmé.

— Quoi ? Comment ? s'embrouille-t-il.

* * *

— Comment as-tu été contactée ? demande Marc.

— Il m'a envoyé un message sur ma boîte mail perso.

— Mais comment connaissait-il cette adresse ?

— Je n'en sais rien. Mais cela ne doit pas être très difficile à trouver. Elle figure sur ma page Myspace et sur mon compte Facebook. La vraie question à se poser c'est : pourquoi m'a-t-il contactée ? réplique Jillian.

— Oui, pourquoi toi ?

— Je n'en sais rien. Peut-être parce que je suis DJ.

— Je suppose que tu n'es pas la seule. Quand tu as fait tes recherches sur la Tek-Life dans les forums, as-tu laissé tes coordonnées ?

— Évidemment.

— C'était une connerie, lâche Marc.

— Sur le moment, je n'y ai pas pensé, se défend Jillian.

— Tu aurais dû. Tu me parlais d'un message. Que disait-il ?

— Pas grand-chose au départ. Regarde. Tu comprendras.

Jillian fait apparaître une fenêtre en mémoire sur son ordinateur. La photo du visage grimaçant de Clara s'affiche. Marc esquisse un mouvement de recul.

2.

Marc a examiné l'image longuement. Jillian se tait. Il se tourne vers elle et l'interroge du regard.

— Tu t'y connais en stéganographie ? demande-t-elle.

Marc secoue la tête en signe d'ignorance.

— Je ne comprends même pas ta question.

— Bon, je te saute les étapes. Sache qu'en gros, cette photo camouflait une adresse Net.

— Comment l'as-tu découverte ?

— Yann, mon meilleur ami s'y connaît un peu dans ce genre de trucs. Il m'a aidée à la reconstituer. Nous nous sommes connectés au site… Quand il a cliqué sur le lien Internet, nous avons accédé à un serveur musical qui fonctionnait en mode streaming.

— Tu veux dire que vous avez accédé à un site diffusant de la musique Tek-Life ?

— Je ne sais pas si c'est de la Tek-Life. Il n'y a aucune référence explicite à ce genre de musique techno, à part une signature « TEKNOKILLER ». Elle figure dans l'en-tête du mail de la photo. Le problème, c'est qu'au fur et à mesure de l'écoute, les morceaux se sont désagrégés.

— Comment as-tu fait alors pour enregistrer des sons ?

Elle désigne une antiquité des années 80 au fond du salon.

— J'ai toujours un vieux radio K7 qui traîne dans l'appartement. J'ai eu le réflexe de le mettre en marche. Le son était pourri, mais j'ai réussi à enregistrer une bonne partie du site avant que tout ne disparaisse.

— Fais-moi écouter, demande Marc.

Jillian se lève, branche l'appareil et appuie sur la touche « Play » du radio K7. Le son crachotant d'un morceau de techno s'élève, prend de l'ampleur à travers les baffles, martelant un rythme envoûtant sur un fond de volutes électroniques, striées de ruptures comateuses. Marc écoute un long moment, les yeux fermés. Il les rouvre et dévisage Jillian.

— Ce que tu m'as fait écouter tout à l'heure est bien, dit-il, mais sans vouloir t'offenser, ce truc, c'est autre chose !

— Dis-moi ce que tu ressens en l'entendant !

— Je ne sais pas trop comment le décrire.

— Essaie.

Excité, Marc cherche ses mots.

— C'est comme si cette musique captait quelque chose d'essentiel, le souffle de la vie. Oui, c'est cela… Quand tu l'entends, tu régresses totalement. Comme si tu ne sentais plus ton corps, que tu n'étais plus qu'une pure énergie. Un concept. C'est comme si ton cerveau shuntait sous la pression de la musique. C'est un vrai shoot d'adrénaline…

— Je comprends très bien ce que tu veux dire, dit Jillian. C'est exactement ce que j'ai ressenti en l'entendant la première fois… Mais il y a autre chose…

Jillian fait une pause. Comme si elle hésitait à aller plus loin.

— Je t'écoute, dit Marc, impatient. Dis-moi !

— Voilà. Pour chaque morceau diffusé en streaming sur le site, il y avait un prénom qui y était associé.

— Comment cela ?

— Regarde. Je les ai relevés avant qu'ils ne s'effacent.

Elle lui tend un carnet avec des prénoms inscrits au feutre noir : Stéphanie, Soong, Karen, Christy, Ann, Satine, Mary, Hua, Julia, Marina, Nava, Clara…

— Je crois que ce sont les prénoms de ses victimes, lâche Jillian, hésitante.

Marc hésite. Son cerveau fonctionne à cent à l'heure.

— Attends. Qu'est-ce que tu veux dire ? Ce type composerait un morceau chaque fois qu'il prend la vie d'une de ces jeunes femmes ? Comme un hommage morbide ?

— Oui. C'est ce que je crois.

— Cela voudrait dire qu'il a déjà tué au moins… Douze fois !

— Treize.

— Pourquoi treize ?

Marc a presque crié.

— Eve Lindermann, dit Jillian. Le morceau à son nom ne figurait pas encore sur le site.

Chapitre 32

« ... And all that you held sacred
Falls down and does not mend
Just remember that death is not the end
Not the end, not the end... »

« … Et que tout ce que tu tenais pour sacré
S'écroule et disparaît
Souviens-toi que la mort n'est pas la fin
Pas la fin, pas la fin… »

(*Death is not the end* – Nick Cave & The Bad Seeds – *Murder Ballads* – 1996)

1.

— Comment as-tu fait pour reconstituer un de ces morceaux ? s'étonne Marc.

— J'y ai passé toute la nuit et une partie de la matinée. Je me suis concentré sur *Nava*, l'avant-dernier morceau qui figurait sur le site. C'est celui que j'ai pu enregistrer le plus correctement sur cassette. Yann m'a aidée. J'ai transposé avec un programme spécifique la bande magnétique sur ordinateur, et j'ai analysé les sons. Regarde, voilà ce que cela donne…

Sur l'ordinateur, Jillian affiche le fichier correspondant au morceau avec des indicateurs volumétriques.

— J'ai tout décortiqué avec des logiciels spécialisés pour comprendre la structure du morceau. J'ai à peu près réussi à l'imiter. Quand le son enregistré était trop altéré, j'ai injecté mes propres samples pour reconstituer la base rythmique et mélodique que tu as entendue en arrivant. Mon imitation de *Nava* est quasi parfaite, mais il lui manque quelque chose pour atteindre la perfection de l'original, pour parachever le sentiment de plénitude que tu as décrit tout à l'heure.

— Comme si tu étais cuisinier, et qu'il t'avait manqué un ingrédient, une épice, pour faire de ton plat un chef-d'œuvre, constate Marc.

— Exactement.

— Qu'est-ce qui t'a donné l'idée de reconstituer le morceau ?

— Depuis que j'ai reçu ce mail, je me suis demandé : « Pourquoi moi ? » À Lanzarote, après mon set, quelqu'un m'avait fait passer un message en anglais que j'avais trouvé étrange.

— Qui était ?

— *« Attends. Regarde. Écoute... Et rejoue. »* Sur le moment, j'étais en plein shoot d'adrénaline d'avoir joué devant cinq mille personnes, j'avais la tête ailleurs. Je n'y ai pas prêté attention. Et puis, il y a eu le meurtre de dimanche. Ce ne pouvait pas être une coïncidence. Mais je ne comprenais pas comment tout cela était lié. Je me disais que, d'une façon ou d'une autre, ce cadavre m'était peut-être destiné…

— Comme si le meurtre de Lanzarote t'avait en quelque sorte été dédié ? souffle Marc.

— Oui. C'est terrible comme idée, je sais.

— Qu'est-ce qui t'a amenée à penser cela ? demande-t-il.

— Quand je suis allée jouer à Lanzarote, je pensais avoir été invitée par les organisateurs. Je t'ai même proposé de m'accompagner. Or, le tueur savait que j'allais me produire là-bas.

— Oui, Jillian, mais ce n'était pas comme si cela était un secret, tempère Marc. Il y avait des affiches. Des annonces sur le Net. La raves-party faisait partie d'un festival. Ta présence était sans doute annoncée. Des milliers de gens savaient que tu te produirais là-bas.

— Oui, mais après il y a eu ce mail signé « Tekno-killer ». Tu l'as dis toi-même, ce nom t'a surpris.

— Oui, admet-il. Je ne l'avais jamais entendu avant.

— Sais-tu d'où il vient ? interroge Jillian.

— Je suppose que c'est celui que le tueur, si c'est bien lui, s'est choisi.

— Non, Marc. C'est un nom inventé au cours d'un échange en « chat » avec un internaute quand j'ai fait mes recherches sur les forums en rentrant de KaZantip. Pourtant, le tueur y a fait allusion directement en l'indiquant dans l'en-tête de son mail.

— Explique-moi.

— J'étais sur un site spécialisé, celui de tsugi.com et j'évoquais des rumeurs qui circulaient sur des meurtres ayant eu lieu dans le milieu techno et des connexions possibles avec la Tek-Life. Et l'un de mes interlocuteurs a sorti ce terme !

— L'a-t-il inventé sur le coup, ou crois-tu que tu étais en train de dialoguer avec le tueur ?

— Non, dit Jillian, ce n'était pas le tueur. Je suis persuadée que mon correspondant l'a inventé sur le moment. Il y a quoi : une probabilité sur un milliard que j'ai été à cet instant précis en conversation avec le tueur. C'est du domaine de l'utopie. Par contre, ce que je crois c'est que ce « chat » a été vu ou repéré d'une façon ou d'une autre par celui qui a tué Clara. Hier, Yann m'a expliqué qu'il est très simple quand on a un minimum de moyens financiers et de compétences en informatique de mettre en place une surveillance sur le Net avec des mots clés préprogrammés. Si celui qui a tué Clara est aussi celui qui a créé la Tek-Life, il a très bien pu capter cet échange sur le forum, et ainsi m'identifier.

— Mais pourquoi t'aurait-il contactée ? Il aurait dû avoir peur d'être découvert et vouloir au contraire t'éviter ? Tu le recherches, nous le recherchons.

— Je ne suis pas flic, et à aucun moment, je ne me suis présentée comme journaliste. Je me suis simplement connectée sur ce site sous l'identité de Lady J. Une DJette parisienne cherchant des informations sur une musique fantôme qui fait le buzz, la Tek-Life. Pendant le « chat », j'ai aussi fait allusion aux meurtres.

— Crois-tu qu'il pourrait te considérer comme une sorte de fan, dit Marc. C'est ça ton hypothèse ?

— Oui, mais je ne vois pas l'intérêt.

— Je pense à autre chose, dit Marc. Et s'il t'imaginait comme une sorte de disciple ?

— Comment cela ?

— Depuis des années, ce type a assassiné des femmes dans le monde entier sans que personne s'en aperçoive. Et puis en Thaïlande, il laisse un cadavre en évidence. Il recommence en Bretagne. Et il refait à nouveau la même chose à Lanzarote. Quelque chose a changé dans sa vie. Peut-être se cherche-t-il un successeur ?

— D'où ce test avec la photo. C'est pour cela qu'il m'aurait envoyé ce message, et qu'il m'aurait mise au défi. Cela expliquerait le sens de son message. À

Lanzarote, le tueur voulait savoir si j'avais la capacité de découvrir la structure cachée de ses compositions.

Marc réfléchit un instant.

— As-tu essayé de lui répondre par mail ? demande-t-il.

— Oui, mais l'adresse IP n'existe plus. Nous avons vérifié avec Yann. J'ai cherché un autre moyen de lui faire comprendre que j'avais reçu son message. Alors, j'ai fait au plus simple. J'ai utilisé le système du « replay ».

— Comment cela ?

— J'ai implanté ma version remixée de *Nava* sur ma page Myspace. Elle figure maintenant en ligne. N'importe qui peut la consulter en accès libre. Le tueur aussi, si c'est lui…

— Jillian, tu as pris un gros risque ! s'inquiète Marc. S'il a eu accès à ton adresse Internet, ce type peut aussi obtenir ton adresse réelle à Paris. Il aurait pu débarquer à tout moment !

— Oui, je sais. C'est pour cela que je t'ai appelé. Je ne voulais pas y mêler les flics ou les gendarmes au risque de faire foirer votre enquête.

— Jillian…

— Non, Marc, écoute-moi… J'y ai beaucoup réfléchi. Je crois que je représente quelque chose d'autre pour lui qu'une menace. D'une façon ou d'une autre, c'est lui qui m'a fait venir aux Canaries. Et c'est à moi qu'il a envoyé la photo et le message. Au vu de ses connaissances musicales, ce type est forcément un musicien, peut-être même un DJ. Ce qui expliquerait pourquoi il choisit ses victimes dans l'univers de la techno. Je suis aussi DJette. Il le sait. Si tu as raison, il cherche à savoir si je suis digne de partager son secret. J'ai beau tourner et retourner toutes les hypothèses possibles dans ma tête, je ne vois que cela qui ait un sens.

— Tu n'es plus en sécurité chez toi, constate Marc. Ce soir, je ne veux pas que tu restes seule. Où est ton ami Yann ?

— Il est rentré chez lui. Je ne veux pas le mêler plus à cette affaire

— Tu as une couette, un oreiller ? Cette nuit, je dormirai sur ton canapé.

2.

Samedi 21 août, appartement de Jillian, rue Caulaincourt (Paris), 3 heures du matin.

Une main se pose sur son torse. Marc se réveille en sursaut. Le visage de Jillian est là. À quelques centimètres du sien. Il peut sentir son souffle chaud qui court sur sa peau. Dans le clair-obscur de la pièce, Marc distingue sa silhouette délicate. Peau blanche. Cheveux roux, sombres dans la nuit. Elle est nue. Elle s'est agenouillée au bord du canapé pendant qu'il était assoupi. Elle approche son visage et presse ses lèvres contre sa bouche. Elle l'embrasse lentement. Sa langue humide se fraye un chemin entre ses lèvres. Il se laisse faire. Le corps de Marc n'oppose aucune résistance. Il sent son désir monter.

— Que fais-tu ?

— Chut ! Ne dis rien, s'il te plaît. Aime-moi, souffle Jillian. C'est tout…

Marc hésite, puis prend son visage entre ses mains. Il la repousse tout doucement pour contempler ses yeux, sa bouche, son nez. Elle lui sourit. Il l'attire contre lui, presse à son tour ses lèvres contre les siennes.

Il rêvait de son corps sans oser se l'avouer. Il aspire longuement le parfum poivré de ses cheveux, puis celui plus sucré de son cou et de son corps. Avec précaution, il la fait basculer et l'allonge sur le canapé pour caresser ses seins, ses longues jambes et ses cuisses. Il embrasse son sexe.

— Tu es sûre ?

— Fais-moi l'amour…

L'odeur de café le réveille. Marc ouvre les yeux. Il est allongé dans un lit qu'il ne connaît pas. Un chat blanc ronronne à quelques centimètres de son visage. Une veilleuse est allumée. Les rideaux tirés dissimulent en partie la lueur du jour, mais il entendait le bruit de la rue. Un instant, il se demande ce qu'il fait là. Où est-il ?… Le souvenir de la nuit passée revient en même temps que celui de Jillian et de leurs corps enlacés.

Appuyée contre l'encadrement de la porte de sa chambre, la jeune femme le contemple en silence. Elle est nue. Pour la première fois, Marc la regarde dans la lumière. Longues jambes. Il note deux étranges tatouages aux motifs chinois qui se prolongent jusque sur le dessus de ses pieds. Taille fine, ventre plat, hanches épanouies, la fente de son sexe est à peine ombrée par un minuscule carré de poils sombres. Deux seins ronds aux larges aréoles sombres défient la loi de la gravité…

Il fixe cette image dans un coin de sa mémoire. Jillian surprend son regard. Taquine, elle prend une pose de starlette, fait la moue, rentre le ventre. Elle se caresse la poitrine.

— Et mes seins ? Tu les aimes mes seins ?

Puis mutine, elle se tourne et tend sa jolie chute

de reins, une main posée sur le bas de ses hanches, et demande :

— Et mes fesses ? Tu les aimes mes fesses ?

Marc n'a pas le temps de répondre. Elle se jette sur lui en riant, et l'embrasse fougueusement…

— Et ma bouche ? Tu l'aimes aussi ma bouche ?

Enfin, câline, elle lui murmure à l'oreille en se lovant dans ses bras :

— Et mon sexe ? Tu l'aimes mon sexe ?

Ils refont l'amour. Brutalement. Heureux de se retrouver l'un dans l'autre avant de s'assoupir, suants et épuisés. Le chat blanc, réfugié sur un coussin au pied du lit, les contemple en clignant des yeux. Comme consterné par le comportement des humains.

3.

— Marc, réveille-toi. J'ai été contactée…

Jillian secoue son épaule. Il est près de midi. La DJette a enfilé un jean largement évasé dans le bas. Il recouvre complètement ses pieds nus, et lui donne avec sa longue chevelure rousse un look de suffragette hippie. Un simple débardeur noir à manches courtes complète sa tenue.

Marc est encore assoupi, emmitouflé dans le drap de la couette. La phrase de Jillian le sort du sommeil plus sûrement qu'un coup de feu tiré dans la pièce.

— Comment ça ? *Il* t'a téléphoné ?

— Non, non… Calme-toi. J'ai reçu une nouvelle invitation pour aller jouer dans un festival techno. À Bali. Pas vraiment la porte à côté.

— Montre-moi.

— Viens.

Il se lève précipitamment, cherche en tâtonnant son

pantalon autour du lit, le trouve et l'enfile en grognant. Il rejoint Jillian au salon. Elle s'est connectée sur son compte hotmail.com.

— Lis !

Bonjour Lady J.

Nous savons que nous vous prévenons au dernier moment, mais nous avons entendu parler de vos performances à Paris et Lanzarote. Le Festival Modular qui se déroule sur la plage de Kudeta pendant une semaine serait ravi de vous inviter pour un DJ Set à Bali dimanche prochain. Nous savons que c'est un long voyage, mais cela en vaut la peine. Vous avez déjà de nombreux fans sur place. Pouvez-vous nous contacter à ce numéro pour confirmation... Votre billet d'avion est prêt...

Tout semblait déjà prévu dans les moindres détails. Les organisateurs proposaient la somme de sept mille dollars américains comme cachet. Un numéro de billet en classe affaires avait été réservé. Il était valable pour le soir même. Il y avait aussi une chambre retenue à l'hôtel *Oberoi* de Seminyak, ainsi qu'un plan indiquant la situation de Kudeta, le club qui organisait le festival.

— Est-ce la procédure normale pour réserver un DJ ? demande Marc.

— Un billet pour aller mixer à Bali qui vous arrive dans votre boîte mail ? Dans l'absolu, c'est possible. Comme de gagner au Loto toutes les semaines. Depuis Lanzarote, j'ai des doutes... Je pense que je suis douée comme DJette, mais pas à ce point-là, sinon j'aurais été remarquée plus tôt.

Jillian cherche les bras de Marc et se love contre son torse.

— Le remix de *Nava* a dû plaire au Teknokiller, dit-elle.

— Je t'en prie, c'est sinistre. Ne l'appelle pas comme cela. Et le *Kudeta* ?

— J'ai vérifié pendant que tu dormais. C'est l'équivalent du *Café del Mar* à Ibiza, le club le plus branché de Bali. Il a été construit au bord de la plage de Kuta et Seminyak. Ils organisent régulièrement des soirées et font venir des DJ du monde entier.

— Il faut qu'on appelle Rebotini. On lui explique tout. Cette affaire est trop dangereuse. Elle en train de nous dépasser.

— Marc, attends. Je veux y aller. C'est notre unique chance. Si le Teknokiller me prend pour une de ses admiratrices, je ne crains rien. C'est le seul moyen de l'approcher, de découvrir l'identité de cet homme. Je peux le faire. Je ne suis pas une gamine. Je peux le piéger. Avec ton aide et celle de Katie. Elle atterrit cet après-midi. Elle m'a appelée ce matin pour que l'on vienne la chercher à l'aéroport.

Jillian se libère de son étreinte. Elle se lève et le toise, les bras croisés dans un geste de défi. Marc la regarde dans les yeux.

— Un piège ? Écoute-toi un peu, Jillian. Tu délires. Nous ne sommes pas dans un film. Ce type est un tueur. À Bali, il n'y aura personne pour te protéger. Je dis bien personne. Tu l'as dit toi-même, ce type a sans aucun doute déjà tué treize personnes. Ce n'est pas à nous de l'arrêter. Je déteste dire cela, mais il faut que nous reprenions contact avec la cellule en charge de l'enquête. Je ne veux pas que tu joues l'appât.

Furieuse, Jillian le foudroie du regard. Puis, aussi vite qu'elle est née, sa colère disparaît. Le bleu glacé de ses yeux s'adoucit. Elle baisse les bras en un geste de capitulation.

— Quitte à perdre ton scoop ?

— Oui.

— On dirait que tu tiens à moi. Tu m'aimes un peu alors ? interroge Jillian, se penchant vers son amant pour l'enlacer.

Chapitre 33

« ... Just remember that death is not the end
When you're standing on the crossroads
That you cannot comprehend
Just remember that death is not the end... »

« … Souviens-toi que la mort n'est pas la fin
Lorsque tu te tiens debout à un carrefour
Que tu ne comprends pas
Souviens-toi juste que la mort n'est pas la fin… »

(*Death is not the end* – Nick Cave & The Bad Seeds – *Murder Ballads* – 1996)

1.

Samedi 21 août. Aéroport de Roissy-Charles-de-Gaulle (Paris), 15 h 30.

Jillian quitte le comptoir d'enregistrement de la Korean Airlines. Elle tourne la tête en direction du hall d'accueil. Longuement, elle cherche du regard une présence invisible. Au fond d'elle, Jillian espère qu'au dernier moment quelqu'un la retiendra. Mais

Marc n'est pas là. Une pulsion puissante, une force inconsciente la poussent à se jeter dans la gueule du loup. Une image la traverse. C'est comme si elle sautait dans le vide sans parachute en étant absolument certaine qu'un superhéros allait surgir et l'arracher à la mort à l'ultime instant, juste avant qu'elle ne se désarticule contre le sol. Elle imagine Marc en collant bleu avec une cape rouge et sourit.

« Tu es folle, ma fille », se murmure-t-elle pour elle-même. Elle réajuste la sangle du petit sac à dos calé sur son épaule qu'elle a conservé pour le voyage en cabine. Elle jette un dernier regard derrière elle. Puis, d'un pas décidé, Jillian se dirige vers l'escalator qui l'emmène jusqu'à sa porte d'embarquement. Avant de passer la douane, avec son portable, elle rédige un ultime message. Elle le relit et appuie sur la touche « Envoi ».

Alors qu'elle éteint son téléphone, la jeune femme est traversée d'un mauvais pressentiment. Elle se demande si elle ne vient pas de prendre un aller simple pour l'enfer.

Quelques heures plus tôt, la voix enthousiaste au téléphone de Gail avait eu raison des dernières craintes de la DJette. Marc venait de quitter l'appartement pour un rendez-vous mystérieux en lui faisant promettre de ne pas bouger, quand la programmatrice australienne de Kudeta l'avait appelée de Bali. Gail s'inquiétait de savoir si elle pouvait compter sur la présence de Jillian. Elle ne la connaissait pas, mais la jeune femme était aussi convaincante que passionnée. Leur conversation avait duré quinze minutes. L'Australienne avait réponse à tout. Dès que Jillian avait raccroché, elle faisait son sac. Gail lui avait expliqué que Dimitri

Summer l'avait chaudement recommandée et convaincue de l'inviter en Indonésie. La présence d'une DJette française était un vrai plus pour Kudeta, d'autant que de nombreux touristes français passaient leurs vacances en ce moment à Kuta et Seminyak. Sur le site Internet de la discothèque, la mention de la venue probable d'une résidente du *Baron* avait déjà fait monter les réservations en flèche. Jillian avait envie d'y croire.

Le prochain avion pour Denpasar décolle à 16 h 30. Il est 13 h 30. Elle ne reviendra pas sur sa décision. Elle part. Seule. Bien sûr, elle a peur. Bien sûr, Jillian sait qu'elle prend un risque mais elle ne peut s'empêcher de penser qu'il lui faut aller au bout du monde pour espérer comprendre. Et peut-être interrompre cette folie morbide. Quelque chose d'indicible, d'épidermique, une pulsion au fond de son ventre la pousse à croire que celui qu'elle nomme Teknokiller ou quel que soit son nom ne portera jamais la main sur elle.

Il lui a envoyé un message. Il veut communiquer. Il a confiance en elle.

Et d'une certaine façon, elle a aussi confiance en lui.

En décidant de partir, Jillian a menti à Marc. Et l'a trahi. « Il comprendra, se dit-elle. Il ne peut que comprendre. »

2.

Quand Jillian lui a demandé s'il l'aimait un peu, le journaliste n'a rien dit. Il a préféré l'embrasser. Longuement. Comme s'il craignait de la perdre.

Le matin, Marc avait aussitôt appelé Pierre Rebotini. Cette fois encore, le gendarme n'avait pas répondu.

Le journaliste avait alors tenté de joindre le service en charge de l'enquête directement. Après plusieurs coups de téléphone et de longues minutes d'attente, il avait fini par être mis en relation avec un membre de la cellule de recherche. Marc avait dû commencer par expliquer qui il était. Mais l'homme avait d'emblée refusé de lui passer Rebotini, puis devant l'insistance de Marc, il avait fini par lui dire qu'il était injoignable pour le moment. Le gendarme n'avait pas su ou pas voulu lui révéler où se trouvait son supérieur. Il avait consenti à écouter le journaliste expliquer le mail, puis l'initiative de Jillian, et enfin l'invitation reçue dans la nuit.

Mais il ne l'avait pas cru. Marc l'avait vite compris. Le gendarme avait néanmoins promis de faire part de son appel dès le retour de Rebotini.

Marc avait raccroché. Furieux.

Avec réticence, il avait laissé Jillian, seule à l'appartement. La jeune femme voulait continuer à travailler sur le morceau du Teknokiller. Le journaliste devait rencontrer de nouveau Michel de Ray, puis retrouver plus tard Katie à son arrivée à Orly. En partant, il avait fait promettre à Jillian de ne pas sortir ni de commettre d'imprudence.

Elle avait juré : « Croix de bois, croix de fer. Si je mens, je vais en enfer. »

— Mademoiselle ? Voulez-vous des magazines ?

Jillian rend son sourire à l'hôtesse, une gracieuse Asiatique au faux air de Yoko Tsuno. De la tête, elle fait signe que non. Dans quelques dizaines d'heures, après une courte escale de trois heures à Singapour, l'avion atterrit à Denpasar. Elle sera à Bali demain à 23 heures. Là-bas, Julie lui a assuré qu'elle serait attendue. Quelqu'un est censé l'emmener directement à Kudeta pour son DJ-Set.

Jusqu'à la fin de son voyage, Jillian n'avait rien de mieux à faire que dormir. L'Australienne n'a pas lésiné pour son confort. La jeune femme jette un coup d'œil à ses voisins de la classe « Affaires ». À sa gauche, un Asiatique en costume gris lui sourit quand elle croise son regard. Jillian lui rend son sourire. Puis, elle dézippe rapidement le petit sac posé à ses pieds qui l'accompagne sur tous ses sets électro. Elle vérifie la présence rassurante de son Laptop et d'une minisacoche contenant plus d'une dizaine de CD, soigneusement étiquetés, comportant plus d'une centaine d'heures de musique à programmer selon son envie, et l'humeur des danseurs. Elle s'attarde sur une rondelle de métal gravé qu'elle a mise à part. Sur cette dernière, elle a marqué au feutre indélébile : *Nava*. Elle glisse le CD hors de sa pochette en plastique et l'effleure du bout des doigts. Aussitôt, elle frissonne.

3.

Samedi 21 août, appartement de Michel de Ray, XVIIe arrondissement (Paris), 13 heures.

— Tu te souviens quand je t'ai détaillé le rapport d'autopsie de Clara Riopelle, un détail curieux m'avait frappé, dit Michel de Ray. Je t'avais dit qu'elle était morte après avoir hurlé à s'en briser les cordes vocales…

— Oui, je m'en souviens, répond Marc.

— Cela m'a turlupiné pendant plusieurs jours. J'ai donc fait des recherches…

— Sur quel sujet ?

— Es-tu familier de l'histoire des religions et de la philosophie antique ? interroge le médecin.

— J'ai de vagues souvenirs de lycée et de fac…

Une cigarette à la main, Michel de Ray fouille dans une pile de livres posée sur son bureau. Il en extirpe un ouvrage couvert de marque-pages.

— Voilà, c'est là ! s'exclame-t-il, satisfait. Chez les Anciens, l'âme était considérée comme la face cachée de notre être. Dès l'Antiquité, Homère distinguait deux sortes d'âmes, la Thumos et la Psyché. La Thumos est aussi connue sous le nom de l'âme-sang. Elle désigne la capacité vitale de l'être humain. Elle est contenue dans les *« phrènes »*, autrement dit les poumons ou la poitrine. Selon les Anciens, elle disparaît, s'évapore après notre mort. La Psyché qu'Homère désigne aussi sous la notion d'âme-souffle est, elle, associée au sommeil, à l'évanouissement et à la mort. La Psyché n'est pas l'étincelle de vie divine propre à chaque homme, mais son ombre qui lui survit dans l'au-delà, dans l'Hadès des mortels. Elle est le souvenir de ce qui a été. Tu me suis ?

— Oui, ça va, mais je ne vois pas très bien où tu veux en venir.

— J'y viens, j'y viens… Chez les hindouistes, c'est un peu différent. On oppose l'Atman, qui est la respiration et le souffle, à l'Anatman qui symbolise la non-existence. Tiens, je te lis un extrait d'un texte sacré, le livre quatre du *Bahad-Arauyaka Upanishad*. Il est écrit : « Celui qui connaît l'Atman est l'agent de chaque chose, le Visvarkt, l'agent du Tout, le Sarvakarta. Le monde est à lui, et il est ce monde-même. » Pas mal, non ?

— Oui, mais je ne vois toujours pas le rapport avec le meurtrier de Clara.

Le médecin était clairement passionné par ses

recherches, et Marc craignait de le froisser en avouant qu'il avait autre chose en tête en ce moment. Il venait de raccrocher avec le STRJD quand Michel de Ray l'avait appelé en le priant de passer le voir au plus vite à son domicile. Marc avait des scrupules à abandonner Jillian seule chez elle, mais la jeune femme l'avait rassuré. Il avait décidé de lui faire confiance.

— Ce n'est pas fini ! Écoute cela ! Dans les religions sémitiques, le souffle se dit « He » ou « Yahve ». On parle aussi en hébreu du « nephresh » pour l'âme et le souffle…

— Attends, Michel, l'interrompt le reporter. Qu'est-ce que tu cherches à me faire comprendre ? Le tueur penserait capter l'essence divine de sa victime en recueillant son dernier cri ?

— Pas son dernier cri mais son dernier souffle. Je pense que, d'une façon ou d'une autre, ce meurtrier est un émule des Pythagoriciens.

— Explique-moi, ordonne Marc.

— Au quatrième siècle avant Jésus-Christ, le philosophe Aristoxène de Tarente, disciple de Socrate et des Pythagoriciens, a élaboré une nouvelle théorie dont on n'a jamais connu le raisonnement originel. Elle soutient que l'âme est reliée au corps comme l'harmonie aux éléments d'un instrument de musique. Son *Traité d'harmonique* est resté une œuvre incomplète, mais on en trouve des traces dans l'œuvre de Cicéron. Il le cite dans ses *Tuluscanes*. Je l'ai noté aussi. Aristoxène écrit : « L'âme est une tension du corps même, comparable à ce qui dans le chant et sur la lyre se nomme l'harmonie ; de l'ensemble du corps, en raison de sa nature et de sa disposition, se dégagerait une gamme de mouvements analogues aux tons dans le chant. »

Un silence s'installe dans le bureau. Marc le brise.

— J'avoue que j'ai du mal à relier tout cela directement au meurtre de Clara. Je perçois ce que tu cherches à me dire, ce qu'il y a derrière tout cela. Mais peux-tu être plus clair ?

— En fait, je n'ai pas pu m'empêcher de faire le rapprochement avec une vieille superstition qui court depuis des années selon laquelle le poids de l'âme pèserait exactement vingt et un grammes. Il y a même eu un film autour de ce concept. C'est une faribole absolue qui repose sur une expérience faussée d'un Américain, le docteur Duncan Mc Dougall. Ce charlatan s'était mis en tête de prouver par la science que l'âme humaine avait une masse, et donc une réalité physique. En avril 1907, il a réalisé une série d'expériences sur des êtres humains à l'agonie, dont il a tiré un article publié dans la revue *American Medecine*. On s'est aperçu après coup que ses expériences n'avaient pas été réalisées dans des conditions normales, et donc que les résultats étaient sans fondement. Je suis venu à penser par ce biais, et c'est juste mon hypothèse, que l'assassin de Clara cherchait simplement à recueillir son dernier cri…

Chapitre 34

« ... And all your dreams have vanished
And you don't know what's up the bend
Just remember that death is not the end
Not the end, not the end... »

« … Et quand tous tes rêves s'évanouissent
Et que tu ne sais pas ce qui se tient derrière
Souviens-toi juste que la mort n'est pas la fin
Pas la fin, pas la fin… »

(*Death is not the end* – Nick Cave & The Bad Seeds – *Murder Ballads* – 1996)

1.

Quelque part au-dessus du territoire de la Russie, 8 000 mètres, dimanche 30 août.

Un hurlement de terreur déchire le silence. En sursaut, Marc ouvre les yeux. Au-dessus de lui, les frondaisons des chênes et des châtaigniers ne laissent filtrer qu'une pâle lumière. La forêt tout entière semble flotter dans une brume irisée de pourpre. À quelques détails, la forme des arbres, la présence de bouquets d'ajoncs, Marc reconnaît les bois de Brocéliande.

Le hurlement reprend. Il s'arrête presque aussitôt, suivi de halètements… Comme les bruits de suffocations d'un animal blessé à mort. Marc écarte les bras et tourne sur lui-même pour identifier l'origine des sons. Là-bas, il y a un monticule qui s'élève entre les arbres. Un sentier qui lui paraît familier file entre les troncs. Marc s'avance, l'oreille dressée. Aux aguets. Il se faufile entre les buissons, escalade des blocs de granit et déboule sur une dalle rocheuse en surplomb d'un vallon. Impression de déjà-vu.

En contrebas s'étire la clairière en forme de cercle du Val-sans-Retour dans laquelle avait été retrouvée Clara. À une centaine de mètres, une silhouette sombre masque en partie le tronc de l'Arbre d'Or.

Marc reste là, debout.

Sans savoir quoi faire.

La forme se penche. Une nouvelle plainte, inhumaine, retentit… La silhouette – un homme – s'efface sur le côté. Nue, couverte de sang, une femme est attachée au tronc recouvert de feuilles d'or. À l'emplacement de sa poitrine, il y a deux trous. Ses cheveux sont couleur de feu.

Elle hurle.

Jillian !

Couvert de sueur, le cœur battant à tout rompre, Marc se réveille trempé, enroulé dans une couverture. Il fait nuit. Un cauchemar. Il attend quelques secondes, le temps que l'angoisse se dissipe, et que les battements de son cœur affolé reprennent un rythme normal. Katie dort sur le siège adjacent. Dans l'avion, tout est calme. Marc vérifie l'heure à sa montre. 4 heures du matin. Heure de Paris.

Il ne pourra pas se rendormir. Il active le mini-écran

qui lui fait face, glisse les écouteurs dans ses oreilles. Un clip pop du groupe Coldplay, *The Hardest Part*, défile. La caméra s'attarde sur ce qui ressemble à une marina en Floride. Dans une ambiance de kermesse, une vieille femme frêle vêtue d'un justaucorps de couleur chair est montée sur un podium, accompagnée d'un jeune éphèbe bronzé aux cheveux blonds décolorés. Un parterre de ménagères américaines les regarde.

Médusées.

Le danseur saisit sa partenaire, la fait valser, tourner, virevolter puis la prend par les hanches et la jette dans les airs avant de la rattraper. L'effet est saisissant. La femme âgée trébuche, mais s'appuie au bras de son cavalier. Radieuse, elle vient sur l'avant-scène saluer les spectatrices.

Stupéfaites.

Impression étrange. Entre ridicule et magie. Ou simplement émouvant.

Samedi, en quelques heures, tout s'était précipité. Cela était arrivé alors que Marc guettait Katie à l'aéroport. Le taxi qui l'avait déposé avait fait le trajet depuis le centre de Paris en moins de trois quarts d'heure. Dans le hall, le journaliste avait consulté les horaires d'arrivée. Voyant qu'il avait largement le temps, il était ressorti pour fumer un cigarillo sur le trottoir. À 15 h 57, une vibration lui indiquait qu'il avait reçu un message. Jillian. Le texte l'avait glacé.

« Je suis la proie. Tu es le chasseur. Kiss. Jillian. »

* * *

Pourquoi l'a-t-il laissée seule ?

Tout a dérapé. Aussitôt, Marc tente de joindre Jillian. Mais la jeune femme a déjà coupé son téléphone. Il se précipite au comptoir d'information pour se renseigner sur les prochains vols pour Bali prévus le jour même.

Le Korean Airlines décolle à 16 h 30. Jillian est déjà à l'intérieur. Injoignable. Le prochain, un vol KLM, part à 18 h 25. Il arrive à Denpasar dans la nuit de dimanche à lundi à 1 h 30 du matin. En faisant vite, très vite, ils peuvent l'attraper. Marc ne réfléchit pas. Il agit. Il achète deux billets en dernière minute. Un pour lui. L'autre pour Katie. Il est 16 h 30 quand la photographe sort dans le hall d'arrivée d'Orly. Elle arrive de Lanzarote par le vol du matin après avoir fait escale à Madrid.

Marc l'entraîne aussitôt dans le premier taxi qui passe, promet deux billets de cent euros au chauffeur s'il arrive à les déposer à Roissy en moins d'une heure. Dans la voiture, il résume la situation à la photographe. Katie encaisse.

Quelques minutes avant l'embarquement, le lieutenant Pierre Rebotini n'a toujours pas rappelé Marc. Il sent son portable vibrer dans la poche de son pantalon. Le numéro étranger lui est inconnu. Jillian ? Marc décroche et entend :

— Marc Torkan ?

— Oui, répond-il.

— C'est Robert.

— Pardon ?

— Robert, votre guide à Kho Samui. Vous m'aviez dit de vous rappeler si j'avais du nouveau.

— Oui, je m'en souviens. Mais je vais embarquer. Je suis pressé. Qu'avez-vous trouvé ?

— J'ai mis le temps, répond Robert, mais j'ai réussi à me procurer une partie de la liste des DJ qui se produisaient à la Full Moon Party la nuit où Nava Sheraïm a disparu. Voulez-vous que je vous la faxe ?

— Non, s'écrie Marc. Pouvez-vous l'envoyer par mail sur mon téléphone ?

— Je suis désolé. Je n'ai fait que la recopier sur un morceau de papier.

— Alors, lisez-la-moi, s'il vous plaît ! Vite, j'embarque dans quelques secondes.

— Très bien… Je vous lis les noms : DJ Sundrop, DJ Patt, DJ Tripical, DJ Note, Cyberman, DJ AÛM…

Marc blêmit. Il connaît ce pseudonyme.

2.

Lundi 23 août, discothèque Ku-De-Ta, plage de Seminyak (Bali), 1 heure du matin

TOOM-TOOM-TOOM.

Le vrombissement des basses, les déflagrations synthétiques se répercutent le long de la grande plage qui court de Kuta jusqu'à Canggu. Elle les a entendus depuis l'aéroport distant d'une dizaine de kilomètres. Tout à l'heure, deux Indonésiens souriants sont venus accueillir Jillian dès sa descente d'avion. Ils ont pris son bagage. Bercée, elle sommeillait encore à moitié dans la camionnette climatisée qui l'a emmenée à travers les rues bondées de Kuta, Legian et Seminyak jusqu'au Ku-De-Ta.

Quand elle sort du véhicule, Jillian est frappée, presque terrassée par la chaleur nocturne, le bruit, l'odeur prenante des fleurs de frangipaniers et du clou de girofle.

Sensation étrange d'être là… Et encore ailleurs. Pas tout à fait arrivée.

Un gigantesque banyan aux branches pendant comme des lianes marque l'accès aux lieux. Il y a foule devant la boîte. Peut-être un millier de personnes. Des Australiens, la peau rougie par le soleil, qui tanguent, abrutis par la bière, des Russes tout aussi éméchés et encore plus rouges, des Japonaises déguisées en go-go danseuses, des Indonésiens qui s'interpellent, joyeux. Toute la planète est là. Ou presque.

Deux hommes de la sécurité vêtus d'uniformes bleus la précèdent. Ils écartent les raveurs sans violence. Elle n'a gardé que son sac à dos, et les suit. Vu de la rue, le Ku-De-Ta ressemble à un énorme cube. Les feux d'un projecteur géant trouent la nuit, illuminant par en dessous les nuages qui stationnent au-dessus de Seminyak. Quand elle arrive sur la terrasse en plein air, Jillian entrevoit à peine la plage éclairée par des rampes de lumières tourbillonnantes et des lasers fluorescents. Celle-ci est noire de monde. Au loin, en pleine transe, une partie des clubbers dansent déjà les pieds dans l'océan Indien. Dépoitraillés, dénudés, certains – des Russes, des Français, beaucoup d'Australiens et des Balinais – sont immergés jusqu'au torse.

Éméchés. Joyeux. Au risque d'être emportés par une vague plus forte. Chance. Cette nuit, les flots paraissent apaisés.

L'air est moite, dense, chargé d'humidité. Des projecteurs amphibies ont été posés sur le sable pour éclairer les eaux de la baie par en dessous, donnant une teinte bleutée à l'endroit où se déroule l'immense raves-party. Même plongé dans l'obscurité, le cadre paraît grandiose. Il doit y avoir près de dix mille personnes qui se sont retrouvées sur cette plage de sable fin pour faire la fête et profiter de la musique.

La terrasse du Ku-De-Ta disparaît littéralement sous

la foule. Glissant dans la brise marine, d'immenses voiles de gaze blanche et vaporeuse, accrochées à des mâts, donnent un aspect éthéré à la scène. Jillian aperçoit aussi, juchées sur des podiums, des dizaines de danseuses balinaises et javanaises en minijupes roses, la peau brunie, portant sur le dos d'immenses ailes de papillons tandis que çà et là, sur le sable, des braseros rougeoient.

1 heure du matin.

L'heure des rois, l'heure des reines. L'heure pour Lady J, la dernière sensation du dancefloor, de donner sa mesure, de montrer son savoir-faire. Depuis une dizaine de minutes, Jillian trépigne au pied de la cabine de DJ installée sur une estrade métallique en surplomb de la plage. Depuis son arrivée à l'aéroport, il s'est passé moins de deux heures. Elle peut maintenant sentir, mêlée à celle sucrée des frangipaniers et des bâtons d'encens, l'odeur salée de l'océan Indien.

Enfin, on lui fait signe. Elle grimpe rapidement les marches, s'empare du casque qu'on lui offre. Le DJ précédent, un Black ventru à la narine gauche percée dont elle n'a pas retenu le nom, lui attrape l'épaule pour lui dire quelque chose. Il se penche vers elle une main posée près de la bouche pour tenter de couvrir le fracas des basses qui secouent les murs de baffles comme des secousses telluriques. Elle l'entend à peine.

— Vas-y, chérie. Ils sont à point. Achève-les !

Entre deux éclats de lumière, Jillian devine la foule en sueur massée sur la plage. Elle oscille comme une énorme vague malmenée par des tornades rythmiques. Jillian lève les yeux en direction des étoiles déjà visibles à cette heure de la nuit pour savourer l'instant. Dans la fumée psychédélique, striée par les éclairs stroboscopiques, les bras, les visages, les jambes se tendent vers elle, prêts à communier sous la direction de leur nouvelle maîtresse de cérémonie.

Jillian cale le casque sur ses oreilles et ferme les yeux pour entrer en synergie avec le morceau qu'elle s'apprête à programmer. En quelques gestes précis, elle ralentit le nombre de battements par minute du morceau de transition, de la minimale techno, laissé par le précédent DJ. Puis, elle envoie une séquence de stridences syncopées, suivie d'une autre, puis encore d'une autre jusqu'à saturer l'espace sonore, à la limite de la douleur.

Tout se fige. Une, deux secondes qui semblent durer une éternité.

TOOM-TOOM-TOOM.

Da-Funk. Un *beat* répétitif sur une basse bubble-gum, un gimmick électro et un riff de guitare hard-rock bricolé, emprunté au groupe de rock allemand Ramm-stein strie, balafre la montée mélodique… Jillian se sent en confiance. Elle ose débuter son set avec ce vieux classique de la French Touch, un tube de House Music du groupe Daft Punk datant de 97 remixé à sa sauce.

La foule semble hésiter, puis… Un sourire, deux sourires, cent, mille, dix mille sourires extasiés. Pupilles dilatées. La pulsation s'étend, circule, se dis-tend, envahit toute la plage, comprimant l'oxygène.

Vingt mille mains se tendent en direction de Lady J. Une clameur sourde couvre presque le bourdonnement du morceau électro reconnaissable entre tous.

Debout, en lisière des cercles de lumière délimités par les projecteurs virevoltants, Ulrich la regarde. Il ne danse pas, mais bat la mesure de la tête. Ses yeux sont intensément dardés sur la silhouette, minuscule, la fille à la crinière flamboyante. Il écoute l'histoire que la jeune femme raconte en musique. Lady J a pris confiance, s'amuse, expérimente en direct et lance un nouveau morceau improbable : *Harrodown Hill*. Un slap de la basse se mélange à la voix mélancolique du chanteur anglais Thom Yorke et aux nappes électro. Ulrich sourit. Il sait qu'il ne s'est pas trompé. Elle sera sa disciple. Son Élue.

Chapitre 35

« ... Up in dark and empty skies
When the cities are on fire
With the burning flesh of men
Just remember that death is not the end
When you search in vain to find
Some law-abiding citizen
Just remember that death is not the end
Not the end, not the end... »

« … Plongé dans l'obscurité au milieu des cieux vides
Lorsque les villes prennent feu
Avec les corps brûlants des hommes
Souviens-toi que la mort n'est pas la fin
Lorsque tu cherches en vain
Un citoyen respectueux des lois
Souviens-toi que la mort n'est pas la fin
Pas la fin, pas la fin… »

(*Death is not the end* – Nick Cave & The Bad Seeds – *Murder Ballads* – 1996)

1.

Lundi 23 août, discothèque Ku-De-Ta, plage de Seminyak (Bali), 3 heures du matin.

Pendant deux heures, un maelström sonique pilonne les raveurs de Seminyak. Ryhtmes martelés. Stridences. Sons d'infra-basses concassés. Déflagrations. Apocalypse électronique au cœur d'une nuit chaude et humide. Une sarabande menée par Lady J sans aucun temps mort.

Jamais par le passé, Jillian n'a réussi à emmener les danseurs jusqu'à cet état de tension extrême. Quand la fatigue aidant, s'entremêlent les rêves et la réalité. Les cerveaux des dix mille fêtards ont court-circuité, la transe provoquée par les déflagrations technoïdes et les samples hypnotiques a annihilé les ultimes inhibitions. Les cœurs pulsent, envoyant des litres et des litres de sang dans les artères, pompant l'oxygène pour que les corps se distendent.

Encore, encore et encore…

Les mécaniques rythmiques, les chants de la machine impriment leur tension jusqu'à la brûlure. Comme une catharsis, un retour à l'état primal. Sans pensées parasites.

Rien.

Tout.

Juste le mouvement des corps à l'unisson. Jusqu'à s'écrouler pour certains dans le sable. Ivres de fatigue ou de joie.

Jillian scrute la foule. Les mains sont dressées par milliers. Les têtes dodelinent. Ils espèrent son message. *Il* attend un signe. Le moment est venu.

Dans son sac, elle se saisit avec précaution du CD

portant l'inscription « Nava. » Elle le lève. Il scintille dans les spots. Lueurs iridescentes. Elle hésite une microseconde. Puis se décide et le glisse dans l'un des deux compartiments « Play » de la platine. Les baffles continuent de vibrer au son du dernier morceau – *Firestarter* de Prodigy – qu'elle a programmé. Alors, sur une pichenette de Jillian, tout se fige à nouveau.

Silence.

Jillian considère les dix mille danseurs qui lui font face. Les têtes se tournent. Avides. Pris sur leur lancée, quelques-uns continuent à tourner au son d'une musique inaudible qui ne résonne plus que dans leur tête.

Silence encore…

C'est d'abord un battement sourd et lent, comme le pouls d'un être vivant dans sa matrice, le bruit du liquide amniotique pulsant la vie à intervalles réguliers.

TOOM. TOOM. TOOM…

TOOM. TOOM. TOOM…

Un son mat qui se répercute dans les murs d'enceintes, gonfle, prend de la puissance puis de l'ampleur, accélère en s'appuyant sur l'écho.

Strate sonore, après strate sonore. Magma. Lave mélodique.

Imperceptiblement d'abord, puis de façon à peine visible, les raveurs qui s'étaient figés se remettent lentement en mouvement. Gestes amples se calant sur la rythmique déstructurée. La mélodie arrive enfin, et Jillian aperçoit les rictus hébétés se transformer peu à peu en sourires extatiques.

Le son de la Tek-Life s'immisce en volutes, comme une onde vicieuse qui s'enroule au milieu de la foule. Avant de la fouetter.

Pure énergie.

Jillian ferme les yeux pour se laisser emporter par la vague. Le chant d'une âme.

2.

Lundi 23 août. Aéroport de Kuta (Bali), 2 h 30 du matin.

— Ça ira, Marc ? demande Katie, inquiète.

Elle vient de voir que Marc a fermé les yeux. Il chancelle comme soufflé par l'air chaud. Il reste comme cela, immobile quelques secondes. C'est la première fois qu'il retourne à Bali depuis la mort de Caroline. Il a tenté de ne pas y penser pendant tout le vol, mais les lumières de la plage Jimbaran aperçues par le hublot sur sa droite l'ont happé pendant l'atterrissage. Il n'a pas pu détourner les yeux. Tout lui est revenu. L'explosion. Le sang. La mort. Il se secoue, rouvre les yeux. Et croise le regard de Katie. Il sait qu'elle sait. C'était avant. Le passé. Il ne peut pas l'oublier, mais il faut vivre. Aujourd'hui. Ils sont là pour Jillian. Et la jeune femme a mis sa vie en danger. Marc fait signe à Katie que tout va bien, puis hèle une camionnette taxi.

— *Où allez-vous, monsieur ?*

— Au Ku-De-Ta, sur la plage de Kudeta. Vite !

2 h 55 du matin.

Le véhicule ne peut plus avancer d'un centimètre. Pare-chocs contre pare-chocs, les voitures sont bloquées dans l'étroite rue principale qui traverse Kuta, puis Legian avant de déboucher sur Seminyak. De chaque côté, des grappes de touristes s'effilochent sur les trottoirs. Marc se penche vers l'avant, jette un coup d'œil sur la route.

— Désolé, monsieur, s'excuse le chauffeur. C'est

à cause de la rave-party sur la plage. Tout Bali veut y aller.

Marc déverrouille brusquement la portière gauche, saute sur la chaussée, et arrête un scooter qui jouait à remonte-file. Il lui tend un paquet de dollars.

Le motard prend l'argent et lui fait signe de monter derrière lui.

— Kudeta, ordonne Marc.

Alors que le deux-roues s'élance, il crie à Katie :

— Rejoins-moi là-bas !

3 h 16.

Une main se pose sur l'épaule de Jillian. Elle sursaute presque. Une Indonésienne souriante lui fait signe que le moment est venu pour Lady J de laisser la place au prochain officiant. La DJette fait signe qu'elle a compris.

Une ovation de la foule salue la fin de son set. Une clameur répercutée par dix mille voix. Jillian se sent comme ivre, shootée par l'intensité de sa prestation, épuisée par l'énergie déployée au cours des deux dernières heures. Des gens se pressent. On la touche. On la congratule. Plusieurs fois, on lui demande le titre de l'ultime morceau programmé. La jeune femme reste d'abord évasive, puis répond que c'est une composition inédite. Un homme d'une quarantaine d'années, cheveux blanchis par le sel, se présente comme un des organisateurs. Il lui propose, si elle accepte, de revenir jouer le lendemain pour la soirée de clôture. Étourdie, Jillian dit oui à tout. Jillian a soif. Elle réclame. Quelqu'un lui tend un verre, puis encore un autre. Elle remarque à peine le goût amer de la boisson. Et passe à autre chose. Saoule…

De joie.

D'alcool.
Droguée.

Jillian sent qu'on lui a pris la main. Quelqu'un l'entraîne à sa suite. Doucement. Fermement. Elle sent la poigne qui l'enserre, les corps des gens qui l'entourent, la pressent et lui sourient. Elle se laisse aller.

3 h 25.

Marc court. À son tour, le scooter s'est retrouvé coincé par les embouteillages dans les voies étroites de Seminyak. Impossible de se faufiler entre les voitures. Le conducteur a tenté de passer par le trottoir, mais il n'a pas pu aller bien loin. Marc lui a fait signe qu'il voulait descendre.

— Le Ku-De-Ta, où il est ?

Le Balinais lui a montré le bout de la rue bloquée, a dessiné une courbe et a pointé la fin du S, puis il a écarté les doigts de sa main droite.

— C'est là-bas ? Cinq minutes ! Merci !

Marc se faufile entre les touristes éméchés, traverse entre les voitures et se remet à courir. Jillian ! Pourvu qu'il ne soit rien arrivé ! Déjà, il entend le vrombissement des baffles et la pulsation sourde de la musique techno. Cours, cours, cours… Sa chemise trempée lui colle à la peau. Plus que cinq cents mètres.

3 h 30.

La foule compacte forme comme un barrage devant l'entrée de la boîte. Marc tente de se frayer un chemin. Il bouscule, pousse. Le journaliste a hésité un instant à aller voir les hommes en uniforme postés entre les banyans. Mais que leur dire ? Comment leur expliquer ? J'arrive de France pour empêcher un tueur en série de tuer de nouveau… Qui pourrait le croire ici ? Marc avance. Comment accéder à la plage ? Où est Jillian ? Il pousse encore, se glisse entre deux corps. Pendant un quart d'heure, il se démène pour se rapprocher de la discothèque. Où est-elle ? C'est la seule chose qui compte. Enfin… Là, un éclair de lumière. Une masse de cheveux qui paraissent rouge sang dans les projecteurs. Jillian ? Il crie. Une fois. Deux fois.

La jeune femme se retourne. Lentement. Elle le cherche des yeux. Le voit. Lui sourit. Il ne l'entend pas, mais il devine ses lèvres qui s'ouvrent comme pour murmurer son prénom. Marc. Un homme l'accompagne et lui tient la main. Marc le reconnaît. Son sang se glace.

Teknokiller.

Ulrich Ladik a aussi entendu le cri de Marc. Jillian a ralenti. Il se retourne, scrute la foule. Il repère Marc. À son regard. L'inconnu sait qui il est. Ulrich voit la peur, puis la colère. Cet homme sait qu'il est un tueur, mais il ne paraît pas le craindre. Qui est-ce ? Le cerveau de Ladik se met à fonctionner à toute vitesse. La jeune femme n'est pas venue seule à Bali. Elle l'a trahi. Est-ce un flic ? Mais pourquoi n'est-il pas accompagné ? Mille questions se bousculent dans sa tête. Le journaliste. C'est cela ! Le journaliste qui posait des questions. Celui dont Dimitri lui a parlé. Et Jillian ? L'a-t-elle trahi ? Sont-ils ensemble ? Plus tard !

La foule les entoure. Les presse. Les oppresse.

Ulrich a changé de direction. Il repart en direction de la plage, traînant la DJette qui le suit sans résister.

Il se retourne et voit Marc quelques mètres en arrière qui tente d'écarter les gens. Le journaliste s'énerve, donne un coup de poing à un Australien éméché qui réplique et touche un autre fêtard. Bousculade. Marc trébuche, se relève. Il aperçoit DJ AÛM/Teknokiller suivi par Jillian. Ils ont atteint l'une des entrées de la discothèque en plein air. Au passage, l'homme s'est emparé d'une des torches qui servait à éclairer l'allée centrale. Personne ne l'arrête. Il monte sur la terrasse traînant toujours la jeune femme, et jette le morceau de bois enflammé loin au milieu des voilages. Le feu prend immédiatement.

Panique.

Une clameur d'effroi. Couverte par la musique techno. On l'entend à peine. Mais les raveurs se figent peu à peu. La foule regarde l'incendie. Puis réagit. Comme un troupeau d'antilopes affolées.

Les gardes de la sécurité se précipitent. Les danseurs hurlent.

Marc a rattrapé Jillian et pose sa main sur l'épaule du tueur. Il tente de le faire basculer. Mais celui-ci esquive. Sa main ne rencontre que le vide. Autour d'eux, d'autres hommes se battent. Le tueur s'est retourné, les poings levés. Marc se jette sur lui comme un rugbyman, donne un coup de tête au niveau de l'estomac pour lui couper le souffle et saisit ses hanches pour le renverser. Il encaisse le choc dans son crâne, l'impact dans son corps. Le tueur est tombé à terre. Marc remonte et le maintient par les épaules. Il sent son souffle. Il croise son regard. Teknokiller le dévisage avec une lueur clinique.

Marc a levé le poing droit et s'apprête à l'écraser sur ce visage. Il perçoit qu'un objet dur le transperce. Quelque chose de chaud qui coule. Il a mal. Marc se relève. Trébuche. Se relève à nouveau. Il chancelle.

Autour d'eux des hommes, des femmes courent, affolés. Le Teknokiller s'approche à nouveau. Dans sa main, il tient un couteau. Il s'apprête à l'abattre. Une forme se précipite sur lui. Katie.

Le tueur et la photographe s'effondrent.

À quelques mètres, Jillian est toujours debout, un sourire aux lèvres, les yeux vides, comme absente. Teknokiller s'est relevé. Il court dans la direction de la DJette, l'agrippe. L'incendie a gagné les structures. L'un des portiques bascule. Katie se jette sur Marc et le pousse violemment alors qu'une poutrelle fend l'air. Il sent sa tête qui heurte le métal. La chaleur du feu. Avant de sombrer dans l'inconscience, Marc entrevoit Jillian et son ravisseur hésiter. Piégés. Comme au ralenti, un mur des baffles enflammés s'écroule sur eux. Marc hurle, mais aucun cri ne sort de sa bouche. Puis, le néant.

Brisé, il chavire dans l'inconscience.

Épilogue

Presque une année s'est écoulée depuis la disparition de Jillian. Son corps n'a pas été retrouvé, ni identifié. Comme si la jeune femme s'était évaporée, n'avait jamais existé.

Évanouie.

L'incendie de la discothèque Ku-De-Ta a coûté la vie à cinquante-trois personnes, la plupart piétinées ou écrasées dans la bousculade. Beaucoup de touristes australiens et russes. Quelques Balinais. Mais de nombreux corps n'ont pas été identifiés. Les flammes et la panique ont aussi blessé grièvement soixante-quinze autres participants à la raves-party. Marc en fait partie. Le coup de couteau lui a déchiré le flanc, mais ne l'a pas touché mortellement. Katie a aussi été sérieusement brûlée. Ses mains, ses épaules… son dos. Elle a dû rester alitée une semaine. Les médecins lui ont posé des bandages sur les doigts pour l'aider à cicatriser. Pendant plusieurs semaines, l'utilisation de ses appareils photo lui a été impossible.

Ils ont longuement été interrogés par la police indonésienne. L'hypothèse d'un serial killer opérant dans les milieux techno à travers le monde a été écoutée avec politesse par les enquêteurs locaux, mais Marc et Katie n'ont pu fournir aucun élément tangible.

L'ordinateur de Jillian et son sac à dos contenant ses CD mixés ont disparu. Une enquête a bien été menée quelque temps, mais faute de corps, au bout de plusieurs semaines, les policiers indonésiens sont passés à autre chose.

Seul l'incendie les préoccupe vraiment, et surtout, ses conséquences sur la fréquentation touristique. La piste de la Jamaah Islamiyah, une organisation réputée proche d'Al-Qaïda, déjà responsable des attentats-suicides de Jimbaran en 2005 a été d'emblée privilégiée. Dans un communiqué officiel diffusé sur un site Internet, l'organisation rebelle s'est attribué la responsabilité de la tragédie de Kudeta, symbole de « la décadence occidentale ». Les policiers indonésiens ont fait vite. L'enquête a été bouclée dans un temps record. Une semaine après la catastrophe, trois sympathisants islamistes malaisiens ont été arrêtés par la section antiterroriste du ministère de la Sécurité indonésien. Ils attendent depuis dans les geôles balinaises le début de leur procès.

Mi-septembre, *Paris Flash* a publié un long article signé Marc Torkan avec le visage de Clara Riopelle en couverture. Le magazine a titré : « Meurtre de Brocéliande, Teknokiller, la piste du DJ tueur ». Volontairement, Marc n'a pas fait mention de Jillian, ni évoqué Bali. Le nom d'Ulrich Ladik est apparu pour la première fois dans la presse. Les ventes en kiosques ont grimpé de quarante pour cent. Pressée par les médias, la cellule d'enquête de la gendarmerie a consenti à confirmer les soupçons qui pesaient sur Ulrich Ladik. Pendant deux semaines, les journaux, radios et télévisions se sont déchaînés. Puis l'histoire a quitté peu à peu la Une. Faute de nouvelles informations. En Israël, l'affaire a pris la même tournure. À la place de Clara, c'est le visage de Nava Sheraïm qui a fait la Une. Puis, là aussi, tout a été balayé par autre chose. Un meurtre, une catastrophe…

Au retour d'Indonésie de Marc, Pierre Rebotini l'attend à l'aéroport. Le lieutenant lui fait signe juste avant qu'il ne passe la douane. Marc sort de la file d'attente et le rejoint. Il lui tend la main. Marc ne la serre pas. Le gendarme la laisse retomber. Il lui tend un dossier… Que le journaliste ne saisit pas.

— Pourquoi n'êtes-vous pas intervenu ? demande Marc.

— Nous n'avions pas de preuves.

— Et maintenant ?

— Ulrich Ladik n'a pas refait surface. Nous n'avons toujours aucune preuve. Nous pensons qu'il est bien mort dans l'incendie.

— Comment pouvez-vous en être sûr ?

— Nous n'en sommes pas certains, mais un mandat d'Interpol a été émis contre lui. Il est recherché partout dans le monde. S'il est encore vivant, où qu'il soit, il ne pourra pas aller loin.

— Partout dans le monde. Vous en êtes certain ?

Pierre Rebotini lui tend à nouveau le dossier.

— Je ne devrais pas, mais je pense que vous avez le droit de savoir.

Cette fois, Marc le prend. Le lieutenant de gendarmerie s'en va, sans se retourner. Le journaliste attend un peu, puis part s'asseoir à une table de café, près d'un magasin d'alcool et de cigarettes détaxées. Il a envie de fumer. Il attendra.

Marc ouvre le dossier. Il ne contient qu'une seule page, tapée à la machine. Il ne s'agit pas d'un rapport officiel, mais d'un mélange de notes compilées par le gendarme. Marc prend la feuille, et la lit :

... Ulrich Ladik est né le 18 juillet 1969 à Bad-Godesberg en Allemagne d'un père allemand, Daniel Ladik, et d'une mère française, Hélène Guerrero. Son père était un homme d'affaires, héritier d'une riche famille d'industriels. Il est mort d'une crise cardiaque en 1979 alors qu'il était en poste à Singapour. La mère d'Ulrich Ladik était une ancienne chanteuse lyrique. Elle avait interrompu sa carrière peu avant la naissance de son fils. Elle est morte en 1981. À l'époque, la police de Singapour a conclu à un suicide par intoxication médicamenteuse. Trois jours après sa mort, elle a été retrouvée par des voisins alertés par l'odeur dans sa chambre, étouffée dans son propre vomi. Ulrich était prostré dans un placard, déshydraté et dénutri. L'enfant a été recueilli par ses grands-parents qui l'ont envoyé dans une institution en Suisse pour être rescolarisé. D'après le médecin de l'établissement à l'époque, l'enfant aurait été maltraité deux ans durant. Sans aucun doute par sa mère. Elle aurait voulu qu'il devienne chanteur d'opéra, et lui aurait donné elle-même des cours de chant. Quand il a commencé à muer et perdre sa « voix d'ange », elle aurait commencé à le maltraiter régulièrement pour le « dresser ». Le médecin a retrouvé des traces de coups de fouet, et de brûlures sur son corps, mais Ulrich a toujours nié. Il semble qu'il ait préféré raconter que c'était son père qui le maltraitait, et que c'est son père encore qui aurait assassiné son épouse en utilisant un couteau. C'est ce qu'il a raconté lors de sa toute première rencontre avec le médecin. Ulrich a fait l'objet d'un suivi psychiatrique, mais n'a jamais été hospitalisé.

* * *

Marc sent ses muscles endoloris par sa session de surf matinale. Il a refusé la proposition de *Paris Flash*, et n'a pas réintégré la rédaction. Il a préféré rentrer en Bretagne, et reprendre le magasin d'antiquités. Il n'a pas eu de nouvelles de Katie depuis maintenant trois mois. Il sait qu'elle continue à enquêter obstinément sur les autres victimes du Teknokiller. Aux dernières nouvelles, elle pensait avoir trouvé des informations concernant le meurtre d'une jeune Chinoise nommée Hua dont le cadavre avait été retrouvé en Australie. Il suit le ruban de bitume en écoutant une compilation de vieux morceaux de pop datant du début des années 80. Dans la voiture, comme une coïncidence morbide, carillonnent les guitares de The Church, un groupe australien dont le chanteur Steve Kilbey sussure les paroles d'*Under The Milky Way*. Une ballade mélancolique sur la vie qui passe.

En arrivant au stop du rond-point qui permet d'accéder à son magasin d'antiquités, son regard tombe sur le dernier exemplaire de *Paris Flash* paru la veille. Il l'a acheté le matin même. Il l'a feuilleté et jeté sur le siège passager. Il contenait un article signé Dominique Legrand sur les suites de l'affaire Clara Riopelle. Des petits malins ont lancé des soirées estampillées TKNKLR. Le phénomène a pris de l'ampleur. Des jeunes femmes y subissent des simulacres de tortures pendant qu'un DJ mixe en direct leurs cris d'effroi avec de la musique techno. Un encadré lui a appris que Dimitri Summer a même sorti aux États-Unis une compilation contenant une quinzaine de morceaux de Tek-Life avec pour titre : *Teknokillers*.

Marc gare sa voiture cabossée à l'arrière du magasin. Coupe la musique et sort sa planche de surf pour la rincer. Sur le seuil, le postier a laissé son courrier comme d'habitude. Parmi les factures habituelles, il remarque un pli un peu plus épais. En papier bulles. Il n'y fait pas attention. Il ouvre le local et pose les lettres sur son bureau. Marc se fait un café à la machine à expresso, puis vient s'asseoir. Il se saisit du pli et le retourne.

Au-dessous de l'étiquette portant son nom et son adresse, il y a une inscription en lettres majuscules :

ATTENDS. REGARDE. ÉCOUTE… ET REJOUE

Les mots le glacent. Un sentiment de désespoir et de haine mêlé le saisit. Il sent la rage s'emparer de lui. Marc arrache le papier. À l'intérieur, il y a une clé USB métallisée. Elle ne porte aucune mention. Le cœur battant, Marc l'examine, puis la charge dans son ordinateur. Une vue de Bali apparaît, puis l'image se décompose pixel par pixel. Un visage entouré de cheveux roux se dessine pendant que démarre l'intro d'un morceau électro. Marc se fige. Il attend le hurlement d'agonie qui va suivre.

À l'écran, lentement, Jillian demande en souriant : « Est-ce que tu m'aimes ? »

« Deus does not exist.
But if he does, he lives in the sky above me,
In the fattest largest cloud up there.
He's whiter than white and cleaner then clean.
He wants to reach me.
Deus does not exist.
But if he does I always notice him
...
Deus, Deus, Deus, Deus
He does not exist

(*Deus* – Björk/The Sugarcubes)

« Dieu n'existe pas.
Mais s'il existait, il vivrait dans le ciel au-dessus de moi
Là, dans le plus grand et le plus rapide des nuages
Il est plus blanc que blanc, et plus propre que propre
Il veut me toucher
Dieu n'existe pas.
Mais s'il existait, je ferais toujours attention à lui
…
Dieu, Dieu, Dieu, Dieu
Il n'existe pas »

Playlists

La B.O. de l'auteur

Pendant l'écriture de ce livre qui m'a pris quelque temps, j'ai écouté toutes sortes de musiques. Voici une (toute) petite sélection :

Électro/Techno

We are your friends – Simian Vs Justice
Tombstone – Midnight Juggernauts
Memole Bua – Agoria
You rock the dancefloor – Silvouplay
Strict Machine – Goldfrapp
Monique – Kiko
Poison Lips / One above one – Vitalic
Killer – Adamski
Idealistic – Digitalism
What time is love ? – The KLF
Open Up /Afro Left – Leftfield
Da Hoola – Telepopmusik
Superheroes / Da Funk / One more time – Daft Punk
Crispy Bacon – Laurent Garnier
Der Mussolini – D.A.F.
L.S.I. – The Shamen
Papua New Guinea – The Future Sound of London
Stranger / A day – (Clan of) Xymox
Breathe / Firestarter – The Prodigy

Pop/Rock
Harrowdown hill – Thom Yorke
Smell like teen spirit – Nirvana
Hallelujah – John Cale
Time Machine – Ride
Under the Milky Way – The Church
Karma-Coma – Radiohead
Elegia – New Order
Blue Monday / True Faith / Vanishing Point – New Order
Djakarta – Trisomie 21
Eisbär – Grau Zone
L'Amourir – The Young Gods
Hypernuit – Bertrand Belin
La nuit je mens – Alain Bashung
Some velvet morning / Miss Lucifer – Primal Scream
Enjoy the silence – Depeche Mode
Dear me – Film School
Radio kill surfers – Steeple Remove

La B.O. du *Chant des âmes* :
Pendant l'écriture de ce livre, j'ai souvent consulté le site d'un DJ nommé Faces (de son vrai nom, Nicolas Ferron). Je vous encourage à vous connecter sur son site www.myspace.com/faces2faces, et à jouer très fort le titre *Runway*. Cela vous donnera une idée de la musique de Teknokiller. DJ Faces compose actuellement la bande originale du *Chant des âmes*, elle devrait être disponible sur le blog (http://frederickrapilly.blogspot.com/) et sur Facebook à « Le chant des âmes ».
J'ai aussi beaucoup écouté les mixes de Solène, une DJette bretonne nommée Mamz'hell (www.myspace.com/ djmamzhell et soundcloud.com/mamzhell).

Remerciements :

Beaucoup de gens m'ont encouragé dans l'écriture de ce livre. Les voici dans le plus grand désordre (en espérant n'oublier personne) : Louise Debrusse (qui a allumé la flamme), Alexandre Civico (qui a attisé le feu), Emmanuelle D., Marie-Claude Chane-Tune, Alexandre Alfonsi (« C'est de la bombe ! »), Annabelle Billy, Faustine Bollaert (qui a failli être une héroïne !), Gaëlle Boulicaut, Gilles Delafon, Nicolas Gladu (qui m'a obligé à me remettre en question !), Dr Jean-Marc Berthomé, Muriel R., Barbara T., Fabienne Dupuis, Brigitte Fallot, Roland Hesry, Nicolas Poirier, Alain Bouzy, Anne Poirier-Renoux, Françoise Roth, Sandrine P., Alfred de Montesquiou, Benoît de Saint-Chamast, Marc Teynier, Sophie Faydercke, Nathalie Garnier, Karen Isère, Christelle Laffin, Patrick Laigo (mon « frère »), François Le Joncour (sans le savoir !), Valérie Talagas, Emmanuel Plane, Sophia Burnett, Muriel Abitbol, Gilles Merel, Sandrine Mouchet, Selim Rauer, Igor Pejic, Noyale Limon-Duparcmeur, Maëlle Robinet, et ma petite sœur… Isabelle Rapilly-Gillistro…

… David S. Khara qui a laissé un jour un message qui a tout changé, et Simon Pinel qui m'a fait découvrir les didascalies.

Certains sans le savoir : Marc Sich, Simon Baker, Anthony E. Zuiker, Bruno Heller, Patrick Süskind, Michael Connelly, Maxime Chatham, Don Winslow, Kem Nunn, Chelsea Cain, Deon Meyer, John Burdett…

Composé par Nord Compo
à Villeneuve-d'Ascq (Nord)

Imprimé en France par

MAURY-IMPRIMEUR
à Malesherbes (Loiret)
en octobre 2012

POCKET – 12, avenue d'Italie – 75627 Paris Cedex 13

N° d'impression : 177042
Dépôt légal : novembre 2012
S22375/01